W0401367

Christoph Grissemann / Dirk Stermann * Be afraid honey, it's ... FM4

Von Stermann und Grissemann in der edition selene erschienen:
Immer nie am Meer (1999)

Christoph Grissemann / Dirk Stermann:
Be afraid honey, it's … FM4

Erstausgabe

Fotos:
Blumenau, Zsutty, Edlinger, Ostermayer, Unger, Pfister, Schönwiese, Freeman, Larkin, Team Musik © ORF Photographie (Johannes Cizek)
Alle anderen: © Foto: FM4 Ingo Pertramer
Albert Farkas © Albert Farkas
Layout: Alfred Goubran
Lektorat: David Ender
Cover: Sabine Brauner, Dynamo Wien
Fotos Coverinnenseite: Monika Eigensperger

Printed in Austria by rema print, Wien
ISBN 3-85266-256-7

Homepage: www.selene.at
E-mail: selene@selene.at

Christoph Grissemann /
Dirk Stermann

Be afraid honey, it's ... FM4

edition selene

Martin Blumenau

2.11.

Große Aufregung. Heute Vormittag hat Senderchefin Eigensperger befohlen, dass sich von nun an alle FM4-Mitarbeiter zur Begrüßung auf den Mund küssen müssen, um die Stimmung im Team zu verbessern. Nun hat der Sender an die 60 Mitarbeiter. Das heißt, jeder einzelne Redakteur muss 59 Münder küssen, ehe er mit der Arbeit beginnen kann. Wie unglaublich zeitaufwändig das ist, hat die Chefin wohl unterschätzt. Das Zwangsgeknutsche heute früh hat über 3 Stunden gedauert. Ob das die Stimmung bessert, ist fraglich, mir jedenfalls ekelt vor den ganzen Schlabbermäulern, zumal der eine oder andere sexuell ausgehungerte Redakteur versucht hat, mir die Zunge in den Mund zu schieben – und über Kollege Stermanns aggressive Herpesinfektion auf Ober- und Unterlippe wird bei der nächsten Krisensitzung auch gesprochen werden müssen …

*

Mir gefällt der Begrüßungskuss-Befehl der Senderchefin. Hätte sogar noch einige Verbesserungsvorschläge. Zur morgendlichen Begrüßung sollten wir FM4-Mitarbeiter uns nicht nur küssen, sondern auch noch gegenseitig die Bäuchlein streicheln und die ganze Zeremonie dann mit einem zärtlichen, aber bestimmten Po-Klaps abschließen. So zieht endlich sowas wie menschliche Wärme in den durch und durch zynischen FM4-Alltag ein. Hach, freu ich mich auf morgen. Ich werde der erste im Büro sein und übe heute Abend vor dem Spiegel einen perfekten Kussmund.

3.11.

Wahnsinn. Jetzt drehen hier langsam alle durch. Um dem Intellektuellensender FM4 ein glamouröseres Image zu verpassen, hat Chefcontroller Blumenau, der übrigens seit Tagen so gekleidet ist wie David Bowie in der Ziggy-Stardust-Phase, angeregt, dass jeder Mitarbeiter Autogrammkarten von sich herstellen lässt. Selbstverständlich auf eigene Kosten. Obwohl noch kein einziger Hörer seit dem 9-jährigen Bestehen von FM4 jemals von irgend einem Moderator ein Autogramm verlangt hat, tragen jetzt selbst die ukrainischen Raumpflegerinnen ein ganzes Set an Autogrammkarten mit sich herum. FM4 ähnelt immer mehr der geschlossenen Abteilung eines psychiatrischen Krankenhauses. Größenwahnsinnige Wetterredakteure kommen mit Bodyguards ins Büro, Kantinendamen geben Pressekonferenzen zum Thema „meine Bockwurst ist die beste“, und Patrick Pulsinger, einer der wenigen wirklichen Stars von FM4, hat sich die größte Autogrammkarte der Welt anfertigen lassen: Das gute Stück ist 11m lang und 5m breit und lehnt draußen an der Mauer. Danach gefragt hat noch kein Mensch …

*

Nachdem ich unzweifelhaft den größten Sexappeal von allen FM4-Mitarbeitern habe, soll ich das offizielle FM4-Gesicht werden.

Ich fühle mich geehrt. 20.000 Plakate mit meinem lachenden Gesicht drauf sollen in die Stadt geklebt werden. Wir alle brüten noch darüber, welcher flotte Spruch zusätzlich aufs Poster kommen soll. Der vor Neid fast platzende Kollege Grissemann hat vorgeschlagen: „Das Radioelend hat viele Gesichter – wie finden sie meins?“ Wurde natürlich abgelehnt. Na ja, wird sich schon was finden. Wir bei FM4 machen uns jedenfalls selbst zu Stars, das hat bei den Deppen von Brosis schließlich auch geklappt. Ein Trendforscher aus Polen hat Grissemann übrigens das geringste Starpotential bei FM4 bescheinigt, woraufhin Senderchefin Eigensperger ihm die Autogrammkarten weggenommen hat. Man überlegt, Grissemann in die FM4-Wäscherei strafzuversetzen …

4.11.

Senderchefin Eigensperger hat Geburtstag! Gestern nachmittag spielten sich rührende Szenen im Chefbüro ab. Chefcontroller Blumenau überreichte Senderchef Lehnert eine Schokoladentorte, in der 5 Kerzen steckten. Dazu mussten wir Mitarbeiter „we are the champions“ singen. Ein Hohn, wenn man an die Hörerzahlen denkt. Nun, die durchs Dauerrauchen etwas lungenschwache Chefin hat es nach mehreren verzweifelten Versuchen nicht geschafft, alle Kerzen auszublasen. Um die Wahrheit zu sagen, keine einzige. Wortchef Pieper hat dem traurigen Schauspiel dann ein Ende bereitet, indem er der Chefin auf den Rücken klopfte, sodass diese mit einem ohrenbetäubenden Hustenanfall die Kerzen zum Erlöschen brachte. Die Chefin hat die Kerzen ausgehustet und dann die ganze Torte allein aufgegessen. Happy birthday ...

*

Die FM4-Redakteure wurden in internen Mitteilungen dazu gezwungen, Senderchefin Eigensperger zum Geburtstag großzügige Geschenke zu machen. Das Geschenk musste über 3.500 Euro kosten. viele FM4-Mitarbeiter haben ein halbes Jahr lang gespart, um sich das leisten zu können. Eigensperger sagte im Vorfeld, sie verlange als Geschenke Waffen oder andere Quälwerkzeuge, Autos, Immobilien oder Aktien. Wer zu fantasielos sei, könne ihr auch einen Scheck oder Bares überreichen. Heute war's soweit, die Mitarbeiter unter 30 überreichten die Geschenke. Auf Knien mussten sie einzeln ins Großraumbüro der Chefin rutschen und ihr mit einer demütigen Geste das Geschenk vor die Füße legen. Zum Dank bekamen sie von Chefcontroller Blumenau anschließend eine schallende Ohrfeige und ein barsches: „Und jetzt wieder raus. Zack! Zack!“ zugeschrien. Geburtstage haben immer eine eigene, herrliche Stimmung.

5.11.

Gestern Nachmittag fand die große Geburtstagsparty der Senderchefin am Funkhausparkplatz statt. Eingeladen waren alle FM4-Mitarbeiter und deren Familien. Die Stimmung hielt sich in Grenzen – was vielleicht daran lag, dass Chefcontroller Blumenau ein absolutes Alkohol-, Nikotin- und auch Redeverbot aussprach, um seine angespannten Nerven nicht zu strapazieren, wie er meinte. Zu essen gab es für jeden Redakteur eine Manner-Schnitte. Wortchef Pieper steckte sie höchstpersönlich in die Journalistenmünder. Dann hielt die Senderchefin eine 4-stündige Rede durch ein Megaphon, in der sie ihre eigenen Stärken und die Schwächen ihrer untergebenen hervorkehrte. Die Hälfte der Belegschaft brach in Tränen aus.

Als Unterhaltungseinlage kletterte dann ein offensichtlich betrunkener rumänischer Pantomime auf die kleine Bühne und stellte pantomimisch eine Wasserleiche dar. Tja, und dann war das schöne Geburtstagsfest beendet. Der strenge Blumenau peitschte die Kollegen zurück an die Schreibtische …

*

Dass nicht mal zum Geburtstag der Chefin in diesem Sender ein bisschen Menschlichkeit zugelassen wird, macht mich langsam wütend. Chefin Eigensperger hatte ja am Ende ihrer Rede gemeint, dass jeder Mitarbeiter auf seinem Schreibtisch ein Geschenk vorfinden werde. Wir haben uns alle wie die Schneekönige gefreut, aber dann war die Enttäuschung doch wieder groß. Jeder FM4-Mitarbeiter hat das gleiche Geschenk bekommen, nämlich Scheuklappen. Wie sie Pferde tragen. Damit soll die Konzentration auf die eigene Arbeit erleichtert werden, heißt es. Wie demütigend ist das denn! Fehlen nur noch Kanonenkugeln, die uns an die Beine gekettet werden, um uns so zu Überstunden zu zwingen … Irgendwann kann auch ich nicht mehr …

6.11.

Schon seltsam. FM4 feiert in einem Monat 9-jähriges Bestehen, und kein einziger Glückwunschbrief von Hörern flattert in die Redaktion. habe mir heute die Post der letzten Tage angesehen: Die übliche Tonne offene Rechnungen, gezählte 60 Drohbriefe von Chefcontroller Blumenau an die 60 Mitarbeiter und das Herrenmagazin „Ostdeutsche Wahnsinnsmöpse“, das die Chefin für die sexuell frustrierte männliche Belegschaft abonniert hat. Aber: Kein einziges Geburtstagstelegramm, keine müde Zeile von wegen: „Macht weiter so – ihr seid Spitze!“ Das darf doch nicht wahr sein! Ich befürchte langsam, dass wir hier nur in dem Glauben gehalten werden, FM4 sei ein echter Radiosender – es dringt offensichtlich gar nichts nach draußen! Vielleicht ist das Projekt FM4 ja tatsächlich nur ein staatlich organisiertes Beschäftigungstherapieprogramm für schwer erziehbare Erwachsene. Hört uns irgendwer da draußen? HALLO!!!

*

Kollege Grissemanns Befürchtung, FM4 sei nur eine Art Fake-Radiostation, konnte ich schnell widerlegen. Als ich mir die Post ansah, fiel mir ein Brief in die Hände, den Grissemann in der Aufregung wohl übersehen hatte. Den brief hat eine Frau Hildegard Schwaninger aus Mayerhofen in Tirol geschrieben. Der Beweis dafür, dass wir hier nicht ins Nichts senden! Trotzdem gibt der Brief von Frau Schwaninger auch nicht viel Grund zur Freude. Frau Schwaninger schreibt, sie sei Frontsängerin der Schweinerockband „The Schwaningers", und sie verbittet sich, dass ihre neue CD auf FM4 gespielt wird. Sie möchte unter keinen Umständen, dass ihre Musik mit diesem Sender assoziert wird. Meine Güte, es wird nicht leichter, liebes Tagebuch …

7.11.

„Irgendwann brech ich vor Arbeit zusammen", hat mir gestern Praktikant Schindler zugeflüstert und mir dann erzählt, was passiert ist. Gestern Nacht mussten alle FM4-Mitarbeiter zu einer 8-stündigen technischen Schulung. Und das deshalb, weil Mathias Zsutty den Studio-CD-Player ruiniert hat, indem er statt einer CD versehentlich eine Kinderpizza hineinsteckte. Die Chefin war ganz schön sauer, schließlich hat FM4 nur einen CD-Spieler. Freeman und …, 2 verdienstvolle FM4-Helden, mussten unter scharfen Anweisungen von Chefcontroller Blumenau das Ding von Zwiebeln, Kapern, Tomaten und Salamischeiben befreien, ehe der Sender wieder das Musikprogramm aufnehmen konnte. Der Pizzatäter Zsutty holte sich seine Strafe direkt im Chefbüro ab. Die Chefin bestellte beim Pizzaservice 10 Pizze Diavolo, die alle in Zsuttys angsterfülltem Gesicht landeten.

*

Nach einem kleinen Fauxpas mit dem CD-Spieler wurden alle Redakteure zu einem Technikkurs zwangsverpflichtet. Ich habe den heulenden und verzweifelten Zsutty begleitet. Wir lernten noch einmal, dass 1. die Mikrofone nicht in volle Cappuccinobecher getaucht werden dürfen, 2. dass panierte Schweineschnitzel nichts im Dat-Recorder verloren haben, und 3. dass man in einem CD-Brenner keinen Schnaps brennen kann. Die Schulung war wirklich quälend für den lieben Zsutty, da seine Augen höllisch weh taten, weil mehrere Pepperonischeiben in seiner Netzhaut hingen. Das hat doch alles …

8.11.

Gestern wurde ein 10-Euro-Schein auf der Toilette gefunden. Das hat für große Aufregung gesorgt, denn noch nie hat ein kleiner FM4-Mitarbeiter soviel Geld auf einem Haufen gesehen. Keiner hat sich getraut, den Schein anzufassen, geschweige denn einzustecken. Dann kam Chefcontroller Blumenau und hat die Leute angebrüllt, sie sollten aufhören, den Geldschein anzustarren, und zurück an die Arbeit gehen. Als ich eine Stunde später wieder klammheimlich auf die Toilette schlich, war der 10-Euro-Schein weg. Der Chefcontroller hat wohl einen guten Platz für ihn gefunden. Unerklärlich, wer diesen Schein besessen haben könnte. In den Redakteurs-Geldtaschen befinden sich doch normalerweise nur ganz kleine rote Münzen. Ich selbst kann von Glück und Reichtum sprechen, wenn mich eine 2-Cent-Münze aus meinem Portmonee anlacht …

*

Redakteur Edlinger, ein geiziger und unnahbarer Kollege, der eine unbedeutende Nachtsendung co-moderiert, ist am Boden zerstört. Sein ganzes Geld ist weg, sagt er. 5 lange Jahre habe er auf diesen verdammten 10-Euro-Schein gespart, und er Esel verliert ihn einfach. Er müsse ihm beim Wasser Abschlagen aus der Unterhose gerutscht sein. Weil er in der ständigen Panik lebe, hier in der Redaktion von seinem Kollegen Ostermayer redlich beklaut zu werden, bewahrt Edlinger alles Wertvolle in seiner Unterhose auf: Kugelschreiber, Zigaretten, Kaugummi, Teebeutel, Schuhcreme und altes Weißbrot. Und eben den leider verschwundenen 10-Euro-Schein, den er heute unter polizeilichem Geleitschutz von der Bank abgehoben hat, um ein neues Leben zu beginnen; um sich endlich aus der Knechtschaft von FM4 zu befreien. Na ja – jetzt warten weitere 5 knüppelharte Jahre hier auf Herrn Edlinger.

9.11.

Liebes Tagebuch, ein Kollege von Ö3 war da. Er hat sich fürchterlich aufgeführt. Ich will keine Namen nennen, aber es war Robert Kratky. Er hatte 8 weibliche Groupies dabei, blutjng, jünger sogar noch als die durchschnittliche FM4-Praktikantin, also nicht mal minderjährig. Unter dem Geglucksе der Ö3-Schicksen klapste er allen FM4-Mitarbeitern gönnerhaft auf den Po, auch dem fast 60-jährigen Fritz Ostermayer und dem alten Stermann. Tina 303 von La Boum de Luxe, die am Boden kauerte, hielt er für eine Sandlerin und steckte ihr 20 Euro in den Ausschnitt. Dann zog er sich seine Schuhe aus, italienische Schuhe aus reinem Kaviarleder, schon die Schnürsenkel seien mehr wert, als unser ganzer Alternativsender, krähte er unter dem beifälligen Lachen der Groupies. Er befahl dem armen Mathias Zsutty, ihm die Zehennägel zu schneiden. In Ermangelung einer Nagelschere musste Zsutty dem Ö3-Star die Nägel akkurat abknabbern. Es war schrecklich, aber niemand traute sich, den erfolgreichen Radiokollegen in die Schranken zu weisen. Schließlich ist Robert Kratky in der ORF-Hierarchie etwa 20.000 Stufen über jedem FM4-Mitarbeiter angesiedelt. Also biss Zsutty angewidert in den Ö3-Fuß. You're not at home, you're at work, baby.

*

Liebes Tagebuch, mit hängendem Kopf macht Thomas Edlinger ununterbrochen neuen frischen Kaffee für den Starkollegen, aber nie ist Kratky zufrieden. „Nicht frisch genug! Ich will einen frischen Kaffee!“, schreit er den zitternden Edlinger vom „Sumpf“ an. Alle anderen müssen sich in einer Schlange anstellen, um ihn um ein Autogramm zu bitten. Den Mädchen schreibt er auf die Brüste, den männlichen FM4-Mitarbeitern auf die Stirn. Durchs Fenster sieht man unterdessen Wortchef Pieper das neue Cabriolet von Kratky waschen. So ein Auto haben wir alle noch nie gesehen. Gegen Kratkys Cabrio wirken alle anderen Cabrios wie Kellerabteile oder Gefängniszellen. Das Auto hat mindestens 1 Milliarde Euro gekostet. Unser FM4-Dienstwagen sieht dagegen wie ein Dreirad aus. Kein Wunder, es ist ja auch ein Dreirad.

10.11.

Liebes Tagebuch, nach unten treten und nach oben buckeln, so lautet das Credo aller Mitarbeiter bei FM4. Vorbildlich vorgemacht wird uns das von Chefcontroller Blumenau. Er öffnet hier im Funkhaus in der Argentinierstraße bereits der Chefin Eigensperger die Tür, wenn die gerade in ihrem Grinzinger Villenviertel ins Auto steigt. Natürlich steht er mit ausgestreckter Hand da, bereit, der Chefin deren Hand zu schütteln, wenn sie eine Stunde später eintrifft. Den kleinen FM4-Mitarbeitern hingegen stiehlt er die Pausenbrote und schikaniert, wo er nur kann. Gestern aber hat das Schicksal Rache geübt. Als er Kollegen Trischler aus der Redaktion trat, weil ihm dessen Pausenbrot nicht schmeckte, knallte er mit seinem Fuß versehentlich gegen die Wand. Er schrie laut auf und ließ sich auf ORF-Kosten mit einem Privathubschrauber ins AKH fliegen. Hier stellte man tatsächlich eine leichte Prellung am kleinen Zeh fest. Die Stunden, in denen der grausame Chefcontroller weg war, waren die schönsten seit Bestehen des Senders. Perestroika und Glasnost waren ein Scheiß dagegen. Leider vergingen die Stunden wie im Flug, und als wir den Hubschrauber wiederkommen hörten, wussten wir: Das wird schrecklich.

*

Liebes Tagebuch, seit Blumenaus Fußverletzung muss Stefan Trischler ihn während der Arbeitszeit huckepack tragen. Blumenau gibt ihm die Schuld an dem Unfall, weil's ja schließlich passierte, als er ihn treten wollte. Chefcontroller Blumenau trägt eine schwarze Reiterkappe und hält eine Gerte in der Hand. Hin und wieder steckt er dem armen Trischler ein Stück Zucker in den Mund – aber nicht, um ihm eine Freude zu machen, sondern weil er weiß, dass Trischler Diabetiker ist. In Blumenaus Dienstvideorecorder liegen Aufzeichnungen von Dressurwettbewerben. Er sitzt auf Trischler und stellt mit ihm alle Szenen nach. Schneller Trab, leichter Trab, Pirouetten, Traversen. Das wäre alles nicht so schlimm, wenn er Trischler nicht auch noch gesattelt und gezäumt hätte. Die Riemen schneiden in der Lendengegend fürchterlich ins Fleisch. Trischler arbeitet wie ein Pferd. Be afraid honey, it's FM4!

11.11.

Liebes Tagebuch, seit Tagen sitzt Chefcontroller Blumenau huckepack auf Kollegen Trischler und reitet mit ihm durch den Wienerwald. Die frische Luft tue ihm gut, sagt Blumenau. Stefan Trischler muss über Hindernisse springen: Bäche, Hecken und von Blumenau extra aufgestellte Ochser. Blumenau trägt jetzt neuerdings eine Bundesheer-Uniform: Military-Reiten. Trischler muss eine Perücke mit Rosshaar tragen und ein Pferdegebiss, das er sich selbst in einem Scherzartikelgeschäft besorgen musste. Blumenau striegelt ihn auch vor und nach jedem Ausritt mit einer Drahtbürste. Trischlers Haut ist vollständig aufgerissen, und in den Wunden sind feine Rosshaare, die zu dauernden Entzündungen führen.

*

Liebes Tagebuch, Chefcontroller Blumenau ist sehr wütend auf Trischler, weil sie beim letzten Ausritt im Wald von einem echten Pferd überholt worden sind. Der andere Reiter sah überrascht aus, als er an dem FM4-Gespann vorbeiritt. Wahrscheinlich, weil Trischler so viel Schaum vorm Mund hatte. Blumenau ist davon überzeugt, dass Trischler genauso gut wie ein Pferd sein könnte, wenn er nachts nicht im Bett liegen, sondern im Stall stehen würde. Er ist mit Trischler zu einem Gestüt geritten und hat den Besitzer überredet, dass der arme Stefan heute Nacht zwischen den anderen Pferden stehen soll in einer Gemeinschaftsbox. Dort gibt es Wasser in Eimern und faulige Steckrüben. Na ja, immer noch besser als das FM4-Kantinenessen.

12.11.

Liebes Tagebuch, unser neues Sendestudio ist da. Die ganze Technik ist noch eingepackt in großen Ikea-Kartons. Wir dachten erst, die Verpackung sei nur für den Transport gewesen, ein Studio von Ikea erschien uns unmöglich. Bis uns von Chefcontroller Blumenau die Ikea-Steckschlüssel in die Hände gedrückt wurden. Tatsächlich: Studio und gesamtes Equipment sind von Ikea: Ingemar nennt sich dieses Steckstudio – und wie immer bei Ikea passt nichts zusammen. Schrauben fehlen,

Muttern und Kabel. So können wir unmöglich arbeiten. Die Bauanleitung ist auf schwedisch, Blumenau hats direkt bei Ikea in Schweden gekauft, weil's billiger ist. Leider kann von uns niemand Schwedisch. Vielleicht mit ein Grund, warum „Ingemar“ eher an ein riesiges Bett erinnert, als an ein funktionierendes Radiostudio.

*

Liebes Tagebuch, da das Ikea-Rundfunkstudio nicht funktionierte, Blumenau aber unser altes Studio an ein slowakisches Schrottunternehmen verkauft hat, mussten wir innerhalb von wenigen Minuten ein improvisiertes Studio bauen. Aus Kleiderhaken, Äpfeln, einer Glühbirne und einem elektrischen Nasenhaarschneider haben wir ein Provisorium zurechtgezimmert, mit dem man in Wahrheit besser senden kann, als mit unserem alten Studio. Probleme macht noch der Plattenspieler. Das einzige, was wir dafür finden konnten, war eine Flunder als Plattenteller und eine Zigarette als Tonarm, als Nadel verwenden wir einen Zahn der Flunder. Der Plattenspieler funktioniert zwar, aber alle Platten stinken jetzt unerträglich nach Fisch.

13.11.

Liebes Tagebuch, endlich kommt einmal ein Hautarzt. Seit Anbeginn des Senders leiden wir alle unter furchtbaren Ausschlägen. Rote Flecken und Pusteln in allen Größen und Ausformungen bedecken die Mitarbeiterkörper. Die Vermutung liegt nahe, dass irgendetwas mit dem Gebäude nicht stimmt, weil es ja aus gestohlenem Schutt des AKW Tschernobyl und des asbestverseuchten Berliner Palasts der Republik errichtet wurde. Wir haben es damals eigenhändig bauen müssen; Bauarbeiter weigerten sich trotz ABC-Kleidung und Sauerstoffmaske, auch nur in die Nähe des billigen Baumaterials zu gehen. Wir schmuggelten Baustein für Baustein einzeln in Sackerln im Zug nach Wien. Obwohl ja die anderen Fahrgäste gar nicht wissen konnten, was sich in den Sackerln befand, schnappten viele nach Luft und hatten Schaum vorm Mund. In einer Nacht-und-Nebel-Aktion haben wir den 4. Stock im Funkhaus errichtet, selbstverständlich ohne Baugenehmigung, die hätten wir ohnehin nie bekommen. Ob es an diesem kontaminierten Baumaterial liegt, dass wir alle aussehen wie eine bizarre Mischung aus Maikäfer und Niki Lauda?

*

Liebes Tagebuch, der Grad der Asbestverseuchung und Radioaktivität im FM4-Trakt ist nicht messbar. Die Messgeräte versagen den Dienst, die Nadel schlägt so weit aus, dass sie abbricht. Daran kanns also nicht liegen, dass wir wie sprechende Pusteln aussehen. Der Hautarzt hat auch eine ganz andere Diagnose gestellt: Ekel. Wir ekeln uns einfach vor der Arbeit bei FM4. Und dagegen gibt's nichts in der Apotheke, dagegen hilft nur: Kündigung, was aber durch die Knebelverträge verunmöglicht wird. Also hat der liebe Herr Doktor eine andere Behandlungsmethode entwickelt. Am FM4-Eingang steht jetzt ein großes Fass mit Cortisoncreme, in das wir vor Arbeitsbeginn mit dem ganzen Körper eintauchen müssen. Auf dem Fass ist ein großes Warnschild: „Be afraid – FM4!“

14.11.

Liebes Tagebuch, FM4 ist ein Alternativ-Sender. Das heißt, hier arbeiten Menschen, die keine andere Alternative haben, wenn sie beim Radio arbeiten wollen, bzw. wenn sie überhaupt arbeiten wollen. Das weiß natürlich die Chefetage, und deshalb werden FM4-Mitarbeiter auch schlechter bezahlt und behandelt als Zwangsarbeiter. Es gibt nur einen Kollegen, der es fast geschafft hätte, auf dem freien Arbeitsmarkt unterzukommen: Praktikant Albert Farkas. Der hochbegabte Albert war in der engeren Wahl für einen Aushilfsjob in einer niederösterreichischen Melkkolonne. Natürlich wurde er dann doch nicht genommen, aber immerhin: in die engere Wahl! Bei jeder freien Stelle in Österreich und Osteuropa bewerben sich die Kolleginnen und Kollegen. Thomas Edlinger ist sogar extra zu einem Vorstellungsgespräch nach Wladiwostok gefahren. Die haben Leute gesucht, um Sümpfe freizulegen, und er versuchte, die Chefs dort davon zu überzeugen, dass er Berufserfahrung habe, weil er bei FM4 im Sumpf moderiert. Aber schon bei der Erwähnung des Namens „FM4" schmissen ihn die Russen raus. FM4 – the only alternative – aber nur für die Mitarbeiter.

*

Liebes Tagebuch, Gerald Votava ist sehr geknickt. Er hat sich im Prater um einen Job als lebende Dose beworben. Aber der Dosenschießstandbesitzer hat sich für 6 Kollegen von Radio Wien und 4 von Krone Hitradio entschieden. Wir versuchten, ihn wieder aufzubauen: „Ist doch nicht so schlimm, Gerald, ist doch auch kein Traumjob im klassischen Sinn, beworfen zu werden und umzufallen!" „Natürlich nicht," schluchzte er, „aber immerhin besser als bei FM4!" Tja, da sind uns dann die Argumente ausgegangen.

15.11.

Liebes Tagebuch, es ist absurd. Da machen wir Jahr für Jahr Aktionen für „Licht ins Dunkel", dabei hätten WIR's am Nötigsten, Spenden zu bekommen. Das gibt sogar die Caritas zu. Aber weil wir ja scheinbar auch irgendwie zum ORF gehören, dürfen wir keine Almosen kriegen, von wegen: Rechtsweg ausgeschlossen. Außerdem, so heißt es, kriegen wir ja eh vom ORF Almosen. Laut einem Bericht der Welt-Nothilfe rangiert FM4 weltweit auf Platz 8, was große Not betrifft. Wir haben zum Beispiel seit 8 Jahren nur einen einzigen Bleistift für 50 Mitarbeiter. Durch das ewige Anspitzen ist er natürlich weg. Weggespitzt. Wir schreiben seit 4 Jahren mit dem Anspitzer. Wir haben eine Plastik-Kinder-Schreibmaschine, die uns von einem ukrainischen Kinderheim geschenkt wurde. Überhaupt ist es immer wieder schön, dass uns heimlich von Hilfsorganisationen kleine Spenden erreichen. Ein alter Ofen hier, ein Kasten aus Orangenkisten da. Trotzdem sind die Zustände bei FM4 katastrophal, aber wir dürfen nie fragen: Ist da jemand? Für FM4 ist niemand da. Na ja, you're not at home, you're at work, baby.

*

Liebes Tagebuch, das Dach ist nicht mal undicht, es ist schlicht und einfach weg. Der Wind pfeift durch die Plastikplanen, die wir als Mauerersatz aufgehängt haben. Wir hatten das letzte Mal Strom, als Bruno Kreisky als Kanzler angelobt wurde – und das letzte Mal fließendes Wasser, als Triest noch zu Österreich gehörte. Bei FM4 ist es so kalt, dass, wenn man spuckt, die Spucke in der Luft gefriert und als Brocken auf die Erde fällt. Ich fürchte, selbst wenn man uns helfen wollte: so viel Licht gibt es gar nicht, um unser Dunkel aufzuhellen. Aber trotzdem, ich hab' mich gefreut, als das Care-Paket aus Äthiopien kam.

16.11.

Liebes Tagebuch, dicke Luft bei FM4. Duncan Larkin, Stuart Freemann und die anderen „Englischsprachigen" wollen bei diesem Spiel nicht mehr mitmachen, bei dieser großen Medienlüge. Sie sind selbstverständlich allesamt Österreicher, bei FM4 arbeitet kein einziger Engländer, kein Amerikaner, kein Kanadier, kein Schotte, und es hat auch noch nie ein Ire den Sender betreten. Wieso auch, wo wäre der Anreiz? Bei jedem Piratensender in Irland kann man das 10-fache verdienen, in Amerika verdienen Praktikanten von Indianer-Reservats-Radiosendern am Tag so viel wie wir hier im Monat, und in England kriegt man fürs Radiohören mehr als wir fürs Radiomachen. Sie sind alle so wenig englischsprachig, wie Ivan Rebroff Russe ist. Aber sie müssen so tun, weil Chefin Eigensperger glaubt, dass FM4 so internationaler und cooler klingt. Wie es den Kollegen mit ihrer Lebenslüge geht, danach fragt keiner.

*

Liebes Tagebuch, Duncan Larkin zum Beispiel heißt eigentlich Dieter Bettlaken und kommt aus einer kleinen burgenländischen Gemeinde. Ein mit ihm befreundeter Winzer hatte einmal eine Affäre mit dem Butler von Prince Charles, das reichte schon, um ihn in den Augen von Chefin Eigensperger zum „Briten" zu machen. Der arme Dieter Bettlaken, bzw. ja jetzt Duncan Larkin, leidet von allen Englischsprachigen am meisten, weil er gar kein Englisch kann. In einem 5-tägigen Crashkurs hat ein zwangsverpflichteter schottischer Tourist versucht, ihm die wichtigsten Grundbegriffe beizubringen. Aber der arme Duncan/Dieter tut sich mit Sprachen sehr schwer. Er steht jedes Mal schweißgebadet im Studio und versucht sich durch die Sendungen zu kämpfen. Es ist Angstschweiß, literweise.

17.11.

FM4 steckt mitten in den Weihnachtsvorbereitungen. Aus dem Funkhaus, das 24 Fenster hat, soll ein riesiger lebendiger Adventskalender werden. Eine Idee vom rührenden Wortchef Pieper. Jeden Tag wird ein Fenster geöffnet, in dem dann ein nackter Kollege mit Kerze auf dem Kopf erscheint. Der arme Kollege muss dann bis zum Heiligen Abend im Fenster stehen und den Vorbeigehenden zurufen: „FM4 wünscht frohe Weihnachten!" und dann zweimal in die Hände klatschen. Wer nicht mitmacht, fliegt raus, heißt es aus der Chefetage. Jeder fürchtete sich davor, schon am 1. Dezember eingesetzt zu werden. Ärzte haben ausgerechnet: wenn man im Winter 24 Tage lang nackt in einem offenen Fenster steht, liegt die Überlebenschance nur bei 49%! Außerdem, warnen Feuerexperten, ist die Gefahr sehr groß, dass wegen der brennenden Kerzen das Haar Feuer fängt. Stermann brannte bei den Proben lichterloh. Das hat ...

*

Verdammt. Ich arme Sau habe die 8 gezogen. Das heißt, ich muss ab dem 8. Dezember für 16 Tage im offenen Fenster stehen. Ich weine, während ich dies schreibe. Diese Aktion ist so idiotisch, weil die Fenster alle in den Hof rausgehen, wo uns überhaupt niemand sehen kann. Der einzige, dem wir frohe Weihnachten wünschen können, ist Brutus, der Ö1-Wachhund, der im Hof angekettet den ganzen Tag wie ein Irrer durchbellt.

Die Kerze wurde mir bereits vom Chefcontroller auf den Kopf geschnallt. Sie wiegt 22 Kilogramm und tropft wie eine Wahnsinnige. Wachs tropft mir in Nacken und Augen. Ich sehe nichts mehr. Ich hab' so Angst vor Weihnachten. Am 24. übrigens soll Gerald Votava als Christkind verkleidet im riesigen Dachfenster erscheinen. Grissemann, das arme Schwein, soll in dieser vertrottelten Inszenierung den Stern von Bethlehem geben. Der Österreicher wird, von einem Kran getragen, 100 Meter über Christkind Votava schweben und ihn mit einem Halogenscheinwerfer anstrahlen. Das hat ...

18.11.

Heute Morgen wurden Äxte an die Mitarbeiter verteilt, um einen Christbaum aus dem Wald zu schlagen. Einige frustrierte Mitarbeiter haben versucht, sich mit der Axt selbst zu erschlagen. Der größenwahnsinnige Chefcontroller Blumenau will den größten Christbaum Österreichs vorm Funkhaus stehen sehen. Der Baum soll mindestens so hoch sein wie der Millenniumstower. Als Kollege Jordan einwarf, solch hohe Bäume gebe es in Europa nicht, hatte er schon die harte Hand von Blumenau im Gesicht. Konkret ist der Auftrag, so viele Bäume übereinander zu stecken, dass diese protzige Größe erreicht wird. Mit kleinen orangefarbenen Zipfelmützen haben wir Mitarbeiter uns in den Wald begeben, um dort 150 Tannen zu fällen, die wir im Hof versuchen aufeinander zu stecken. Der Chefcontroller selbst hat 5000 riesige Weihnachtskugeln herstellen lassen, auf denen sein grinsendes Konterfei abgebildet ist. Das hat ...

*

Schrecklich. Furchtbar. Die schlimmste Vorweihnachtszeit, die ich jemals erlebt habe. Im Wald liegen Pi mal Daumen 20 Finger von FM4-Kollegen. Während unserer illegalen Waldrodungsaktion befanden wir uns in ständigem Kleinkrieg mit Naturschützern und uneinsichtigen Förstern, die sich erst zurückzogen, als Grissemann mit seiner Axt einen keifenden Förster enthauptete. Dabei ist Weihnachten doch das Fest der Liebe. Das FM4-Gelände ist von einem massiven Polizeiaufgebot umstellt. Wir lassen uns davon aber nicht beirren und machen mit den Weihnachtsvorbereitungen weiter. Wir haben die 150 Bäume ineinander gesteckt, aber es ist unmöglich, den riesigen Baum aufzustellen; vor allem, weil wir von der Polizei mit Schlagstöcken und Wasserwerfern bearbeitet werden. Das hat ...

19.11.

Wir alle konnten uns nicht erklären, warum seit Wochen unzählige Lastwagenlieferungen mit Schuhen, Stiefeln und Socken eintrafen, die alle vor dem Funkhaus von Senderchefin Eigensperger und Chefcontroller Blumenau entgegengenommen wurden. Naiverweise dachten wir, die Lieferung sei für uns bestimmt, weil wir doch seit einem Jahr bloßfüßig arbeiten müssen, um den Teppich nicht zu beschmutzen – aber weit gefehlt. Wie Spitzel Thomas Edlinger herausgefunden hat, ist das ganze Schuh- und Strumpfwerk für den 6. Dezember bestimmt, an dem ja der Nikolaus Geschenke bringt, die er in Schuhe und Strümpfe steckt. Eigensperger und Blumenau werden 12.000 Paar Schuhe und fast 50.000 Socken vor die Tür stellen. Von uns bloßfüßigen Dienern wird erwartet, die Schuhe und Socken mit großzügigen Geschenken zu füllen, weil es den Nikolaus ja nicht gibt. Wir müssen neue Kredite aufnehmen. 60.000 Geschenke wollen erstmal finanziert sein.

*

Die meisten Kollegen haben eine chronische Blasenentzündung durch das ständige barfuß gehen. Außerdem sind die Füße wund, nicht nur wegen der ständigen Schläge auf die Fußballen, sondern vor allem durch die vielen Glassplitter der Wodkagläser, die Chefcontroller Blumenau nach schöner alter russischer Tradition nach dem Austrinken auf den Boden knallt. Gestern waren 2 moslemische Extremisten im Funkhaus, die aber sofort aus Angst und blankem Entsetzen vor Blumenau die Flucht ergriffen. Das gibt uns allen hier zu denken. Der Chefcontroller verfolgte sie und ließ sie nicht eher gehen, ehe die armen Extremisten kleine feine orientalische Geschenke in einen christlichen Socken steckten. Das hat doch alles …

20.11.

Chefcontroller Blumenau hat sich gestern mit dem Boxer Graciano Rochiggiani und dem Hannoveraner Adeligen Prinz Ernst August getroffen, um sich über das Thema „Konfliktlösung“ auszutauschen. Ernst August schenkte Blumenau einen Schirm, den er gleich an Kollegen Schindler ausprobierte. Der

Schirm funktionierte, aber Schindlers rechtes Ohr jetzt leider nicht mehr. Die Köche aus der Kantine spotten, Schindlers Ohr sehe aus wie Zürcher Geschnetzeltes. Blumenau hat wortwörtlich die Schirmherrschaft über FM4 übernommen. Sonst war der Tag sehr ruhig, was nicht zuletzt daran liegt, dass alle Mitarbeiter, die nicht gerade „on air" arbeiten, geknebelt auf ihren Bürostühlen zu sitzen haben.

*

Chefcontroller Blumenau unterschreibt gerade eine Autogrammkarte für Richter Gnadenlos. Ich habe gestern heimlich einen Brief aus England gelesen, der an den Chefcontroller adressiert war. Ein Brief von Margaret Thatcher, in dem sie ihn wörtlich als die „eigentliche eiserne Lady" bezeichnet. Senderchefin Eigensperger liegt wie immer schnarchend in ihrer Hängematte, während Praktikant Schindler vor Kälte und körperlicher Schwäche in seinem Sessel kauernd jammert. Überhaupt sehen sämtliche Mitarbeiter aus wie diese kleinen nackten Schoßhunde, die angebunden vor Supermärkten vor sich hin zittern. Vor jeder Hilfe von außen schirmt uns Blumenau im wahrsten Sinne ab.

21.11.

Statt der seit Jahren versprochenen Gehaltserhöhung haben die jungen FM4-Mitarbeiter alle zusammen eine Familienpackung Prozac bekommen. Und sie dürfen pro Tag 5 Minuten die Schreibtischlampe anmachen, als Lichttherapie gegen die erdrückenden Depressionen. Und endlich dürfen sie, wenn sie von Chefcontroller Blumenau oder der Senderchefin angebrüllt werden, weinen – ohne Konsequenzen. Stummes Weinen allerdings nur. Lautes straffreies Weinen hat man ihnen für Sommer 2004 in Aussicht gestellt. Es wird also besser. Aber wann wird es endlich so weit sein, dass sie straffrei aus Erschöpfung umfallen dürfen? Na ja, man darf nicht gleich nach den Sternen greifen.

*

Hier beim ORF gab es seit 1945 keine Gehaltserhöhungen. Noch immer wird der klassische FM4-Mitarbeiter mit Lebensmittelkarten bezahlt (die man seit über 50 Jahren nicht mehr einlösen kann) und mit Nylonstrumpfhosen. Redakteure, die am Wochenende Sendungen machen, bekommen zusätzlich amerikanische Kaugummis. FM4-Mitarbeiter erkennt man daran, dass sie noch immer in ausgebombten Wohnungen leben. Wenn Fritz Ostermayers Frau nicht das Knopfgeschäft ihrer Eltern übernommen hätte, müsste er nicht nur am Abend betteln gehen. Ostermayers Frau backt Plätzchen aus Kartoffelschalen. Er selbst pflanzt Tabak an und hat angekündigt, morgen mit dem Handwagen zu einem Bauern aufs Land zu fahren, um die Eheringe gegen zwei Steckrüben einzutauschen.

23.11.

Kollege Stermann und ich sind sehr stolz, weil wir von einer unabhängigen Jury in Andorra den Staatspreis für Radiounterhaltung bekommen haben. Neben uns hat sich für den Radiopreis noch der 84-jährige Hobbykarikaturist Hartmut Pechlahner beworben, der aber schlüssigerweise disqualifiziert wurde, weil er ja nicht beim Radio arbeitet. Es ist der erste und – ohne FM4 nahe treten zu wollen – sicher auch der letzte Preis, den FM4 jemals gewinnen wird. Eigentlich müsste das unsere Position im Sender stärken, aber das Gegenteil ist der Fall. Die vor Neid zerfressenen Kollegen Votava und Haipl haben heute in der Kantine versucht, uns zu vergiften, indem sie uns einfach das Kantinenessen vorsetzten. Das hat …

*

Ich bin sehr stolz. In Anerkennung unseres Preises hat uns Senderchefin Eigensperger heute vor versammelter Mannschaft jeweils eine Erdnuss überreicht, einen Schmatz auf die Stirn gegeben und uns anschließend mit einem sanften Po-Klaps in die Arbeit zurückgeschickt. Grissemann stolziert seitdem wie ein Pfau durch die Redaktionsräume. Während ich diese Zeilen schreibe, prügeln die Kollegen Votava und Haipl, beide übrigens meilenweit von jedem Radiopreis der Welt entfernt, den erfolgreichen Grissemann windelweich. Ich nutze diese Aufregung, um auch Grissemanns Erdnuß zu vertilgen. Das hat …

24.11.

Die Gesundheitspolizei hat gestern die ORF-Kantine unter Quarantäne gestellt, nachdem mehrere tote Ratten gefunden worden sind. Die Ratten sind an der Gulaschsuppe elendiglich zugrunde gegangen. Die Kantinenbetreiber zeigten sich uneinsichtig und überrascht, dass ihr Essen solche Auswirkungen hat. Sie selber allerdings bringen ihr Essen von zu Hause mit, was uns immer schon verdächtig vorkam. Aus den Bratwürsten kriechen grüne Würmer, der Salat bewegt sich, und die Kartoffeln zerfallen zu schwarzem Schlamm, sobald man sie berührt. Aus den Fischen steigt eine gelbe Säure auf. Jeder Klebstoff ist nährstoffreicher als die ätzende Brühe, die sich Tagessuppe nennt. Das Gesundheitsamt hat die beiden Köche festgenommen und direkt nach Den Haag überführt, wo sie in einem Schnellverfahren vor dem Internationalen Gerichtshof ihrer gerechten Strafe entgegenschlottern. Das musste mal gesagt werden, auch wenn das mit Radiomachen überhaupt nichts zu tun hat!

*

Wir FM4-Mitarbeiter sind die einzigen ORF-Mitarbeiter, die trotz Quarantäne weiterhin in der Kantine essen müssen. Wir klettern über die Absperrungen und dann durchs Klofenster an den Schildern mit den Totenköpfen vorbei direkt in die Küche. Hier habe ich bei den Milchflaschen etwas Spektakuläres entdeckt. Auf den Frischmilchpackungen sind Fußball-WM-Sammelbilder angebracht mit den Konterfeis von Ernst Happel, Gerhard Hanappi und Sepp Herberger. Tatsächlich ist die Frischmilch abgelaufen am 21. Juni 1954! Auf einem Schwarzbrot fand ich eine Nachricht von einem Soldaten, der 1866 bei der Schlacht von Königsgrätz dabei war; im Quark hat man eine Haarlocke von Robbespierre gefunden! Das hat doch alles mit gesunder Ernährung nichts mehr zu tun – und mit Radiomachen sowieso schon lange nicht mehr.

26.11.

Liebes Tagebuch, wie du ja weißt, werden nächstes Jahr der ORB und der SFB fusionieren. Der Sender wird dann RBB heißen. Radio Berlin-Brandenburg. RBB, so kürzt sich allerdings auch die Rinderbesamungsanstalt Brandenburg ab ... Was Senderchef Lehnert auf eine verhängnisvolle Idee brachte. Mit dem Leiter der Rinderbesamungsanstalt vereinbarte unser Chef eine Kooperation: Falls es einen Rinderengpass geben sollte, schickt Radio1 kräftige, potente Redakteure in Brandenburgs Ställe. Ich erspare mir jetzt Details, weil es einfach zu widerlich ist. Als Gegenleistung wird die Besamungsanstalt mit dem Radio1-Programm beschallt, um so neue Hörerkreise zu erschließen. Das darf doch alles nicht wahr sein.

*

Als Ersten hat es wieder mal mich getroffen. Ich werde morgen von einem Viehtransporter abgeholt, mit verbundenen Augen nach Priegnitz geschafft und dort in verschiedenen Ställen eingesetzt.

Thomas Edlinger

1.12.

Liebes Tagebuch, ökonomische Zwänge führen bei FM4 zu ökologischem Umdenken. Nachdem uns wiederholt der Strom abgeschaltet wurde, haben wir jetzt im Gebäude auf Wind- und Wasserkraft umgerüstet. Alle paar Meter stehen jetzt mannshohe Windräder, die wir selbst gebaut haben aus Altmetall und gefährlichem Sondermüll. Tatsächlich haben wir es geschafft, dass sie funktionieren. Würden. Wenn es Wind gäbe. Es reicht einfach nicht, dass die jungen Mitarbeiter vor den Rotorblättern stehen und blasen. Den Kollegen platzen die Adern an den Schläfen, aber heraus kommen trotzdem 0 Kilowattstunden Strom. Es ist zum Verzweifeln.

*

Liebes Tagebuch, Wasserkraft: saubere und erneuerbare Energie, klingt schön, aber wie soll das Indoor funktionieren? Noch dazu, wo uns vor Jahren das Wasser abgestellt wurde? Ostermayer, Edlinger und die grobschlächtigen Kollegen von Projekt X haben die unteren 3 Etagen des FM4-Trakts in 4 Wochen zu einem großen Auffangbecken für einen Stausee umgebaut und aus Altpapier und Kompost ein handbetriebenes Wasserkraftwerk gebaut. Aber: das Wasser fehlt. Im Becken sammeln sich zwar Blut, Schweiß, Tränen und Bierreste von den Kollegen, aber höchstens 2 Meter hoch. Das reicht nicht. Wer also nicht vor den Windrädern steht und bläst, muss hier unten spucken. Einige haben so viel Körperflüssigkeit abgegeben, dass sie in einer Art Wachkoma liegen.

2.12.

Liebes Tagebuch, Zahnärzte sterben statistisch gesehen früher, weil sie bei ihrer Arbeit ständig in angsterfüllte Gesichter blicken müssen. So gesehen, müssten Zahnärzte FM4-Mitarbeiter bei weitem überleben, denn wir blicken in keine angsterfüllten, sondern panische Kollegengesichter. Edvard Munchs „Der Schrei“ wirkt gegen unseren Praktikanten Albert wie ein romantisch verklärter „dont-worry-be-happy“-Typ. Mathias Zsutty ist noch depressiver. Er ist schwärzer gekleidet, als es Johnny Cash je war. Cash war gegen ihn ein bunter Paradiesvogel, nicht nur modisch, auch seelisch. Am traurigsten sind bei FM4 die Kollegen der Morning Show, weil sie mit Tränen in den Augen fröhlich sein müssen. Gute Laune verbreiten trotz Angst im Nacken. Denn hinter ihnen steht während der Sendung der „Fürst der Finsternis", Chefcontroller Blumenau.

*

Liebes Tagebuch, gegen Chefcontroller Blumenau strahlt Ötzi menschliche Wärme aus. Nicht der DJ, sondern der Eismann. Ich kann mich aber auch noch erinnern, wie einmal der DJ bei FM4 war. Er wollte scheinbar seinen Burgersong promoten und war voll auf irgendeiner Partydroge. Als Blumenau das Studio betrat, stockte der DJ mitten im Satz und begann mit Angstschweiß auf der Stirn Mozarts Requiem zu summen. Blumenau nennt seine beängstigende Ausstrahlung „natürliche Autorität". Na ja, im Fall des dicken Tiroler DJs fand ich das eigentlich ganz gut, denn dessen Gesang macht mir fast noch mehr Angst als der Fürst der Radiofinsternis.

3.12.

Liebes Tagebuch, bald beginnt ein neues Jahr. Man blickt zurück. Auch wir bei FM4 lassen das vergangene Jahr jetzt oft noch einmal Revue passieren. Wir haben zum Beispiel die Hörerzahlen verzehnfacht, indem wir an die offizielle Zahl eine Null hängten. Grund zum Feiern also. Wir Mitarbeiter haben im Gegensatz zum Vorjahr 50% Personalkosten eingespart, ein neuer ORF-Rekord, während Chefin Eigensperger und Chefcontroller Blumenau ihre Ausgaben um 200% gesteigert haben, auch Rekord. Zwei Gründe mehr zu feiern. Aus diesem Grund haben die Chefs Hummer und Sekt ins Funkhaus kommen lassen. Die Mitarbeiter stehen um den Tisch herum, an dem Eigensperger und Blumenau sitzen, und prügeln sich um die Schalen. In die leeren Sektflaschen füllen sie Wasser, das mit den Sektrückständen zusammen zumindest erahnen lässt, wie der Sekt schmeckt.

*

Liebes Tagebuch, Kollege Andreas Schindler hat mir erzählt, dass er einmal nachgerechnet hat, wieviel er im vergangenen

Jahr gearbeitet hat: er war 361 Tage im Funkhaus, im Schnitt arbeitet er 19 Stunden pro Tag, exklusive Pausen, wobei „Pausen" auch solche Momente sind, in denen er atmen muss oder nachdenken. Das macht 6.859 Stunden. Also hat er es wieder nicht geschafft, zu den 20 Mitarbeitern des Jahres zu gehören. Dafür braucht man mindestens 8.500 Stnden. Ein Jahr hat 8.760 Stunden. Also darf man pro Jahr höchstens 260 Stunden Pause machen. Schindler hat schwarze Augenringe, die bis zu den Brustwarzen reichen, und Tränensäcke, die den Boden berühren. Er ist 19 und hat den Gang eines Mannes aus dem 19. Jahrhundert. Er arbeitet jetzt erst seit 3 Jahren bei FM4. Wie schnell man doch einen Mann brechen kann.

4.12.

Liebes Tagebuch: „Welche guten Vorsätze habt Ihr für das nächste Jahr?" So steht es auf einem FM4-Rundschreiben. Es gibt 3 Antworten zur Auswahl, von denen man 2 ankreuzen soll: a) weniger Freizeit, b) weniger Mitbestimmung, oder c) mehr Respekt vor Autoritäten. Mathias Zsutty schrieb unter seinen Fragebogen „Liebe und Geborgenheit". Ich will nicht wissen, was dieses freche Verhalten für Konsequenzen nach sich ziehen wird. Auch Wortchef Pieper schoss deutlich übers Ziel hinaus. Er schrieb auf den Fragebogen: a) und b) kann ich nicht ankreuzen, weil das nicht möglich ist. Weniger Freizeit und weniger Mitbestimmung gibt es auf dieser Welt nicht. Deshalb kreuze ich nur c) an: mehr Respekt vor Autoritäten. Ich schätze mal, dass ihm der Tag Jahresurlaub gestrichen wird, womit sich dann auch seine Anmerkung auf jeden Fall bewahrheiten dürfte.

*

Liebes Tagebuch, es war bestürzend mitanzusehen, wie Kollege Freeman auf den Tisch stieg und eine Rede hielt. „I have a dream", sagte der 74jährige Kollege. „I have a dream. Ich träume von einer Welt, in der Redakteure ihre Chefs angstfrei ansprechen können. In der Redakteure schlafen dürfen, wenn sie müde sind. In der ein Redakteur in seinem Arbeitsleben wenigstens einmal gelobt wird. I have a dream. Ich träume von

Kantinen, in denen man angstfrei alles essen kann, von Radioanalysen, vor denen man sich nicht fürchten muss. Von professionellem Radio. Kurz, ich träume davon, den Sender zu wechseln." Man hörte nach dieser Rede nur einen klatschen, nämlich Chefcontroller Blumenau, dem beim Klatschen die Wangen von Freeman zwischen die Hände gerieten.

5.12.

Liebes Tagebuch, alle bei FM4 sind völlig erschöpft. Um die Lautstärkeregler am Mischpult zu schonen, müssen wir FM4-Moderatoren seit Tagen brüllen. Chefcontroller Blumenau hat gehört, dass man Kosten sparen kann, wenn man das Mikrophon auf „leise" stellt. Damit die Hörer uns dennoch hören können, müssen wir 5-mal so laut sprechen wie normalerweise. Um das zu üben, hat Chefkoordinator Blumenau ein Trainingsprogramm zusammengestellt, das unsere Stimmbänder stärken soll. Er legt uns 40-Kilo-Gewichte auf den Hals, die wir mittels unserer Stimmbänder in die Höhe stoßen müssen. Wir müssen dabei Halsschienen tragen, damit die Stimmbänder nicht aus ihrer Verankerung reißen. Das Haustelefon wurde abgeschafft, so dass wir uns im gesamten Funkhaus schreiend verständigen müssen.

*

Liebes Tagebuch, bei jeder Sendung kommt inzwischen eine Polizeistreife, um uns wegen Ruhestörung anzuzeigen. Trotz schallisoliertem Studio reden wir so laut, dass nicht nur Anzeigen aus dem 4. Bezirk kommen, sondern auch aus Bezirken von der anderen Donauseite. Eine Funkstreife kam aus Wiener Neustadt, weil sich dort jemand von dem Geschrei belästigt fühlte. Wir habe alle inzwischen so dicke Hälse, dass wir 2 Meter lange Schals brauchen, um den Hals wenigstens zur Hälfte zu bedecken.

6.12.

Liebes Tagebuch, FM4 ist eine Mischung aus Altersbosheit und Kindergarten. In dieser Welt prallen Pubertät und Greisentum aufeinander. Die einen können nicht mehr, die anderen noch nicht. Das ist mir wieder einmal klar geworden, als Duncan Larkin und Praktikant Albert gemeinsam eine Sendung vorbereiten wollten. Duncan kann wegen des grauen Stars nicht mehr lesen, Albert kann noch nicht lesen, weil er, wie so viele andere, für FM4 viel zu früh die Schule verlassen hat. Ich glaube, er war 7, als er zu uns kam. Tauchte er nicht sogar genau an Duncans 75. Geburtstag auf? Jedenfalls ist ihrer beider Leseschwäche der Grund dafür, dass in der Morning Show nie etwas Aktuelles thematisiert wird. Sie können schlicht und ergreifend die Zeitungen nicht lesen, die Wortchef Pieper ihnen jeden Morgen um halb fünf ins Studio knallt. Duncan und Albert werfen sich dieses Grundproblem lautstark gegenseitig vor. Jedesmal, während eine Platte läuft, schreien und pöbeln sie sich an.

*

Liebes Tagebuch, hab' ich dir schon erzählt, dass ich draufgekommen bin, dass bei FM4 niemand einen ordentlichen Schulabschluß hat? Scherzhaft sagt Grissemann ja immer, ich hätte nur die kleine Matura: 3 Jahre Volksschule und 1 Tanzstunde. Aber ... das stimmt! Wieso wir es dann trotzdem schaffen, ein halbwegs intelligentes Image zu haben, liegt an einigen Ö3-Werbestrategen und ORF-Image-Gurus, die FM4 so positioniert haben, auch wenn uns Mitarbeitern das geistige Rüstzeug fehlt, zu begreifen, wie. Martin Blumenau ist angeblich sogar in der Tanzschule sitzengeblieben. Aber niemand traut sich, ihn danach zu fragen, aus Angst vor einem Gewaltausbruch. Denn so lernfähig sind FM4-Mitarbeiter doch: reize niemals, nie Chefcontroller Blumenau.

7.12.

Liebes Tagebuch, zwei Damen vom Jugendamt haben gerade eben zwölf junge Mitarbeiter mit Gewalt aus der Redaktion gebracht. Die zwölf waren schon seit Monaten nicht mehr in der Schule. Offenbar sind Marie, Karl, Jenny, Albert und wie sie alle heißen, allesamt unter 14. Was nicht so verwunderlich ist. Ältere würden für diesen Hungerlohn wohl kaum arbeiten. Ich habe erfahren, dass Albert z.B. 50 Euro im Monat bekommt. Chefin Eigensperger hat ihm erklärt, dass ihre 11-jährige Enkelin auch nicht viel mehr Taschengeld monatlich bekommt. Nun ja, liebes Tagebuch, die Enkelin der Chefin hat aber auch sicher keinen 20-Stunden-Arbeitstag. Aber wie heißt's so schön intern: you're not at home, you're at work, baby.

*

Liebes Tagebuch, die beiden 9-jährigen Zwillinge, die niedere Dienste bei der Technoshow La Boum de Luxe verrichten, haben heimlich mit UNICEF telefoniert. Scheinbar ist Nachtarbeit für Kinder selbst bei einem Jugendsender verboten. Dabei müssen die Zwillinge gar nichts Anstrengendes tun. Nur nachts Alkohol von der Tankstelle holen und hin und wieder für Gast-DJs Drogen besorgen. UNICEF wirft FM4 aber vor allem vor, dass die 9-Jährigen bei La-Boum-de-Luxe-Auswärtsspielen in verrauchten Clubs um 6 Uhr morgens das Equipment abbauen müssen, nachdem sie die ganze Nacht am Tresen Bier und Sound-selections verkauft haben. Heinz Reich, Chef von La Boum, argumentierte, dass moderne Technik ja gar nicht so viel wiegt, aber das war den Leuten von UNICEF wurscht. Sie brachten die Kleinen in ein Kinderheim. Na ja, da treffen sie immerhin ehemalige Kollegen wieder.

8.12.

Liebes Tagebuch, FM4-Chefin Eigensperger hat zum ersten Mal seit Jahren wieder mal FM4 gehört, und ihr ist aufgefallen, dass wir Moderatoren zu ernst klingen, zu freudlos. Wir versuchten, ihr den Zusammenhang zwischen diesem Eindruck und den Arbeitsverhältnissen hier zu verdeutlichen, wurden aber durch ein Ohrfeigengewitter von Chefcontroller Blumenau abgewürgt. Die Chefin sagte, wir könnten jederzeit mit Problemen kommen, aber nicht zu ihr. Dann knallte sie einen Senderbefehl auf den Tisch und ging Golf spielen. Der kleine Wortchef Pieper lief als Caddy schweißgebadet mit der mehrere hundert Kilo schweren Golftasche hinterher. In der Anweisung steht, dass wir, Zitat: „mit einem Augenzwinkern" moderieren sollen. Und dass Blumenau das kontrollieren würde.

Tatsächlich müssen wir jetzt beim on air Sprechen ständig mit den Augen zwinkern. Ich fürchte, Chefkoordinator Blumenau hat die Anweisung zu wörtlich genommen: Claudia Unterweger wurde gerade mit einem Krampf im Auge ins AKH gebracht.

*

Liebes Tagebuch, weil Mirjam Unger eben vergessen hat, während einer Plattenmoderation mit den Augen zu zwinkern, hat Blumenau den armen Gerald Votava dazu verdonnert, neben ihr zu stehen und ihre Augen manuell zum Zwinkern zu bringen. Er muss jetzt im Sekundentakt ihre Augen zumachen und wieder öffnen. Es scheint ihm furchtbar peinlich zu sein, aber wenn er es nicht macht, hat Blumenau ihm angedroht, mit ihm zum Golfplatz der Chefin zu fahren und ihn dort abzuschlagen. Das hat Blumenau schon einmal mit Thomas Edlinger gemacht. Edlinger flog einige Meter weit und landete im Sand. Mirjam Ungers Auge ist durch die ständige Belästigung schon blau angelaufen und geschwollen.

11.12.

Liebes Tagebuch, FM4 ist ein Alternativ-Sender, das heißt, hier arbeiten Menschen, die keine andere Alternative haben, wenn sie beim Radio arbeiten wollen, bzw. wenn sie überhaupt arbeiten wollen. Das weiß natürlich die Chefetage, und deshalb werden wir Mitarbeiter auch schlechter bezahlt und behandelt als Zwangsarbeiter. Es gibt nur einen Kollegen, der es auf dem freien Arbeitsmarkt fast geschafft hätte, unterzukommen: Praktikant Albert Farkas. Der hochbegabte 17-jährige Albert war in der engeren Wahl für einen Aushilfsjob in einer polnischen Melkkolonne. Natürlich wurde er dann doch nicht genommen, aber immerhin: in die engere Wahl! Bei jeder freien Stelle in Österreich und Osteuropa bewerben sich die Kolleginnen und Kollegen. Kollege Edlinger ist sogar extra zu einem Vorstellungsgespräch nach Wladiwostok gefahren. Die haben Leute gesucht, um Sümpfe freizulegen, und er versuchte, die Chefs dort davon zu überzeugen, dass er Berufserfahrung habe, weil er den „Sumpf" moderiert, aber schon bei der Erwähnung des

Namens „FM4" schmissen ihn die Russen raus.

*

Liebes Tagebuch, Grissemann ist sehr geknickt. Er hat sich bei einem fahrenden Jahrmarkt um einen Job als lebende Dose beworben. Aber der Dosenschießstandbesitzer hat sich für 6 Kollegen von Radio Wien und 4 von Ö1 entschieden. Wir versuchten, ihn wieder aufzubauen: „Ist doch nicht so schlimm, Grissemann, ist doch auch kein Traumjob im klassischen Sinn, beworfen zu werden und umzufallen!" „Natürlich nicht", schluchzte er, „aber immerhin besser als bei FM4 zu arbeiten". Tja, da sind uns dann die Argumente ausgegangen. Schießbudenfiguren haben mehr mit Radiomachen zu tun als wir.

12.12.

Liebes Tagebuch, es ist absurd. Da rufen wir Jahr für Jahr für Spenden für „Licht ins Dunkel" auf, dabei hätten WIR's am Nötigsten, Spenden zu bekommen. Das geben sogar die Caritas und das diakonische Hilfswerk zu. Aber weil wir ja scheinbar auch irgendwie zum ORF gehören, dürfen wir keine Almosen kriegen, von wegen: Rechtsweg ausgeschlossen. Außerdem, so heißt es, kriegen wir ja eh vom ORF Almosen. Laut einem Bericht der Welt-Nothilfe rangiert FM4 weltweit auf Platz 8, was große Not betrifft. Wir haben zum Beispiel seit 8 Jahren nur einen einzigen Bleistift für 50 Mitarbeiter. Durch das ewige Anspitzen ist er natürlich weg. Weggespitzt. Wir schreiben seit 4 Jahren mit dem Anspitzer. Wir haben eine Plastik-Kinder-Schreibmaschine, die uns von einem ukrainischen Kinderheim geschenkt wurde. Überhaupt ist es immer wieder schön, dass uns heimlich von Hilfsorganisationen kleine Spenden erreichen. Ein alter Ofen hier, ein Kasten aus Orangenkisten da. Die Pferdedecke, in die ich gewickelt bin, ist auch eine Spende aus der Mongolei. Leider riecht sie ein bisschen streng. Weil ein Yak reingeschissen hat, bevor sie dort von den Nomaden für FM4 ausrangiert wurde. Mein Gott, was hat das …

*

Liebes Tagebuch, das Dach ist nicht mal undicht, es ist schlicht und einfach weg. Der Wind pfeift durch die Plastikplanen, die wir als Mauerersatz aufgehängt haben. Wir hatten das letzte Mal Strom, als Rosa Luxemburg noch in der SPD war – und das letzte Mal fließendes Wasser, als Istanbul noch Konstantinopel hieß. Bei FM4 ist es so kalt, dass, wenn man spuckt, die Spucke in der Luft gefriert und als Brocken auf die Erde fällt. Ich fürchte, selbst wenn man uns helfen wollte: soviel Licht gibt es gar nicht, um unser Dunkel aufzuhellen. Aber trotzdem, ich hab mich gefreut, als das Care-Paket aus Äthiopien kam.

13.12.

Liebes Tagebuch, natürlich müssen wir alle sparen, aber der diesjährige Weihnachtsbaum ist wirklich deprimierend. Eine Art Besenstiel aus Holzimitat. Unser Weihnachtsbaum liegt neben dem Eingang auf dem Boden, weil wir auch kein Geld für einen Baumständer haben. Auch der Besuch der heiligen 3 Könige war enttäuschend. Chefcontroller Blumenau hatte den Besuch feierlich angekündigt, und viele der jüngeren Kollegen hatten sich wirklich gefreut. Alle standen wir am Tor, Weihnachtslieder singend – und dann kam ein Pizza-Bote, der auf indisch irgendetwas Abfälliges nuschelte. Der Pizzadienst heißt „Second Mouth"; sie verkaufen nur gebrauchtes Essen. Und so haben wir dann bei der Weihnachtsfeier kalte, abgenagte Pizzaränder auf den Schreibtischen gehabt. Das einzige, was weihnachtlich wirkt, ist der miefige Stallgeruch im Funkhaus. Es riecht nach Schweiß und Vieh, weil wir die Hälfte des Gebäudes an eine polnische Mastgansfirma vermietet haben.

*

Liebes Tagebuch, rührend. Elisabeth Scharang hat einen Stern auf den Besenstiel gesteckt. Der Stern von Bethlehem. Den „Stern" hat sie im Altpapier von Radio Wien gefunden, wir haben ja schon seit Jahren keine Zeitschriften mehr. Zu teuer und lenkt nur von der Arbeit ab, heißt es. Blumenau kann einem wirklich alles vermiesen. Ich denke, er will unsere Weihnachtsstimmung gezielt zerstören, weil er ja nicht an Gott glaubt, sondern nur an den Teufel. Ich wette, wenn der Teufel einen Sohn hätte, der im Nachbarstall auf die Welt gekommen wäre, wir hätten hier seit Monaten ein rauschendes bacchisches Fest.

Aber so, na ja, was solls. Warum sollte unsere Weihnachtsfeier mit Weihnachten was zu tun haben? Die Arbeit bei FM4 hat ja mit Radiomachen auch nichts zu tun.

14.12.

Liebes Tagebuch, wir müssen jeden Tag Advent feiern, und zwar: die Ankunft des Herrn Chefcontroller. Blumenau ist wütend und fühlt seine Autorität untergraben durch die Feierlichkeiten rund um das Jesuskind. Er duldet keine Götter neben sich. Deswegen hat er uns aufgetragen, eine Art Gegenbibel und Gegenweihnachtsgeschichte zu verfassen: das, wie er sagt, „Neueste Testament". Der Begriff „Hofberichterstattung" trifft bei diesem Text nicht zu, weil's viel zu untertrieben klingt. Wir müssen Blumenau zu einem Gott machen. Alleine seine Geburt umfasst bis jetzt 3.000 Seiten. Eine kurze Zusammenfassung: Redlich gibt Gott die Erlaubnis, ihn auf die Erde zu setzen, er erblickt das Licht der Welt im Raum Salzburg, 2.500 heilige Könige kommen ihn zu preisen, in dem Stall stehen Millionen von Schafen und Kühen, Maria ist Marlene Dietrich, die Krippe ist ein französisches Himmelbett, er ist so schön, dass es trotz Nacht hell wird. Uns allen ist übel bei soviel Lobhudelei.

*

Liebes Tagebuch, unser Vater im Chefcontrollerbüro, geheiligt werde dein Name. Liebe deinen Nächsten nicht, sondern nur den Chefcontroller. Ich komme mir vor wie im Irrenfunkhaus. Und Blumenau ist nie der liebende, mitfühlende Gott, sondern immer nur der Strafende, wir nennen ihn intern nur noch „the living Fegefeuer". Wenn einer von uns Mitarbeitern bei der Bibelerstellung nicht demütig genug den Chefcontroller glorreich beschreibt, wird er von Blumenau eigenhändig nicht ans, sondern ins Kreuz geschlagen. Das ist wirklich das Allerschlimmste: wenn Atheisten Göttlichkeitkeit in sich spüren. Unklar ist noch, wie man die Religionszugehörigkeit nennen soll: Blumismus oder Chefcontrollertum.

15.12.

Liebes Tagebuch, ich fürchte mich vor dem 24. Dezember, denn da gibt's Iltis. Roh. Statt eines Weihnachtsbratens. Der Iltis wird in der Musikredaktion gehalten und gemästet. Es stinkt dermaßen im ganzen Funkhaus, dass man vor lauter Ohmacht kaum mehr zu Potte kommt. Außerdem ist der widerliche Nager aggressiv bis in die Augen. Der ungeduldige und ewig hungrige Blumenau hat schon mal probehalber in den Iltis reingebissen, was den nicht unbedingt freundlicher werden ließ. „Hm, lecker! Iltis", sagte der Chefcontroller mampfend und entzückt. Letztes Jahr gabs Stinktierragout – unser Weihnachten riecht, aber anders als auf Weihnachtsmärkten und an Punschständen. Unser FM4-Punsch ist die reinste Kloake, nach altem Blumenau-Rezept wird unser Punsch gemacht aus geronnener Schafsmilch, Fernet und Rindermagensäure. Bei Erhitzung entstehen so giftige Dämpfe, dass der Iltis jault. Was hat das alles noch mit Weihnachten zu tun?

*

Liebes Tagebuch, der Fleischfresser Blumenau hat uns mit Keksen aus Wurst überrascht. Sterne, Monde, Glocken und Krippen aus Fleischwurst. Und auch der Adventkalender ist, sagen wir mal, originell. Er hat den Kühlschrank in 24 Fächer aufgeteilt. Hinter jedem Türchen liegt ein Stück Fleisch, hinterm 24. wahrscheinlich wieder wie im vergangenen Jahr ein Braten, letztes Jahr war's ein Eichhörnchenbraten, den sich Blumenau ganz ins sabbernde Maul gesteckt hat und unzerkaut schluckte. Mein Gott, wenn ich da an meine Kindheit denke, wie schön war's damals! und wie schrecklich ist's heut ... Mir hat der Weihnachtsiltis in den Hals gebissen. So kommt nur schwer etwas wie Weihnachtsstimmung auf.

16.12.

Liebes Tagebuch, wer bei FM4 arbeitet, gilt als schwer vermittelbar. FM4 nennt man auch den „4. Arbeitsmarkt". Gegen uns finden Leute aus geschützten Werkstätten im Nu einen normalen Job. Mirjam Unger hat's erst jetzt wieder am eigenen Leib erfahren müssen. Sie leidet ja seit Jahren darunter, dass man bei

FM4 kein Geld verdient, sondern symbolisch am Monatsende einen Stein bekommt, den man ja, so die Geschäftsführung, theoretisch verkaufen und so zu richtigem Geld machen könnte. Aber wer kauft schon stinknormale Kieselsteine? Also beschloß sie naiverweise, sich woanders zu bewerben. Der grinsende Typ beim Arbeitsamt hielt sich die vollgefressene Wampe, als sie in der Rubrik „Qualifikation" FM4 angab. Er gab ihr die Telefonnummer einer rumänischen Schlepperbande, die suchen immer mal sogenannte Dummies, die bei Nacht auffällig über die grüne Grenze laufen, um die Grenzbeamten abzulenken. Aber nicht mal die Schlepper nahmen sie. Muss sie also weinenden Herzens weiter bei FM4 arbeiten.

*

Liebes Tagebuch, Zita Bereuter ist traurig. Ich habe sie getröstet, dabei ist sie selbst schuld. Wie kann sie ernsthaft auf die Idee kommen, sich für wissenschaftliche Tests als Testperson zu bewerben? Ich versteh' die Kollegen einfach nicht. Wie Pawlowsche Hunde versuchen sie immer und immer wieder, aus dem FM4-Zwinger auszubrechen, anstatt sich einfach in ihr Schicksal zu fügen. Andreas Ederer hat mir erklärt, das liegt am Überlebenswillen, der dann riesige Kräfte freisetzt – und schwupps, schon traut man sich auf den freien Arbeitsmarkt. Und wofür? Andreas hat sich als Probepatient für blinde Zahnmediziner beworben und ist es nicht geworden. Christian Davidek hat sich als Reptilienfutterersatz beworben, Andreas Schindler als Leihmutter für Roys Tiger, Andreas Grünewald als menschlicher Schienenersatz. Wenn nicht nur Züge, sondern auch Busse ausgefallen wären, hätte er Passagiere tragen müssen – aber alle sind sie nicht genommen worden. Kein Verwendungszweck für FM4-Mitarbeiter, niemals und nirgendwo. FM4, Zufluchtsort der Gescheiterten.

17.12.

Senderchefin Eigensperger bat die Mitarbeiter, ihre Weihnachtswünsche ans Christkind bei ihr im Chefbüro abzugeben. Dieser seltene Anflug von Menschlichkeit hat vor allem den älteren Mitarbeitern Tränen in die Augen getrieben. Alle griffen sofort ergriffen zum Briefpapier. Fritz Ostermayer bat schriftlich erneut um die Erlaubnis, wenigstens viermal im Jahr alkoholisiert auf Sendung gehen zu dürfen, der schrullige Moderator Hermes wünscht sich mehr Bewegungsfreiheit beim Moderieren, der Exzentriker möchte im nächsten Jahr während des Moderierens mit Hilfe eines Hakens an der Studiodecke fledermausgleich von der Decke hängen, Praktikant Schindler wünscht das Entfernen der Fußfessel, und New-York-Korrespondent Smash wünschte sich via E-Mail eine Geldüberweisung von zumindest 110 Dollar, um wenigstens ein Zehntel seiner Crackschulden zu bezahlen. Ich selbst, so formulierte ich in meinem Brief, wünsche mir endlich, endlich einen kompetenteren, stärkeren, schlagfertigeren, intelligenteren Sidekick für Salon Helga ...

*

Schlau ist sie, unsere Chefin. In einem gruppendynamisch hochinteressanten Experiment teilte sie alle Weihnachtswünsche – gemischt in einer Lostrommel – wieder an die Mitarbeiter aus, mit der Bitte, den Wunsch zu erfüllen, der sich im Kuvert verbirgt. Grissemann hat Ostermayers Wunsch gezogen und ist mit Fritz sofort polternd in die Kantine abgerauscht. Mirjam Unger zersägt gerade die Fußfessel von Praktikant Schindler, und Musikchef Makossa überweist per Internet-Banking dem armen Smash sein Drogengeld. Ich ... na ja ... Dreimal darfst du raten, Tagebuch ... Ich muss dem blöden Schwein Grissemann einen Nachfolger für mich selbst suchen. Ich hasse Weihnachten ... Dieses Fest ist echt das Letzte.

18.12.

„Gerade zur Weihnachtszeit ist es unsere verdammte Pflicht, den Mitarbeitern, die die Lebensmitte weit hinter sich gelassen haben, besondere Aufmerksamkeit zukommen zu lassen", flötete Senderchefin Eigensperger vorgestern in der obligaten Krisensitzung um 5 Uhr früh. Gemeint waren zuallererst die gebrechlichen Kollegen Freemann, Larkin, und Stermann. Alle 3 seltsam mumienhaft alterslos, aber irgendwo zwischen 55 und 85 angesiedelt. „Vorschläge?" fragte Eigensperger in die Runde der müden Gesichter. Chefcontroller Blumenau regte an, man könne doch prophylaktisch schon mal Nachrufe für die Schublade schreiben. Das habe man beim Papst auch gemacht. Der Vorschlag wurde wegen Geschmacklosigkeit abgelehnt. Man einigte sich nach erbitterter Diskussion darauf, für die 3 älteren Herren ein eigenes Weihnachtsfest in einer tschechischen Kuranstalt zu organisieren. Als Geschenk werden Stützstrümpfe, Wundsalben und Gehhilfen überreicht.

*

Ich weiß nicht, wer das angeordnet hat, aber immer, wenn die Kollegen Freeman, Larkin und ich auf den Gängen im Radio1-Büro jungen Mitarbeitern begegnen, knien diese nieder, falten die Hände, schließen die Augen und singen: „Ich hab Respekt vor schloh-weißem Haar." Diese dumme STS-Großvater-Hymne hat auch schon mal einer angestimmt. Mir ist das unangenehm, fühl ich mich im Kopf doch noch recht jung. und der Atem reicht auch noch locker, um die 30 Meter vom Live-Studio zum WC zurückzulegen. Dass ich beim FM4-Weihnachtsfest als Weihnachtsmann gehen soll, hat mich gefreut. Auf die Frage, wo ich die Verkleidung herbekomme, haben Frau Unger und Herr McGill losgeprustet und gemeint: „Gesichtsmaske ist nicht notwendig, ein roter Morgenmantel reicht." … Ich bin hochgradig verunsichert …

19.12.

Liebes Tagebuch. Im Ranking der Berufe mit den schlechtesten Imagewerten steht FM4-Redakteur an 256. Stelle. Ein katastrophales Ergebnis, wenn man bedenkt, dass zum Beispiel der klassische Crackdealer auf Platz 217 zu finden ist. Selbst der politisch oder religiös motivierte Selbstmordattentäter hat es vor uns in die Liste geschafft. Wir sind Letzte geworden. Zusätzlich wurde bekannt, dass die neuen FM4-Plakate, die vor Monaten in die Stadt geklebt worden sind, Angst vor allem bei Kindern und Schwangeren auslösen. Die abgebildeten FM4-Hörer verfehlten ihre Wirkung vollkommen. Es kam zu einer bedenklichen Anhäufung von Epilepsie-Anfällen, plötzlicher schmerzhafter Übelkeit und Nasenbluten bei vorbeispazierenden Passanten. Was tue ich hier? Ich habe Angst.

*

Nach Lektüre der niederschmetternden Studie hat die blass gewordene Senderchefin Eigensperger sofort zum Megaphon gegriffen und ein Millionen Dezibel starkes „Image aufpolieren, aber zack-zack!“ ins Großraumbüro geplärrt. Was genau damit gemeint ist, erfuhren wir in der internen Mitteilung, die uns Chefcontroller Blumenau – übrigens grotesk als Mickey Mouse verkleidet – um die Ohren schlug: Alle Redakteure müssen ab sofort verkleidet als Märchen oder Zeichentrickfigur auf die Straße treten. Auch im Büro müssen Verkleidung und Maske anbehalten werden. Dieser ganze lächerliche Mist soll sympathisch und freundlich auf die Menschen wirken. Gerlinde Lang muss als Bugs Bunny durch die Straßen hoppeln, Fred Schreiber muss den Hinkelstein als Obelix auch beim Moderieren am Rücken tragen, und ich selbst schwitze ganz schön in meinem rosaroten Schweinchen-Dick-Kostüm. Bizzarer geht's nicht mehr, liebes Tagebuch: Senderchefin Eigensperger thront als prächtiges Einhorn am Chefsessel, während der arme Kollege Grissemann als trauriges Bambi auf allen Vieren durch die Redaktion keucht. Das ist doch alles nur ein Traum, oder?

20.12.

Liebes Tagebuch, die soziale Ächtung ausnahmslos aller FM4-Leute nimmt bedenkliche Formen an. Eine Studie hat den Beruf des FM4-Redakteurs als Beruf mit mieseren Imagewerten als den des Menschenschleppers oder Serial Killers ausgewiesen. Auf der Straße spotten uns Kinder aus, selbst Polizisten bespucken uns. Kollegen Stermanns Kopf wurde gestern in der Kantine von einer weiblichen Reinigungskraft in den Gulaschtopf getaucht. Was haben die Leute nur gegen uns? Um die öffentliche Stimmung gegenüber FM4- Mitarbeitern zu verbessern, sollen wir uns ab jetzt an die goldene Pfadfinderregel – jeden Tag eine gute Tat – halten.

Das gefällt uns. Kollegin Mirjam Unger bemalt, während ich diese Zeilen schreibe, gerade Steine mit schwererziehbaren afghanischen Senioren; der liebe Herr Edlinger von der Büchersendung liest im Blindenheim Potsdam aus dem Naddel-Schmöker vor, und meine Wenigkeit begleitet heute Abend Diabetespatienten ins Zucchero-Konzert … Hoffentlich wird mir das nicht wieder als zynisch ausgelegt. Na ja. Ich bin guter Hoffnung.

*

Meine Fresse. Menschlichkeit hin oder her, soziales Engagement schön und gut – aber dass ich armes Schwein von der Senderchefin ausgerechnet dazu verdonnert worden bin, in der Bulimieklinik Salzburg 3 Tage lang Gebäudereinigungsdienste zu verrichten, das ist schon brutal. Schließlich bin ich Radiokomiker! Was soll das? Na gut, ich steh' das schon durch, und wenn das Ganze dazu führt, dass die Hörer draußen endlich erkennen, dass wir hier absolute Supergutmenschen sind, dann ist es ja nicht ganz umsonst. Ich muss aufhören, liebes Tagebuch: Auf Zimmer 19 übergeben sich zum fünften Mal heute die essgestörten Zwillingsschwestern. Ich muss dort mit dem Putzlappen für Ordnung sorgen. Bis morgen.

27.12.

Liebes Tagebuch. Mangel und Entbehrung sind die beiden zentralen Wörter hier bei FM4. Das ist nichts Neues, ich weiß. Aber wie weit sich die grausame Schraube der Selbstdemütigung drehen lässt, war mir nicht bewusst. Seit gestern ist es den jüngeren Kollegen verboten, a) Schuhwerk zu tragen, und b) mit dem ganzen Fuß aufzutreten. FM4-Mitarbeiter dürfen im Büro ausschließlich auf den Zehenspitzen gehen. Der Hintergrund der seltsamen Anweisung: Chefcontroller Blumenau will in absoluter Ruhe im Chefzimmer arbeiten und nicht von seinen Untergebenen belästigt werden. Längst unterhalten sich die Leute hier im Büro nur noch in Gebärdensprache. Und wenn es einer wagen sollte, sich leisest zu räuspern, taucht schon grimmigen Blickes Blumenau auf und hält den Zeigefinger an den Mund: „Pssst!!“

Wo soll das alles enden?

*

Liebes Tagebuch. Ich muss leise Schreiben. Das leise Kratzen der Füllfeder am Papier kann den lärmempfindlichen Chef in den Wahnsinn treiben. Wir alle müssen uns im Büro im Zeitlupentempo bewegen, damit um Gottes Willen kein Luftzug entsteht, der eventuell zu hören ist. Man hat den Eindruck, lauter Geistesgestörte arbeiten hier: bloßfüßig auf Zehenspitzen schweben die Leute mehr oder weniger im Schneckentempo durch die Gänge. Die Stille ist so unheimlich. Kein Husten ist zu hören, kein Am-Bart-Kratzen, nichts!!

Als gestern Vormittag eine Wimper von Wortchef Pieper auf den Boden knallte, schreckten wir alle mit angstgeweiteten Augen hoch und dachten, die Welt geht unter …

28.12.

Liebes Tagebuch!

Ich, Christoph Mark Grissemann, zähle mit meinen 31 Jahren weißgott nicht zu den Allerjüngsten; bin aber damit im unteren Altersdrittel aller FM4-Mitarbeiter. Jugendradio? Dass ich nicht lache! Ich darf dir, liebes Tagebuch, kurz die FM4-Chefetage vorstellen: Wortchef Pieper – 42, in ständiger augenärztlicher Behandlung. Knallt mit seinen 12 Dioptrien jeden Morgen gegen alle Kästen, bis er sich ächzend an seinem Schreibtisch niederlässt. Sieht von hinten ein bisschen wie Leon Askin aus. Chefcontroller Blumenau – 49, absolutes Faktotum, Aubesetzer, spricht mit seiner Mutter am Telefon Lateinisch. Von Altersbosheit zerfressen. Sieht von der Seite ein bisschen wie Josef Meinrad mit Brille aus. Senderchefin Eigensperger – 53, seit zwei Jahren Großmutter, hat mit meinem Vater 1968 Ö3 miterfunden; gemütliches Tantchen, sieht von Weitem ein bisschen wie Christiane Hörbiger nach einem Saufgelage aus. Was das Morning-Show-Seniorenduo Freeman und Larkin betrifft, beide jenseits der 65, so munkelt man scherzhaft, dass die beiden erst den Sargdeckel öffnen müssen, um sich in ihre Rollstühle zu quälen. Haben beide den gleichen Altenpfleger: Hermann, 45. Steht ständig mit einem Erste-Hilfe-Set vor der Studiotür.

Tja, liebes Tagebuch, und dann wäre da noch mein Partner Stermann, 39, sehr auffassungsschwacher Klopapierwerbesprecher aus Duisburg, mit ihm schreibe ich seit 9 Jahren Tagebuch …

*

Natürlich gibt es auch jüngere Mitarbeiter bei FM4, liebes Tagebuch, denen aber mangelt es derart an Professionalität und Talent, dass sie bei Radio Orange nicht mal den Mist runterbringen dürften. Matthias Zsutty zum Beispiel, 25 – ehemaliger Kellner in einer Aida-Konditorei, arbeitet bei FM4 selbstverständlich nur im Hintergrund, grundsympathischer Biertrinker und Wurstesser. Hat von Popkultur soviel Ahnung wie Mausi Lugner, sieht im übrigen auch ein bisschen so aus. Andreas Schindler – 26, ewiger Praktikant, weiß bis heute nicht, wie man kopiert und das Licht im Büro anmacht, Burgenländer … Was soll man sagen. Und dann noch diese Heerschar an Telefon-Jennis/Maries/Johannas, und wie sie alle heißen – alle 22, alle hochintelligent, aber alle zu wenig stresstauglich, um sie jemals ans Livemikrofon zu lassen, sehen übrigens alle so aus wie Judith von „Wir sind Helden" oder noch viel besser. Und dann wäre da noch das Redaktionsküken Albert, 19 – hätte das Zeug zum Nobelpreisträger in allen erdenklichen Kategorien, will aber unbedingt bei FM4 arbeiten, wo er – dieser Sender ist bettelarm – weniger verdient als eine Wasserleiche. Er sieht im übrigen auch ein bißchen so aus, wenn er schläft.

Tja, von all diesen bemitleidenswerten, bizarren Kreaturen soll ab nun die Rede sein. Bis morgen, liebes Tagebuch.

29.12.

Liebes Tagebuch!

Durch den unglaublichen finanziellen Engpass wird bei FM4 das Büromaterial langsam knapp. Wir haben kein Blatt Papier mehr. Die Moderatoren müssen ihre Kommentare auf die blanken Rücken ihrer armen Kollegen schreiben, um sie dann abzulesen. Auf dem Rücken von Redakteur Zsutty steht aktuell gerade eine Chicks-on-Speed-Plattenkritik. Auf Geheiß von Wortchef Pieper muss Zsutty seinen Rücken schleunigst wieder löschen, weil man ihn für eine Rezension vom neuen Bejamin-Lebert-Buch braucht. Dafür hat er wahrlich nicht Journalismus studiert, der liebe Zsutty, um dann als fleischgewordenes Manuskript bei FM4 zu landen.

*

FM4 konnte zum ersten Mal die Stromrechnung nicht bezahlen. Es herrscht absolute Dunkelheit hier, auch am Tag, weil das FM4-Großraumbüro fensterlos ist. Die aufopfernde Kollegin Unterweger hat als kleine Hilfe 6 Glühwürmchen im Büro ausgesetzt, damit die Moderatoren sich ins Studio tasten können. Das fehlende Rotlicht erschwert den punktgenauen Einsatz der Moderatoren erheblich. Wir arbeiten on air nur mehr aus dem Gefühl heraus. Im Dunklen bin ich gerade gegen einen Nachrichtensprecher gelaufen. Er muss ins Studio. Er hofft, es ist genau 17 Uhr, aber beschwören könnte er es nicht.

David Pfister

Albert Farkas

3.1.

Liebes Tagebuch, in einer internen Mitteilung heißt es, FM4-Mitarbeiter hätten „Probleme, Hierarchien zu erkennen und zu akzeptieren“: Um unser Obrigkeitsdenken zu trainieren, hat Chefin Eigensperger demokratisch Folgendes entschieden: Jeder FM4-Mitarbeiter muss fortan während der Arbeit ein Tier an der Leine führen, das seiner Stellung im Unternehmen entspricht. Je höher die Position im Sender, desto größer das Tier an der Leine. Chefcontroller Blumenau führt seit heute ein senegalesisches Riesenmammut durch die Redaktion, während Stermann Probleme hat, seinem Zeck das Halsband umzulegen. Die Leute von der Morning Show haben immerhin Zwergziegen, Musikchef Makossa hat einen Kakadu auf der Schulter sitzen. Die Kollegen von Projekt X haben Regenwürmer an der Leine. Mir wurde ein Blutegel zugewiesen, der immerhin dreimal größer ist als Stermanns Zeck. Ich bin also eigentlich ganz zufrieden. Wenn Senderchefin Eigensperger mit ihrem Dienstwagen nach Hause fährt, trampelt eine 200-köpfige Elefantenherde hinterher. Dieser fürchterliche Gestank hier! Ich halt das alles nicht mehr aus, aber: You're not at home, baby, you're at work.

*

Liebes Tagebuch, Ich stoße an meine eigenen Grenzen. Vor 4 Stunden gab die Chefin über Lautsprecher bekannt, dass heute abend um 20 Uhr im ungeheizten Kantinenzelt jeder Mitarbeiter mit seinem Tier ein Kunststück aufführen muss, um Führungsqualität unter Beweis zu stellen. Im Radio läuft nur noch Musik vom Band, weil jeder Redakteur mit seinem Tier arbeitet. Die Zwergziegen von Larkin und Freemann können bereits jetzt ganz passabel Sackhüpfen. Der Kakadu von Makossa geht in einer kleinen Lufthansa-Stewardessen-Uniform mit einem Tablett durch die Gänge und fragt ständig: „Tee? Kaffee? Tee? Kaffee?“ Martin Blumenaus Mammut kann „My bonnie is over the ocean“ pfeifen. Selbst Grissemanns blöder Blutegel kann mit verbundenen Augen aus einem verdeckten Kartenspiel die Pik 8 herausziehen. Ich fürchte, um 8 werden nur ich und mein Zeck überhaupt nichts können. Er schafft es einfach nicht, die Forellen von La Boum de Luxe zu filetieren … Zwei, drei Gräten übersieht er immer.

4.1.

Liebes Tagebuch, Krisensitzung. Musikchef Makossa hat den verängstigten Mitarbeitern mitgeteilt, dass sich im FM4-Musikarchiv nur noch 2 Platten befinden, nämlich „Morning has broken“ von Cat Stevens und die alte DDR-Nationalhymne. Damit, meinte er sorgenvoll, ist es fast unmöglich, ein abwechslungsreiches Musikprogramm zu gestalten, aber er tut sein Bestes. Grund für die Musikknappheit ist der unglaubliche Kokskonsum der ganzen Musikredaktion. Sie haben tatsächlich im Laufe des Jahres über 25.000 CDs am Flohmarkt verkauft, um sich davon Kokain zu kaufen. Zusätzliche Hiobsbotschaft: die Cat-Stevens-Platte ist völlig zerkratzt.

*

Liebes Tagebuch, in einem Crashkurs lernen wir Mitarbeiter singen und musizieren, weil wir ab jetzt in den Sendungen selbst Musik machen müssen. Aus Unkonzentriertheit habe ich mit Trommel und Trompete die DDR-Hymne gelernt (was völlig sinnlos ist, die haben wir ja auf Platte), während Grissemann inzwischen perfekt „Morning has broken“ intonieren kann. Man erreicht beim Moderieren kaum mehr das Mikrophon, weil man sich durch Berge von Beschwerdebriefen kämpfen muss.

5.1.

Liebes Tagebuch, aus Geldknappheit kommen seit Monaten keine Tageszeitungen oder aktuelle Magazine in die Redaktion. Internet und Fernsehen hatten wir sowieso noch nie. Auch Radios gibt es keine auf den Schreibtischen – „weil wir ja selbst eins sind“, heißt es in einer internen Mitteilung. Das heißt, wir sind von jeder Information abgeschnitten, was es vor allem für den aktuellen Dienst nicht leichter macht. Die stündlichen Nachrichten sind eine Mischung aus Altpapier und Vermutung. Aber immerhin hat FM4 jetzt endlich einen Praktikanten bekommen, einen 74-jährigen Analphabeten aus Chile. Was Jüngeres und Ausgebildeteres haben wir auf dem Praktikantenstrich nicht bekommen. Jose sitzt den ganzen Tag am Boden und raucht. Hilfe ist er keine, aber er stört auch nicht wirklich.

Der sympathische Nichtsnutz furzt manchmal so laut, dass es in den Sendungen zu hören ist.

*

Liebes Tagebuch, Jose pflanzt am gesamten Radiogelände Koka-Pflanzen und verdient mit illegalen Drogengeschäften viel mehr Geld als wir. Außerdem hat er heute zwei Rinder mitgebracht. Jetzt haben wir drei Praktikanten. Die Rinder sind eigentlich sogar bessere Praktikanten als Jose: immerhin stehen sie den ganzen Tag am Kopierer. Leider stehen sie da nur.

Heute war Tag der Offenen Tür bei FM4. Mit anderen Worten: Heute war gar nix los. Das einzige, was durch die Tür kam, war eine Mücke. Auf Anweisung der Chefin mussten wir freundlich zu ihr sein. Wir zeigten ihr das Livestudio, das Krisensitzungszimmer und ein leeres Blatt Papier, das Gästebuch. Dann ließ sich jeder von uns höflich stechen. Chefin Eigensperger war zufrieden, letztes Jahr war gar keiner da. Es geht also aufwärts.

6.1.

Liebes Tagebuch, ich bin entsetzt. Die hochschwangere FM4-Putzfrau musste ihr Kind während der Arbeitszeit auf die Welt bringen. Sie hatte eh nur ein paar Stunden für die Entbindung frei haben wollen, aber auch das wurde ihr von der unmenschlichen Geschäftsführung untersagt. Während sie staubsaugte, gebar sie einen 52cm großen, kerngesunden Jungen, der auf Befehl des Chefcontrollers auf den Namen Blumenau getauft wurde. Der kleine Blumenau ist der Liebling der Redaktion. Er liegt auf dem Staubsauger und schläft trotz des Höllenlärms. Zur Geburt wurde ihm von Chefin Eigensperger ein FM4-Aufkleber auf die Stirn gepickt. In zwei, drei Wochen, so hat der Chefcontroller verkündet, wenn der Kleine aus dem Gröbsten raus ist, soll er seiner Mutter beim Putzen zur Hand gehen und so einfache Tätigkeiten wie Kaffeeholen ausführen. Man könne, so der große Blumenau, nicht früh genug in die Arbeitswelt eingeführt werden. Tja, you're not at home, you're at work, baby.

*

Liebes Tagebuch, vor dem Funkhaus stehen Hunderte UNICEF-Demonstranten. Bei Kinderfreunden hat FM4 jetzt wohl endgültig jeden Kredit verspielt, vor allem, nachdem Chefcontroller Blumenau den kleinen Blumenau aus dem Fenster gehalten hat bei den eisigen Temperaturen. Merkwürdigerweise scheint der Neugeborene aber große Zuneigung zu unserem tyrannischen Chefcontroller zu hegen. Zumindest tut er so. Wahrscheinlich schleimt das Baby aber nur; früh übt sich, was ein opportunistischer FM4-Mitarbeiter sein will …

7.1.

Liebes Tagebuch, der kleine Blumenau, der Sohn unserer Raumpflegerin, ist jetzt 3 Tage alt und hat das FM4-Gelände bisher noch nicht verlassen. Was für ein entsetzlicher Start ins Leben. Ein Team von Entwicklungspsycholgen ist da und missbraucht den Kleinen für ein schreckliches Experiment, mit Billigung der FM4-Chefetage. Wie entwickelt sich ein neugeborenes Kind in einer menschenverachtenden Umgebung? In einem sozialen Klima, das von Abweisung und Erniedrigung geprägt ist? Also FM4. Was man jetzt schon sagen kann: Der kleine Blumenau ähnelt äußerlich bereits immer mehr seinem grausamen Namensgeber: Chefcontroller Blumenau. Der Kleine hat schon den hinterhältigen, verschlagenen Gesichtsausdruck des Alten. Uns fröstelt's, wenn der kleine Blumenau, auf dem Staubsauger seiner Mutter sitzend, in einen Raum kommt. Stermann dagegen schwebt auf Wolke 7, weil er sich in eine der Entwicklungspsychologinnen verliebt hat.

*

Liebes Tagebuch, Irmtraud ist eine großartige Frau. Viele meiner Kollegen halten sie für herzlos, weil sie so furchtbare Experimente mit dem kleinen Blumenau macht: ihn in zu kleine Strampler zwängt, oder ihm brennheiße Milch zu trinken gibt. Aber, Herrschaften, das ist alles zum Wohle der Wissenschaft. Ich weiß, dass Irmtraud steckbrieflich gesucht wird und wegen Kindes- und Erwachsenenquälereien lange im Gefängnis saß; aber was soll ich tun? die Liebe kennt keine Gesetze. Irmtraud ist 63 Jahre alt, wirkt aber jünger, und sie hat ein Herz aus

Stein. Eine Herausforderung an mich. Sie ist so anders als die anderen, auch wegen ihres dichten Schnauzbarts. Vor allem aber reizt mich, dass ich um sie kämpfen muss; denn sie macht kein Hehl aus ihrer Bewunderung und Zuneigung für Chefcontroller Blumenau. Mich selbst nennt sie nur „Pisser“, aber das kennt man ja. Was sich neckt, das liebt sich. Durch diese kleine Romanze jedenfalls bin ich wirklich abgelenkt von den furchtbaren Arbeitsverhältnissen hier bei FM4.

8.1.

Liebes Tagebuch, es ist schrecklich zu sehen, was die Liebe aus Stermann macht. Beladen mit riesigen Sträußen roter Rosen steht er vor der widerlichen Entwicklungspsychologin Irmtraud und schreit immerfort: „Irmtraud, ich liebe dich!“ Sie boxt ihm dann jedes Mal in den Unterleib, was der verliebte Trottel für Zärtlichkeit hält. Entwicklungspsychologisch würde ich sagen, diese Liebesbeziehung hat sich vom Nullpunkt zum Gefrierpunkt entwickelt, zumindest was sie anbelangt. Aber Stermann ist blind. Er assistiert sogar bei den furchtbaren Versuchen mit dem kleinen Blumenau. Nur um seiner Liebsten nahe zu sein. Sie steckt dem Baby dann Thermometer in die Nasenlöcher und setzt ihm Elektroden an die Stirn, und Stermann sitzt mit verklärtem Blick daneben und himmelt sie an. Alle Jugendämter Österreichs stehen vor der Tür von FM4, um diese schrecklichen Versuche zu beenden, aber der Chefcontroller lässt niemanden rein. Die Türen sind verrammelt, bis die Experimente beendet sind. Also noch 12 Jahre, denn so lange soll der Kleine beobachtet und getestet werden. Und so lange wird Stermann die fast zwei Meter große Irmtraud weiter begehren. Ich wünschte, man könnte ihm helfen.

*

Liebes Tagebuch, Irmtraud, das sind fast 2 Zentner Lebensweisheit und kühler Charme. Und was ich besonders an ihr mag: sie ist so direkt. Unsere Sendung Salon Helga, sagt sie, sei der größte Scheiß, den sie je gehört habe. Es tut so gut, wenn eine Beziehung ehrlich und offen ist und ohne Lügen auskommt. Sie hält mich für einen Volltrottel, hat sie gesagt. Aber ist nicht jeder Liebende ein Trottel? Nach all den freudlosen Jahren bei FM4 ist endlich einmal mein Herz on air. Freue ich mich auf jeden Arbeitstag, weil ich weiß: Irmtraud ist da, in ihrer schwarzen Lederkluft. Sie riecht nach Formalin und Desinfektionsmitteln, und wenn sie dem kleinen Blumenau Spritzen gibt, sind das für mich alles Pfeile der Liebe. Es macht mir auch nichts, dass sie mit dem Chefcontroller rumknutscht, das tut sie sicher nur, um mich eifersüchtig zu machen. Herrlich, diese Spiele der Liebe. Mein Herz ist ein Kraftwerk und Irmtraud das Atom, um das sich alles dreht.

9.1.

Liebes Tagebuch, ich habe versucht, Stermann gegenüber so offen und ehrlich zu sein, wie nur möglich. Seine Liebe zu der ekligen Entwicklungspsychologin Irmtraud ist ungesund und macht ihn deshalb krank. Physisch und psychisch. Sie hat ihm eine Spritze in den Hals gerammt und ihm die Augen ausgekratzt. Gottseidank sind die Augen nachgewachsen, aber die Spritze steckt noch immer. Er glaubt ja tatsächlich, sie sei nur deswegen so brutal, weil sie seine Nähe sucht. So ein Blödsinn. Ich sagte ihm offen ins Gesicht, dass die Frau gewalttätig ist, eine Kinderschänderin, dass sie ihn nicht im Geringsten begehrt und außerdem frisch verliebt in Martin Blumenau ist. Alle anderen FM4-Kollegen standen dabei und gaben mir Recht. Als Stermann antworten wollte, kam Irmtraud in den Raum und fragte, wo der Chefcontroller sei, weil sie noch einmal Sex mit ihm haben wolle. Und endlich brach es aus Stermann raus. Er begann zu weinen. Und zu jammern. Ich hoffe, die Sache hat jetzt endlich ein Ende gefunden.

*

Liebes Tagebuch, alle Kollegen wissen, dass das zwischen Irmtraud und mir etwas ganz Besonderes ist. Endlich reden wir Mitarbeiter auch einmal über Gefühle und nicht immer nur über Trailer, Beiträge und Charts. Es tat gut, mit meinen Kollegen über Irmtraud zu reden. Als sie dann auch dazukam, musste ich weinen, weil mir klar wurde, dass sie FM4 bald verlassen wird. Wegen ihrer aufopferungsvollen entwicklungspsychologischen Experimente mit dem FM4-Baby Blumenau, dem kleinen Racker, wird sie heute noch von einem Überfallkommando der Cobra festgenommen und lebenslang eingesperrt. Bis jetzt haben wir verhindern können, dass Exekutivbeamte ins Funkhaus kommen, indem wir die Türen verbarrikadierten, aber in der Früh bekamen wir einen Anruf, dass FM4 heute noch gestürmt werden wird. Ach Irmtraud, unsere Geschichte wird gewaltsam beendet. Du kommst ins Gefängnis und der kleine Blumenau in ein Kinderkrankenhaus. Ich sehe schon die maskierten Beamten, wie sie sich vom Nebengebäude aus abseilen. Die Spritze in meinem Hals wird mich ein Leben lang an dich erinnern. Du große, starke Irmtraud. Aber offenbar ist für Liebe hier kein Platz.

10.1.

Am 24. Januar ist FM4-Fest.

Die Vorbereitungen dafür laufen auf, wie man so sagt, auf Hochtouren. Ein musikalischer Headliner, der bereit ist, für ein Butterbrot aufzutreten, wird fieberhaft gesucht. Das Budget ist so knapp, dass man überlegt, die Pappbecher fürs Bier diesmal zu sparen und die Besucher zu bitten, aus der hohlen Hand zu trinken. Tja, und was die Acts auf der Bühne betrifft, nun ja ... Selbst die Auftrittsgage der Skispringer-Liedermacher Christoph und Lollo übersteigt die finanziellen Möglichkeiten. Einzig Tony Wegas wäre momentan drinnen, der Bursche macht's für eine gefüllte Handtasche, ließ sein Management verlauten. Aber mit Wegas würde FM4 sich lächerlich machen. Also wird aller Voraussicht nach eine FM4-All-Star-Band auftreten.

Clemens Haipl mit der Blockflöte, Chefcontroller Blumenau am Schlagzeug und ... ähh. Na ja, das war's schon, das sind die einzigen beiden, die schon mal mit Musikinstrumenten in Kontakt gekommen sind. Okay – gekauft! Das bizarre Duo nennt sich Flötenschlag.

Das wird ein Fest!

*

Musikchef Makossa hat Einspruch gegen das Duo „Flötenschlag“ erhoben. Das könne man nicht machen, das sei zu armselig, das sei imagemäßig eine Katastrophe usw. Sein Vorschlag: man solle aus dem Duo doch wenigstens eine 4-Mann-Band machen, damit Haipl und Blumenau da nicht so verloren auf dieser riesigen Arena-Bühne rumstehen. Gesagt, getan. Die verdienstvollen Redakteure David Pfister und Robert Zikmund verstärken die Band nun am 24. Januar. Instrumente können sie keine spielen; aber, durch ein Mundmikrofon verstärkt, wird ihr Zähneknirschen eine Art bizarrer Background-Chor für Drummer Blumenaus unkontrollierte Gewaltausbrüche am Schlagzeug und Haipls grenzdebiles Flötenspiel sein. Toll. Das No Problem Orchestra läßt grüßen. Haben Sie am 24. Januar schon was vor und können nicht aufs FM4-Fest kommen? Macht nichts. Macht gar nichts.

12.1.

FM4-Mitarbeiter sind ja ohnehin landauf-landab als peinlich überernährt bekannt, aber was das kalorienlastige Weihnachtsfutter aus den Radioredakteuren gemacht hat, spottet jeder Beschreibung. Die erste Redaktionssitzung im neuen Jahr war ein fleischiges Stelldichein von Hängebacken, Wursthälsen und speckigen Dreifachkinnen. Rainer Springenschmid musste mit dem Kran aus dem Lift gezogen werden, Matthias Zsutty, immer schon mehr Bauch als Hirn, bringt – wie er satt grinsend verkündete – im neuen Jahr endlich was Dreistelliges auf die Waage, und selbst beim an und für sich gazellengleichen Chefcontroller Blumenau haben sich Kekse übel niedergeschlagen. Gestern Nacht hat er mich im Livestudio erschreckt. Ich hätte schwören können, Michael Moore steht vor mir, aber es war doch nur Blumenau, der mir mit zwei Ohrfeigen links und einer harten rechts bewies, dass Dicke auch ganz schön ungemütlich sein können …

*

Beim traditionellen „Redakteurewiegen“ am 2. Januar brachte ich tatsächlich 123 Kilogramm auf die unbestechliche Waage. 14 mehr als vor einem Monat. Ich schlucke seit gestern tonnenweise FM4-Feuerzeuge, um meinem schlappen Körper beim Kalorienverbrennen zu helfen. Meine einzige Hose ist zu Sylvester geplatzt. Mein deutsches Hinterteil liegt jetzt völlig frei. Ich hab's mir rosarot angestrichen, damit die Kollegen glauben, ich habe mich als Pavian verkleidet. Hinter Herrn Springenschmid, Herrn Zsutty, Herrn Zikmund, Herrn Reich, Herrn Pfister, Herrn Rock, Herrn Ramick, Herrn Freeman und Herrn Spider bin ich der zehntschwerste FM4-Mitarbeiter. Ich wiege exakt 65 Kilo mehr als der filigrane Grissemann, der mit einem dreifachen Flic-Flac in den FM4-Räumlichkeiten das neue Arbeitsjahr eröffnete. Ich kann nicht mehr ...

13.1.

Nach dem doch überraschenden Wechsel von Hannes Eder in das Starmania-Team kündigen sich weitere Abgänge bei FM4 an.

Alles noch brandheiße Gerüchte – aber angeblich hat Heartbeat-Ikone Eva Umbauer ein Angebot von „Frisch gekocht ist halb gewonnen“, Clemens Haipl soll neuer Ombudsman in der Kronenzeitung werden. London-Außenstelle Robert Rotifer hat aus finanzieller Not zugesagt, die Lugners zu beerben: „Die Rotifers“ sind ab März auf ATV zu sehen. Und Fritz Ostermayer soll der Nachfolger des viel zu spät gefeuerten Mola Adebisi beim Kindersender VIVA werden. Das Jobkarussell dreht sich, liebes Tagebuch. Ich selbst überlege noch, den Job als Leiter der Gegendiagonaleoriginaleantidiagonale anzunehmen. Mal sehen.

*

Ich bin in der luxuriösen Position, zwischen zwei lukrativen TV-Angeboten wählen zu können. Entweder doch Herzblatt-Moderator oder der neue Bachelor. Hm – was meinst du, liebes Tagebuch? Herzblatt ist wahrscheinlich interessanter, denn als Bachelor erlebe ich ja nichts Neues. Aus 25 geilen Biestern EINE auszuwählen, das hab' ich jeden Tag. Bin grade dabei, mir das Bachelor-Angebot durchzulesen. Fanta sponsert die neue Bachelor-Staffel. Statt „möchtest du diese Rose?“ müsste ich den 25 Damen „möchtest du diese Dose?“ zuschmachten. Ist mir, glaub' ich, zu billig. Aber die vom Fernsehen wollen mich unbedingt. Im Gegensatz zu diesem Lackaffen Marcel bin ICH ja wirklich Millionär … Na ja, mal sehen … Möchtest du diese Dose? … Möchtest du diese Dose? … Möchtest du diese …

14.1.

Senderchefin Eigensperger hat heute in einer internen Mitteilung, Zitat: „bedingungslose Sendertreue in einem harten Radiojahr" von ihren Untergebenen verlangt. Wer Fremdsender hört, hat mit fürchterlichen Konsequenzen zu rechnen. Wir haben die Anweisung, sofort aus Taxis zu springen, in denen was anderes als FM4 zu hören ist. In der Kantine sollen Ö3-Mitarbeiter nur mit einem arroganten Nicken begrüßt werden, während man FM4-Leute immer zu umarmen hat. Knallfrösche müssen immer in der Hosentasche mitgetragen werden, falls man einmal auf der Straße einem Ö1-Mitarbeiter begegnet. Die FM4-Charts müssen auswendig gelernt werden, und das FM4 Logo wird gerade vom Chefcontroller jedem von uns auf den verlängerten Rücken tätowiert. Aaahh …

*

Beim Schlafen muss jeder Mitarbeiter den entsetzlich schmeckenden FM4-Lolly schnullergleich im Mund behalten. Man wird angehalten, sich von seinen Verwandten oder Freunden zu verabschieden, falls diese nicht nonstop FM4 hören. Nachdem meine Eltern in Düsseldorf zuhause sind und dort FM4 einfach nicht empfangen können, hab' ich versucht, eine Sondergenehmigung zu bekommen. Senderchefin Eigensperger schmetterte meinen Wunsch ab. Ich darf nie wieder mit meinen Eltern Kontakt aufnehmen. „Die können ja nach Wien ziehen", meinte Lehnert nicht unlogisch.

Ich weiß noch nicht, wie meine Eltern entscheiden werden, ich darf ja nicht mit ihnen reden. Tränenreich hab ich mich gestern auch von meiner taubstummen Bekannten Beate für immer verabschiedet.

FM4 bis in den Tod …

15.1.

Die Quotenuntersuchung hat ein nur für mich nicht überraschendes Ergebnis gebracht. Die meisten Hörer hat FM4 am Freitag Abend zwischen 20 Uhr 30 und 21 Uhr 30. Aber auch in diesem Zeitraum sind die Ergebnisse sehr schwankend. Immer dann nämlich, wenn Stermann spricht, schalten über 30.000 Hörer weg. Die, sobald ich wieder zu sprechen beginne, wieder da sind. Bei schnellen Dialogen ist diese Quotenkurve wirklich extrem. Rauf runter rauf runter. Ist bei den Tagebüchern übrigens das Gleiche. Während sie diese Zeilen hören, hören auch 55.000 andere zu. Wenn Kollege Stermann in wenigen Sekunden zum Mikrofon greift, bleiben noch 4.500 übrig. Statistisch. Zur Ehrenrettung Stermanns muss man sagen, dass er nach mir die zweitbeliebteste Stimme von FM4 ist. Alle anderen haben noch viel weniger Hörer.

*

Das ist ein Jammer. Laut Quotenblatt des letzten Monats war die Sendung „Im Sumpf" die am wenigsten gehörte. Gezählte 17 Hörer hatte die Sendung voletzten Mittwoch. Der „schöne Morgen" vom Dienstag hatte immerhin 42. Und „Seite 1" am Sonntag 155. 150 Hörer ist etwa der Durchschnittswert bei FM4. Der ekelhafte Grissemann ist zum wiederholten Male mit fast 60.000 Zuhörern Quotenkönig. Senderchefin Eigensperger reicht ihm gerade die Hand zur Gratulation. Irgendwie glaub' ich nicht an diese dubiosen Hörerzahlenuntersuchungen, zumal die Methode „aus-dem-Bauch-Schätzung von Herrn Grissemann" heißt und von wirklicher Seriosität weit entfernt ist.

16.1.

GEBURTSTAG FM4

Neun ganze Jährchen hat FM4 jetzt am krummen Buckel, liebes Tagebuch. Und Stermann, mein treuer deutscher Dackel, und ich von Anfang an dabei. Zeitzeugen in Sachen Jugendradio. Wow. Und wir denken auch nicht im Traum dran, jemals hier wieder rauszugehen. Neinnein … Wenn FM4 den 59. Geburtstag feiert, wird man uns als Spinnweben von der Studiodecke kratzen müssen!

Es ist aber auch zu schön hier! Die eingefallenen Angstgesichter der kleinen Mitarbeiter, die täglichen Schreiduelle zwischen Chefcontroller und Senderchefin, das 10-Euro-Honorar bar auf die Kralle nach jeder Sendung, das schicke FM4-Großraumbüro, neben dem Saddams Erdloch wie das Hilton wirkt. Neinnein, das will ich alles nicht mehr missen. Diesen täglichen Bürohorror – diese üble Mischung aus Intrige und Infantilität. Wenn es irgendwo neben mir noch einen Radiogott geben sollte, dann soll der bitte dafür sorgen, dass alles so bleibt, wie's ist. Hoch sollst du leben!

*

Das ist doch blanker Zynismus, was der durchgedrehte Grissemann da in sein Tagebuch gekritzelt hat. Der Grissemann will ja schon lange weg von FM4. Aber es nimmt ihn ja kein andrer Sender. Kein Wunder, ist doch selbst der schmierige ATV-Chmelar 5x witziger als er.

Weiß gar nicht, was er hat. Grade zum Geburtstag von FM4 sollte man sich doch seine Wortwahl überlegen. Ich selbst gratuliere dem österreichischen Alternativsender aus vollstem Herzen sehr, sehr herzlich zum 9-jährigen Bestehen! Ich bin dem Sender sehr verbunden, auch wenn ich kein Wort englisch spreche ... Äh, stimmt nicht ganz – „I" heißt „ich" ... glaub' ich. Das hat mir der Grissemann mal im steckengebliebenen FM4-Aufzug beigebracht. Mensch, wann war denn das nochmal ... Ach ja, vor genau einem Jahr. Der Herr Votava hat den Lift damals von außen zum Stehen gebracht und keine Hilfe geholt, weil die Redaktion nicht wollte, dass ein Deutscher am 8. Geburtstagsfest teilnimmt. Auch heute muss ich mit einem Plastiksack überm Kopf am internen Geburtstagsfest teilnehmen, und die Damen Czesch, Unterweger und Unger schreien dauernd „Elephant man" zu mir rüber. Na ja, hart ist es in jeder Firma. Und ich kann verzeihen. Alles Gute, FM4! Ich liebe dich!

17.1.

Habe heute vorm Funkhaus einen großen Schneemann aus dreckigem, schwarzem Schnee gebaut. Meine Art, den Kollegen zu zeigen, dass ich in einer bärenstarken Depression stecke. Ja, ich befinde mich in einer Krise. Ich will nicht länger die Lachnummer dieses fragwürdigen Senders sein. Dieser ganze Comedymist steht doch allen bis hier. Was für ein einseitiges Arbeitsleben. Jeder Satz, der aus meinem Mund fällt, zielt darauf ab, andere zumindest zum Schmunzeln zu bringen. Lacht doch sowieso keiner, werden Sie einwenden – aber das will ich auch nicht: der schlechteste Komiker Österreichs werden. Aus Schluss. Es hat sich ausgekichert. Wer lacht, hat verloren. Tja. Aber: was soll ich jetzt beruflich machen? Auf EDV umschulen? Assistent eines Wiener Pathologen werden? Als Bergbauer wieder zurück nach Tirol? Steuerberatungskanzlei aufmachen. Ich hab ja nix gelernt, und eigentlich möchte ich doch bei FM4 bleiben, weil ich mich an meine niederträchtige Kollegenschaft so gewöhnt habe. Verdammt, was soll ich nur tun … Wo ist mein Prozac? …

*

Habe heute in einem vertraulichen 119-Augen-Gespräch mit der gesamten FM4-Belegschaft über Grissemanns Krise gesprochen. Wundern Sie sich nicht – 119 stimmt, denn Julia Barnes ist nach einem kleinen Dartunfall einäugig. Na, egal jetzt, Grissemann hat ja diese fixe Idee, eine ernsthafte berufliche Richtung einzuschlagen, will aber unbedingt bei FM4 bleiben. Er ist wirklich schlecht drauf. Wir haben ihm spitze Gegenstände und Schnürsenkel entzogen. Heute Früh hat er sich mit einer Pistole in die Schläfe geschossen. Er hat enorme Mengen Blut verloren und ein großes Loch im Kopf jetzt, aber sonst ist Gottlob nichts weiter passiert. Senderchefin Eigensperger jedenfalls hatte bei der erwähnten Besprechung eine furiose Idee: Grissemann soll Friedhofsgärtner für verstorbene FM4-Mitarbeiter werden. Das ist ein ernsthafter Job mit viel Verantwortung, und garantiert humorfrei! Alle Redakteure, die von uns gehen – egal, ob infolge eines natürlichen Todes oder durch kleines Nachhelfen vom Sensenmann Chefcontroller –, werden auf der Wiese hinterm Funkhaus beigesetzt, und der kleine Österreicher Grissemann ist sozusagen ihr Hausmeister im Jenseits. Tolle Idee, Chef. Sobald der erste stirbt, wechselt Grissemann den Job. Bis dahin werde ich ihn noch im Salon Helga ertragen müssen …

18.1.

Die Arbeit im neuen Jahr hat ein gewisses Maß an Unappetitlichkeit erreicht, über das ich nicht länger schweigen will. Die Kulturlosigkeit diverser Mitarbeiter hat einen unrühmlichen Höhepunkt erreicht, liebes Tagebuch! Nun, es ist nach meinen Recherchen so, dass 79% der Redakteure hier medikamenten- oder drogenabhängig sind. Aufputschende Antidepressiva sind ständige Begleiter. Das wundert niemanden, der Job ist hart, das Klima unmenschlich – und wer ist schon ohne Drogen talentiert genug, eine flotte Radiosendung zu gestalten? Was sich allerdings drei berühmte FM4-Moderatoren, die ich selbstverständlich nicht nenne, sondern diskret abkürze, geleistet haben, ist ein Fall für die Hygienekommission. Die herren Freem., McGi. und Sterm. übergeben sich nämlich in den letzten Wochen nach zu gierigem giftstofflichem Missbrauch in die FM4-Toilette! Ekelhaft. Vom strengen Saubermann Blumenau darauf angesprochen, rechtfertigten sie sich, nur dann die geforderte Leistung bringen zu können, wenn sie ordentlich gedopt seien! Senderchefin Eigensperger entschied wieder mal salomonisch schlau und zog keine Konsequenzen, indem sie, wie sie sich ausdrückte, eine „KOTZEN-NUTZEN-Rechnung“ anstellte. Es ist und bleibt eine fremde, seltsame Welt hier bei FM4.

*

Liebes Tagebuch, ich bin komplett am Ende. Ein Drogenhund hat heute an mir geschnüffelt. Der Hund ist sofort ins Koma gefallen. Der Arzt, der mich behandelt hat, meinte mit schreckgeweiteten Augen, dass ich etwa die gleiche Menge Kokain und Speed im Körper habe, wie man seit 1960 in Österreich beschlagnahmt hat. Dabei hasse ich Drogen. Ich mach das alles nur, um fit für FM4 zu sein.

Das kann doch unmöglich so weitergehen. Mein Gesicht ist durch den massiven Drogenkonsum zur Fratze geworden . Ich sehe mittlerweile aus wie eine Mischung aus Shrek und Keith Richards. Die liebe Scharang hat sich meiner jetzt angenommen. Sie ist die gesündeste von uns allen, ernährt sie sich doch seit 20 Jahren ausschließlich von Apfelkernen und Gurkensaft. Mit ihr zusammen werde ich es schaffen, von dem Teufelszeug wegzukommen. Hoffentlich. Ich habe Angst um mich. Hilfe, ich bin ein Star, holt mich hier raus!

19.1.

Neue großartige PR-Idee bei FM4! Senderchefin Eigensperger fordert von jedem männlichen Redakteur, sich einen orangefarbenen Vollbart zuzulegen, um den Sender auf der Straße farblich zu repräsentieren. Das FM4-Logo ist ja orangefarben! Seit zwei Wochen herrscht hier strengstes Rasur-Verbot.
Und seit gestern färbt Chefcontroller Blumenau persönlich im Badezimmer des Chefs jedem einzelnen den Bart. Ich – als einziges rothaariges Redaktionsmitglied – hab's relativ gut getroffen. Die Farbe meines Bartes ist von Natur aus beinah orange. Für viele andere Kollegen ist das alles eine demütigende Tortur. Herrn Ramicks stolzer pechschwarzer Rauschebart wird gerade in den Farbtopf getaucht. Ein kurzer scharfer Schlag auf den Hinterkopf beendet die idiotische Prozedur. Die Damen aus der Redaktion lachen sich schief über uns und meinen, wir sähen aus wie Darsteller aus einem geisteskranken Zwergenmusical.

*

Ich trage meinen Bart ja, seit ich 14 bin, knielang. Dass er jetzt orangefarben ist, stört mich nicht weiter. Im Gegenteil. Sieht irgendwie ganz exzentrisch aus. Manchmal stört er bei der Arbeit ein bisschen und verheddert sich in den Mikrofonstangen, aber durch den signalfarbenen eineinhalb Meter langen Bart bin ich in Wien endlich Kult geworden, denke ich. Er erhöht mein sexuelles Kapital unendlich, alle Weiber sind ganz scharf drauf, mir durch die Barthaare zu fahren. Nur der ewig mieselsüchtige Grissemann ist wieder mal gegen die tolle Bartidee. Er vermutet, dass die berüchtigte JENSEITS-Kategorie der strengen Stadtzeitung Falter in diesem Jahr ausschließlich für männliche FM4-Mitarbeiter abonniert ist. Wenn er sich da mal nicht täuscht, der jenseitige Österreicher!

20.1.

Never fuck the company! oder Niemals intim im Team! Eiserne Grundregel in jeder anständigen Firma. Das Ausleben niedrigster Leidenschaften und Instinkte sollte nie-niemals im Büro stattfinden. Das weiß jedes Kind, und auch du, geliebtes Tagebuch. Und wer bricht diesen Grundsatz jeden Tag aufs Neue: FM4! Widerlich, dieses ständige Gevögel auf den Schreibtischen, dieses kolossale Kopulieren auf den Kopierern. Jeder mit jedem! Ich halt' das nicht mehr aus. Hier nur ein kleiner Auszug aus dem wahnwitzigen sexuellen Protokoll von gestern zwischen 8 Uhr morgens und 11 Uhr 30: Votava mit Unger auf der Fensterbank, Reich mit Landsgesell vom Sekretariat im Musikarchiv, Stermann mit Frl.. Schönwiese stehend im Chefzimmer, Pfister mit Bauer im Livestudio, beide mit peinlichen Ledermasken, Ostermayer mit Unterweger am Kantinenstammtisch, Zsutty mit Erdmann und Stermann, ein übler Sandwich-Freiluftfick im Raucherhof, Schindler und Lang schamlos in der Sendeleitung. Wie Bonobo-Affen im Viagrarausch!

Ich will das alles nicht mehr sehen. Mir ist schlecht!

*

Senderchefin Eigensperger hat heute in der Krisensitzung jegliche sexuelle Unternehmung innerhalb des Büros unter Strafe gestellt. Grund dafür war einerseits Grissemanns prüde Beschwerde und zum anderen eine Rentnergruppe, die im Rahmen einer Funkhausführung plötzlich auch in den FM4-Räumlichkeiten stand und dem munteren Treiben der schwitzenden Leiber zusehen musste. Drei ältere Damen mit Pelzmützen sind in Ohnmacht gefallen, als sie Larkin und Higazi auf der Liebesschaukel am FM4-Empfang stöhnen sahen. Chefcontroller Blumenau, selbst kein Kind von Traurigkeit, hat in einer heuchlerischen Brandrede den besonders triebstarken männlichen Redakteuren eine chemische Kastration angedroht, die er persönlich durchführen wolle.

Mein Gott, Liebe und Hass, wie nah liegt das bei FM4 zusammen!

21.1.

Die Mitarbeiter kräftiger Statur – wie Zikmund, Zsutty und Stermann – errichteten gestern eine Art Flohmarkt bei FM4. Ächzend wurden Kisten geschleppt und Stände aufgebaut. Ein simpler Mitarbeiterflohmarkt. Das nichtsnutzigste Zeug aus dem Privatbesitz diverser FM4-Leute wurde feilgeboten: Eine alte blonde Perücke von Mirjam Unger, ein altes Brillenputztuch von Chefcontroller Blumenau, der erste Lippenstift von Luna Luce. Usw. usw. Der unnötigste Krempel also, den man sich vorstellen kann.

Selbstverständlich hat kein Mensch auch nur daran gedacht, irgendwas zu kaufen. Wenn, dann muss man versuchen, das den Fans zu verkaufen, aber doch nicht den Mitarbeitern selbst, flüsterte ich auf Knien rutschend dem Chefcontroller zu; die Schnauze solle ich halten, meinte der charmant wie immer: „FM4 macht das nur, um endlich seine Marktanteile zu erhöhen." Aha soso schlauschlau. You are not at home ...

*

Mir gefällt der FM4-Flohmarkt ausgezeichnet. Ich liebe diese nostalgisch-verkitschten Bazare! Habe fast alles aufgekauft: Fünf alte Unterhosen von Herrn Freeman, an denen ich heute Abend schnüffeln werde, Hauspantoffel aus Schafwolle vom lieben Herrn Ramick, genau meine Größe!, die erste selbstgekaufte Schallplatte vom Musikchef – Peter Cornelius: „I bin do ka Hampelmann", wunderbar; und das Prunkstück: ein wunder-wunderschöner silberner Heroinlöffel von Slack Hippie! Werd' ich auch gleich heute Abend nach dem Abendessen ausprobieren. Auch die Autogrammkarte von Herrn Pulsinger werd' ich mir im Copyshop lebensgroß vergrößern lassen und übers Bett hängen. Heute war ein wirklich schöner Tag bei FM4!

22.1.

Shocking, aber wahr, liebes Tagebuch: Noch immer gibt es in Österreich Orte, an denen FM4 nicht zu empfangen ist. Die Reichweite beträgt 98,4%. Das bedeutet: in einigen abgelegenen Käffern kennt man unseren tollen Sender gar nicht! Um diesem Problem Herr zu werden, hat Senderchefin Eigensperger gestern früh drei Mitarbeiter auf die Reise geschickt, diesen hinterm Mond lebenden Menschen FM4 näher zu bringen. Die Redakteure Farkas, Schindler und Schmoll werden in diesen einsamen Dörfern wie Staubsaugervertreter von Haus zu Haus gehen und den Leuten mittels Kassettenrecorder aufgezeichnete FM4-Sendungen vorspielen. Selbstredend stehen sie auch für Fragen aller Art zur Verfügung. Falls sich die Leute begeistert zeigen, muss man nur noch den Umzug in eine Stadt, in der FM4 zu empfangen ist, in die Wege leiten, und schon hat unser kleiner Sender einen Hörer mehr! Bravo. So macht man das!

*

Unglaublich! Gerade habe ich erfahren, dass sich tatsächlich über 100 Familien in den Tiroler Bergen spontan dazu entschlossen haben, aus dem Sendeloch wegzuziehen. Die Überzeugungsarbeit von Farkas, Schindler und Schmoll trägt also erste Früchte. Mit Hubschraubern der Freiwilligen Feuerwehr werden diese armen Familien jetzt in ein Auffanglager nach Wien geflogen. Dort werden sie zwar unter ärmlichsten Verhältnissen leben müssen – aber sie können FM4 empfangen. Als kleines Dankeschön erhält jede Familie ein Plastik-Transistorradio geschenkt. Tja. Man muss Prioritäten im Leben setzen!

23.1.

Liebes Tagebuch, auch wenn es dir vielleicht nicht wichtig genug erscheint, so möchte ich doch nicht unerwähnt lassen, dass sich der freundliche und talentierte Gerald Votava gestern zum ersten Mal seit fünf Jahren rasiert hat. Das war auch wirklich nötig, sah der Starmoderator doch zuletzt schon so aus wie der späte Saddam. Überhaupt läßt das äußere Erscheinungsbild vieler FM4-Mitarbeiter zu wünschen übrig. Ich als Ästhet kann das einschätzen. Dieses verknötzelte und verhaiplte Projekt-X-Duo ist die schlimmste Beleidigung fürs Auge. Spitzenverdiener in Pennerklamotten, dazu ständig fettes Haupthaar und Löcher in den Latschen. – Kein Wunder, dass die keine Fernsehsendung mehr haben! Oder dieses unselige Duo Ostermayer/Edlinger! Gelbe Rauchergriffel, Jägermeisterfahne und in viel zu enge H&M-Wühltisch-T-Shirts gesteckt. Meine Herren, stellen Sie sich die Stilfrage!

Aber zack! Ich spreche ja ungern schlecht über Damen; aber warum die Frisur der entzückenden Frau Unterweger so aussehen muss, als wäre ein Matratzenlager explodiert, das weiß wahrscheinlich nur sie selbst.

*

Der bösartige Grissemann hat tatsächlich eine Liste der schlechtestgekleideten Mitarbeiter erstellt. Grade der! Hat seit fünf Jahren sein affiges Joop-Hemd nicht gewechselt, und seit neuestem trägt er Stecktuch und Hut. Lächerlicher ist nur der Kunsthallen-Direktor gekleidet. Was soll dieser Mode-Terror bei FM4? Gut, Herr Bauch – graue, spitzbäuchige Eminenz im Hintergrund – hätte sich das T-Shirt mit der Aufschrift „Bier formte diesen wunderschönen Körper" sparen können; aber sonst? Ich lass' mir doch von diesem geschmacklosen Deppen nicht verbieten, mit meiner wunderschönen, kurzen bayrischen Lederhose und den Fellmoonboots hier auf und ab zu gehen. Hat eigentlich irgend jemand dem Fräulein Lang geflüstert, dass es unüblich ist, am rechten Fuß einen Stöckelschuh und links einen Plateau-Schuh zu tragen, oder hat sie's in der Eile heute Früh einfach verwechselt …?

24.1.

Liebes Tagebuch, weil die gesamte FM4-Belegschaft modisch ein jämmerliches Bild abgibt, habe ich gemeinsam mit Chefcontroller Blumenau durchgesetzt, dass es ab April eine FM4-Uniform gibt. Privatkleidung ist dann verboten. Jeder Mitarbeiter muss die Arbeitskleidung tragen, die seiner Position im Sender entspricht. Die unwichtigen Mitarbeiter werden zu enge, blau-weiß gestreifte Matrosen-T-Shirts überstreifen, dazu ganz kurze knallrote Höschen. Der FM4-Mittelbau – also CVDs, leitende Redakteure, Nachrichtensprecher und Musikredakteure – kriegt rosa Rüschenhemdchen und knielange fliederfarbene Pluderhosen; und die Chefs – also Eigensperger,

Blumenau und ich – lange, schwarze Lederhosen, Kettenhemden, Löwenpelzmäntel und schwarze Zylinder. Des weiteren schöne warme Halbschuhe aus Robbenfell. Das macht was her! Und das Modeproblem ist ein für allemal gelöst.

*

Habe heute auf meinem von Holzwürmern zerfressenen Schreibtisch ein blau-weiß gestreiftes Kinder-T-Shirt vorgefunden, das ich ab April im Büro hier tragen soll. Hab' mich schon mal probeweise reingezwängt. Mein dicker Kopf kommt aber nicht durch. Jetzt schaut nur ein Büschel graue Haare oben raus, ich seh' nix mehr, und das Leibchen ist so kurz, dass es nur meinen Hals bedeckt. Nur ich und Daniel Finger müssen diese demütigenden Matrosenshirts tragen. Alle anderen werden hübsche Rüschenhemden anziehen.

Das kann ich mir nicht bieten lassen! Dieses rote Tangaunterhöschen dazu – Entschuldigung, wer bin ich denn? Als ich mich bei Blumenau beschweren wollte, hatte ich schon den Robbenfellschuh im Gesicht. Ich geh' zurück nach Deutschland!

25.1.

Liebes Tagebuch, traurigerweise sind beim FM4-Fest in der Arena einige Mitarbeiter verloren gegangen. Entweder sind sie zertrampelt worden, oder sie haben den Erfrierungstod erleiden müssen. Beim Durchzählen heute Morgen fehlten jedenfalls Chris Kemmler, Albert Farkas, Jenny Blochberger und Mari Lang. Das Menschliche ist nicht so sehr das Problem, aber ihre Arbeitskraft geht natürlich schon schmerzlich ab. Kemmler war der persönliche Pfleger von Herrn Ostermayer, hat ihn im Rollstuhl ins Studio geführt und wieder zurück. Farkas hat sich, wenn alle Sessel bei Krisensitzungen belegt waren, als menschliche Sitzgelegenheit für die Chefin zur Verfügung gestellt und auch immer den Mund brav offengehalten, falls die Chefin keinen Aschenbecher hatte; und Blochberger und Lang – na ja, die beiden waren für den Lichtschalter zuständig. Blochberger hat mit ihrem Zeigefinger morgens im Büro das Licht angemacht, das das Frl. Lang um 24 Uhr mit ihrem Zeigefinger wiederum abgeschaltet hat. Nun, diese Posten werden jetzt frei: Bewerbungen bitte an FM4, 1136 Wien.

*

Entwarnung, liebes Tagebuch! die 4 vermissten Mitarbeiter sind wieder aufgetaucht. Der arme Albert Farkas wurde versehentlich von den Mogwai-Roadies mit eingepackt. Er liegt jetzt in einem Probekeller in Glasgow neben dem Schlagzeug und wird morgen mit Luftpost nach Wien geschickt. Herr Kemmler ist in ein Arena-Erdloch gefallen und liegt mit Erfrierungen 22. Grades im Krankenhaus Lainz. Die beiden Damen Lang und Blochberger wurden vom Arena-Chef als Lichttechnikerinnen weg-engagiert. Wir alle sind traurig, dass die Ladies mit den flinken Zeigefingern FM4 verlassen; aber man kann es verstehen, in der Arena verdienen sie das 260-fache und sind endlich nicht mehr ganz so unterfordert. Das Licht bei FM4 mach ich jetzt aus!

26.1.

Liebes Tagebuch, FM4 hat ja, wie du weißt, ein großes Herz für Minderheiten aller Art. Das Programm ist oft ganz bewusst nicht massentauglich. Aber als heute in der täglichen Krisensitzung eventuelle neue FM4-Sendungen diskutiert wurden, musste ich sehr lachen. Herr Zikmund schlug eine wöchentliche Indianermucke-Show vor. „Der Gesang der Sioux" soll die geile Show heißen. Abgelehnt! Wen soll das denn interessieren? Willst du Minus-Hörerzahlen, Zicke Zikmund? Reiß dich zusammen!

Auch die Literaturshow „Die besten Lyrikfragmente gehörloser Abtreibungsgegner", die der durchgedrehte Redakteur Zsutty vorschlug, wurde von allen Seiten kopfschüttelnd verhindert. Wirklich gut fand ich nur meine Sendungsidee. „Der Atem des Meisters" soll die 4-stündige Reihe heißen, in der ausschließlich mein Ein- und Ausatmen zu hören ist. Billig zu produzieren, anspruchsvoll und massenkompatibel. Chefin Eigensperger überlegt noch, den „Atem des Meisters" ab Mai statt dem „schönen Morgen" ins Programm zu hieven.

*

Auch ich hatte einige schlaue Ideen, als es darum ging, neue Sendungen zu erfinden. Wiederholungen ist das Zauberwort! Das spart Kosten und freut den Hörer. Die „FM4-Classics". Man wiederholt einfach jeden Tag exakt die Sendungen vom Vortag. „Gute Idee", meinte die Senderchefin, bis sie draufkam, dass ja dann immer nur das dasselbe läuft. Und das kann man nicht mal dem dumpfbackigsten Hörer zumuten, sagte sie. „Warum eigentlich nicht?" warf dann der so schlaue wie hinterhältige Blumenau ein – und so überlegt man meinen Vorschlag jetzt tatsächlich. Für uns Mitarbeiter wär's ein Segen, wir bräuchten nie mehr zu arbeiten. Na ja, mal sehen, was daraus wird!

27.1.

Gestern war Starregisseur Michael Haneke Interviewgast bei FM4. Sein Film „Wolfzeit" läuft ja dieser Tage an. Das apokalyptische Szenario im FM4-Großraumbüro mit den blassen, abgezehrten Mitarbeitern, dem düsteren Licht und der depressiven Musik, die hier den ganzen Tag läuft, hat ihn sofort begeistert. Als dann Chefcontroller Blumenau auch noch einem zufällig anwesenden Pferd die Kehle durchschnitt, klatschte der Meisterregisseur begeistert in die Hände und flehte uns an, alles so beizubehalten, wie es jetzt sei, keiner möge den Raum verlassen – er hole nur schnell seine Kamera und sei in 10 Minuten wieder da. Wir hielten uns dran. Ist doch toll, endlich mal Statist in einem Haneke-Film sein! Die mit Haneke mitgehoppelte Huppert begann sich eilig zu schminken, und wir warteten gebannt auf Chef Haneke.

*

Der kam dann auch tatsächlich, liebes Tagebuch, eine gute Viertelstunde später, eine Filmkamera auf der Schulter. Fünf Stunden lang filmte der Cannes-Preisträger jeden Winkel hier bei FM4. Dann noch lange Porträt-Einstellungen der verzagtesten FM4-Visagen Ostermayer, Edlinger und Grissemann, und schon war das neue Haneke-Meisterwerk im Kasten. Im Hintergrund übrigens hat die Huppert die Schreibtische abgestaubt und sich dann und wann eine Heroinspritze an die Vene gehalten. Laut Hanekes Management kommt „FM4 – der Film“ ab 2005 in die Kinos. Man darf gespannt sein!

29.1.

Liebes Tagebuch!

Heute war's lustig. Einmal im Jahr finden die FM4-Sportmeisterschaften statt. Senderchefin Eigensperger und Chefcontroller Blumenau bedienten die Startschussanlage beim 100-Meter-Lauf. Die schnellste FM4-Läuferin war das Fräulein Natalie Brunner. Sie lief die 100 Meter in beachtlichen 59,6. Gewonnen hat ein offensichtlich koksender La-Boum-de-Luxe-Redakteur: Er lief die 100 Meter in 7,39. Wir werden beim Intendanten unsere Dopingvorwürfe einbringen. Der dicke Stermann war die lahmste Schnecke von allen. Er benötigte für die 100 Meter 2 Stunden und 4 Minuten. Immerhin blieb er damit fast 5 Minuten unter dem Marathonweltrekord. Ein Argument, das nicht wirklich greift.

*

Wahnsinn! Grissemann, der alte Angeber, hatte sich freiwillig für den Weitsprung angemeldet. Was für ein Desaster. Grissemanns Sprungkraft ist nur als Schubumkehr zu bezeichnen. Nach 3 fürchterlichen Versuchen war mit bloßem Auge keine Weite festzustellen. Eine von Grissemann selbst mitgebrachte Lupe bewies, dass er beim 2. Versuch 0,2mm „sprang“. Nicht viel, aber auch nicht nichts, wie er mit stolzgeschwellter Brust verkündete. Ich fürchte mich schon vor morgen, dem 2. Tag der FM4-Sportmeisterschaften.

30.1.

Liebes Tagebuch!

2. Tag der FM4-Sportmeisterschaften. An diesem Wettbewerb dürfen auch Ö3- und Ö1-Mitarbeiter teilnehmen. Für die Ö1-Mitarbeiter haben wir aus Spaß ein Leichenwagenrennen ins Leben gerufen, aber das nur nebenbei. Seltsam – wir FM4-Mitarbeiter haben bei keiner einzigen Sportart auch nur den Hauch einer Chance und verkommen hier zu Lachnummern.

Wir forderten die Einführung der Disziplin „1m Gehen". Laut Senderchefin Eigensperger die einzige Disziplin, in der wir eventuell nicht völlig abgeschlagen Letzte werden. Der Antrag wurde abgelehnt. Und unser 400m-Starter Stermann ist noch immer unterwegs, obwohl der Lauf seit 15 Stunden entschieden ist. Jämmerlicher geht's nicht mehr. Ich selbst bereite mich derweilen mit Zahnstochern auf den Speerwurf vor.

*

Peinlich, peinlich. Es ist gleich Mitternacht. Ich laufe noch immer und beobachte Grissemann mit einem Auge beim Speerwerfen. Allerdings macht es eher den Eindruck einer Gewichthebeübung, weil der schmächtige Grissemann den Speer nicht vom Boden hochkriegt. Er versucht verzweifelt, den Speer über die Wurflinie zu rollen, um irgendwie doch noch in die Wertung zu kommen ... Freu mich schon auf morgen, den Abschlusstag der FM4-Sportmeisterschaften.

31.1.

Liebes Tagebuch!

Letzter Tag der offenen FM4-Sportmeisterschaften. Auf dem Programm stand Schwimmen. Wir durften mit unserer FM4-Staffel unter Rücksichtnahme auf unsere Fähigkeiten im Nichtschwimmerbecken starten. Wir GINGEN dann die 100 Meter, was ganz schön schwierig ist, weil der Wasserwiderstand so groß ist. Jeder, der das schon mal gemacht hat, weiß, wovon wir sprechen. Trotz der harmlosen Beckentiefe von nur 50cm drohten die Kollegen aus der Internetredaktion sehr schnell zu ertrinken. Also auch beim Schwimmen null Punkte für FM4. Jetzt bleibt nur noch der Abschlussbewerb Hindernislauf. Da schlagen wir zu.

*

Hiobsbotschaft. FM4 ist als gesamtes Team von den Sportmeisterschaften ausgeschlossen worden. Wegen galoppierender Unfähigkeit, heißt es. Wir sollen es bei den Special Olympics versuchen, hat uns der Ö3-Mann Robert Kratky geraten. Na ja – beim Hindernislauf durften wir noch als Hindernisse mitmachen, was die Sportsfreunde Zsutty, Schindler und Edlinger als zu demütigend empfanden und nicht teilnahmen. Nur das heitere Projekt-X-Trio bewies Sportsgeist und ließ sich auf den Kopf springen. Dabei sein ist alles!

Stuart Freeman

1.2.

Liebes Tagebuch, natürlich, es ist charmant, wenn ein Jugendradiosender nicht so angeberisch tut wie ... Ö3 zum Beispiel. Aber trotzdem: mir ist es peinlich, wenn ich aus dem FM4-Bus steige. Der Bus sieht schlimmer aus als Niki Laudas Wagen nach dem Unfall, eigentlich sogar schlechter als Niki Laudas Flugzeug nach dem Unfall in Thailand. Bei dem FM4-Bus ist die Schubumkehr das einzige, was überhaupt funktioniert. Tatsächlich kann man mit dem Bus nur rückwärts fahren, die Vorwärtsgänge hat FM4 an einen Autobastler verkauft. Unser Fahrzeug ist Baujahr 1952, hat viele Jahre in einem See gelegen und ist bei der großen Jahrhundertflut im vergangenen Jahr an Land gespült worden, als Esther Czappo und Gerlinde Lang gerade an der Donau standen und Sand aus den Sandsäcken gestohlen haben – weiß der Himmel, was sie mit dem Sand vorhatten. Jedenfalls haben die beiden das tropfende Wrack in die Argentinierstraße gezogen und zusammen mit Thomas Edlinger, der ja eigentlich gelernter Gebrauchtwagenverkäufer ist, wieder „flott" gemacht, wenn man das bei einer Spitzengeschwindigkeit von 7 km/h überhaupt sagen kann. Und mit diesem noch immer nassen Bus fahren wir von FM4-Party zu FM4-Party. Wir werden immer wieder überholt von Kindern auf Stützrädern, die sich über uns lustig machen. You're not at home, baby. You're at work.

*

Liebes Tagebuch, langsam kann ich's auch schon, die Straßenkarte in Blindenschrift lesen. Eine Sonderanfertigung für Toni, unseren FM4-Fahrer. Als Beifahrer muss immer ich die Karte lesen. Er sagt, er kann nicht gleichzeitig auf die Straße schauen und auf die Karte. Schade, dass die Straße nicht auch in Blindenschrift vor ihm liegt. Anton ist durch einen furchtbaren Tanzunfall vor 7 Jahren blind geworden. Er ist mit den Augen auf eine Plattennadel gefallen. Weil der Unfall bei einem La-Boum-de-Luxe-Auswärtsspiel stattfand, hat FM4 ihm aus schlechtem Gewissen den Job als Fahrer gegeben. Na ja, ein bisschen unüberlegt, wenn man mich fragt. Richtig geeignet ist er nicht für den Job, und zwar nicht, weil er blind ist, sondern weil er nicht fahren kann. In all den Jahren, die er jetzt schon den FM4-Bus fährt, hat er noch immer nicht den Unterschied zwischen Gas- und Bremspedal gelernt, er ist rechts-links-Verdreher und rücksichtslos. Also, liebes Tagebuch, falls du den Bus mal irgendwo auf dich zurasen siehst: Be afraid, es ist FM4.

2.2.

Liebes Tagebuch, gestern hatten wir eine kleine interne Party, Stermann hat seine neue Wohnung eingeweiht. Lustige Wohnung. Die Türen kann man nur von außen abschließen, und er hat so eine Art Concierge, sogar mit Uniform. Und bewaffnet, was in Zeiten wie diesen ja nicht so verkehrt ist. Der abgedrehte Deutsche hat festgelegte Besuchszeiten eingeführt, man kann ihn nicht einfach so überraschen, nur einmal die Woche für zwei Stunden; und offensichtlich aus völlig übertriebener Angst vor Viren und möglicher Ansteckung hat er eine Trennscheibe zwischen sich und dem Besuch. Na ja, ich fand's trotzdem sehr nett. Er wohnt dort in so einer WG, interessanterweise alles Männer. Echte Männer. Woher er die wohl alle kennt? Er teilt sich in diesem riesigen WG-Haus mit einem Typen ein Zimmer, wahrscheinlich weil's billiger ist. Ein 50-jähriger Ganzkörpertätowierter, der eine sehr direkte Art hat. Zikmund, Zsutty, Schindler und ich wurden von ihm aufgefordert, mit ihm in die Dusche zu gehen und uns dort nach der Seife zu bücken. Etwas merkwürdig. Stermann selbst hat nicht viel geredet. Er war ganz blass ... Na ja, so ein Umzug ist ja doch auch immer Stress. Komisch nur irgendwie, ich hab gar nicht mitbekommen, dass er eine Wohnung sucht?

*

Liebes Tagebuch, der rote Horst, der gschwinde Fredi und der Hamdraher Petzi kümmern sich sehr liebevoll um mich, weil sie ein gutes Herz haben und all meine Zigaretten und mein ganzes Geld bekommen. Ich wüsste nicht, was ich ohne die drei machen würde. Ich bin noch ganz verwirrt, alles ging so schnell. Ich hab ihn wirklich nicht gesehen, mein Gott, wenn ich ihn gesehen hätte, hätte ich das doch nie gemacht. Es war in der Kantine, ich hatte wirklich großen Hunger, weil ich als freier Mitarbeiter ja nur einmal im Monat berechtigt bin, etwas zu essen. Ich stell' mich also mit meinem Tablett an die Theke – mein Magen knurrte so laut, dass ich schreiend bestellen musste – und plötzlich steht Chefcontroller Blumenau neben mir und behauptet, ich hätte mich vorgedrängelt. Ich durfte mich nicht nicht verteidigen. Sofort kam ein Sicherheitsbeamter, fünf Minuten später saß ich in einem Schnellverfahren vor einem sehr unordentlich wirkenden Gericht, nicht mal eine Stunde nach meiner Essensbestellung saß ich hier und bückte mich immer und immer wieder nach der Seife meines Zellengenossen. Er sitzt schon seit 10 Jahren und kam mir gleich bekannt vor. Er hat auch früher beim Radio gearbeitet, bei Ö3, als Redakteur von Dominic Heinzl. Sein Verbrechen: er hat damals den Dienstaschenbecher von Dominic Heinzl benutzt. Mein Gott, 25 Jahre hat er bekommen. Ich fürchte mich schon davor, mein Urteil zu hören.

3.2.

Liebes Tagebuch, der große Nachteil eines Alternativsenders ist, dass sich die ambitionierten Bands, die wir on air spielen, ständig Geld pumpen. Die sind ja alle so unfassbar arm! Wenn wir ihre Musik spielen, müssen wir ihnen ihre CDs einzeln abkaufen; die wenigsten haben ja einen Vertrieb, von Plattenfirmen ganz zu schweigen. Mehrere HipHopper schlafen bei FM4, unzählige Gitarrenpopper gehen bettelnd durchs Funkhaus, am schlimmsten sind Elektronikbands, die sitzen vor unseren Computern, rauchen unsere ausgedämpften Zigarettenkippen und lecken an leeren Kaffeebechern. Die Musikredaktion sieht aus wie ein äthiopisches Flüchtlingslager. Einmal im Jahr müssen wir einigen von ihnen Gewand borgen, bei der Amadeus-Gala, wenn irgendwer von ihnen den Alternative-Award gewinnt, der selbstverständlich sofort versetzt wird. Mensch, das alles hat mit Starglamour so viel zu tun wie Mc Donalds mit dem Gault-Millaut.

*

Liebes Tagebuch, es reicht. Ich wurde von einem Dschungelmusiker gefragt, ob ich ihm eine Zahnplombe leihen könnte! Er hat ein Riesenloch im Zahn, vielmehr hat der Arme ein bisschen Zahn im Loch. Natürlich hab' ich mir eine meiner größeren Plomben rausgebrochen und ihm geschenkt, aber nervig fand ich's trotzdem. Gestern hab' ich ein schönes Bild gesehen, da saßen 20–30 zerlumpte österreichische und deutsche Musiker vor unserem Dienstfernseher und schauten mit Tränen in den Augen Starmania. Am fasziniertesten waren sie beim Blick in den Backstagebereich: Säfte und Knabberzeug. Liebes Tagebuch, ich danke dem lieben Gott, dass meine Eltern mich nie gezwungen haben, ein Instrument zu lernen. Be afraid, honey, it's FM4 music.

3.2.

Liebes Tagebuch, um ein bisschen Geld dazuzuverdienen, putzen wir FM4-Mitarbeiter jetzt bei reichen Ö3- und Ö1-Mitarbeitern. Das Verdiente wird uns dann zwar vom ORF-Lohn abgezogen, aber es lohnt sich trotzdem. Ich verdiene bei Andy Knoll am Tag mehr Geld, als ich bei FM4 in der Woche bekomme, obwohl ich nur ein Viertel von dem kriege, was Andy Knolls alte Putzfrau bekam. Beim Andy macht das Putzen richtig Spaß. Er hat eine riesige Wohnung, in der ich mich auf einem Elektroscooter mit Staubwedel in der Hand fortbewege. Lustigerweise hört Andy Knoll privat FM4. Was man von den meisten FM4-Kollegen nicht behaupten kann. Wenn ich also so durch Knolls 4000-Quadratmeter-Villa düse und im Radio Stuart Freeman quatscht, muss ich immer lachen. Weil ich's in dem Moment so viel besser habe als der arme Stuart. Ich arbeite wenigstens zu Hause, wenn's auch nicht meins ist, aber Stuart werkt im menschenverachtenden FM4-Haus. Stuart, you're not at home, you're at work!

*

Liebes Tagebuch, ich fühle mich gebauchpinselt, weil ich als Putzfrau vom Diagonal-Chef arbeiten darf. Ich! Während die anderen alle bei irgendwelchen Unterhaltungstypen waschen und bügeln, darf ich bei Michael Schrott arbeiten, dem früheren Musicbox-Chef, einer Legende. Aushilfsweise war ich auch schon bei Ö1-Chef Treiber, wo ich nach einem Fest mit der Zunge den Teppich auflecken musste. Und bei Radioguru Kos hab ich alle 56.000 Kunstbände Seite für Seite mit einem Mikroskop vom Staub befreit. Ich putze für die intellektuelle Elite und bin stolz darauf. FM4-Wortchef Pieper und die Sumpfisten Edlinger und Ostermayer, die sich ja für ganz besonders klug halten, wurden dazu eingeteilt, die neun Privatklos von Robert Kratky zu reinigen. Entwürdigend. Noch dazu müssen sie es gratis machen. Na ja, dafür wird ihnen dann auch nichts vom normalen ORF-Lohn abgezogen. Ich bin sehr gespannt. Wie es heißt, dürfen wir bald auch bei Fernsehkollegen putzen. Ich würd am liebsten für Paul Lendvai putzen oder Hugo Portisch. Das Putzen bei ORF-Kollegen ist das Schönste an der FM4-Arbeit. Ich weiß allerdings nicht, ob das für die Arbeit bei FM4 spricht.

4.2.

Liebes Tagebuch, tatsächlich. Wir können jetzt auch für Fernsehkollegen privat putzen. Gestern Abend wurden die Jobs an uns verteilt. Mein Gott, was für eine Aufregung. Und ich habe einen echten Star gezogen: Arabella Kiesbauer. DIE Arabella Kiesbauer. Aus Freude hab ich gleich eine Milka dunkle Vollnuss gegessen. Die ganze Nacht über hab' ich in Arabellas 25.000-Quadratmeter-Penthouse geputzt. Falls der ORF mal die Show macht: „Österreich sucht die Superputze", werde ich auf jeden Fall eingeladen. Um auf die Showqueen Eindruck zu machen, hab' ich Wischfetzen in jeder Hand und an jedem Fuß stecken gehabt und bin spinnengleich durch ihre Suiten gekrabbelt. Dann hab' ich jede ihrer 120.000 Perücken gewaschen, geföhnt und onduliert. Mensch, Tagebuch, ich hatte echt Glück. Ich hätte ja auch den Money Maker ziehen können oder Fred Schreiber von der „Sendung ohne Namen". In dessen Drecksbude hätt' ich allein schon aus Neid noch zusätzlich Staub abgeladen.

*

Liebes Tagebuch, es hieß, wir putzen für Fernsehkollegen, aber soweit ich weiß, ist Rainhard Fendrich doch gar kein Fernsehkollege. Trotzdem hab' ich seinen Dachboden gewischt und gleich fein säuberlich meine Unterhosen in den Kasten einsortiert. Während ich putzte, kam seine Nochfrau und verlangte, dass ich mich ausziehe. Nacktputzen, na ja, ich mein', ich hab' Geschichte studiert, hab' ich das nötig? Sie brachte mir ein Mineralwasser, und aus Dankbarkeit hab' ich mich ausgezogen und wie Gott mich schuf gesaugt und gebügelt. Parallel zum Putzen und Fendrich Hörnen hab ich 5–6 Musicals geschrieben und Reini auf den Schreibtisch gelegt. Ich hab die Musicals extra so fürchterlich geschrieben, dass sie bestimmt von den Vereinigten Bühnen aufgeführt werden.

5.2.

Liebes Tagebuch, als alter, gelernter ORFler bin ich im Personenkomittee für Ferrero-Waldner und Fischer. Besser, sich nicht zu früh zu entscheiden. Für beide verteile ich Kugelschreiber und Socken mit lustigen Slogans. Außerdem bringe ich mich auch inhaltlich ein. Für Benita hab' ich den Slogan erfunden: „Lieber ein Ferrero-Küsschen als Fischers Fritze“. Bei der SPÖ hab' ich im Wahlkampfbüro Glückwünsche bekommen für meinen Vorschlag: „Na sischer: Fischer.“ Na ja, seit der ORF völlig entpolitisiert worden ist, bin ich sicherheitshalber Mitglied der ÖVP geworden. Bei allen anderen Parteien war ich ja schon vorher Mitglied. Man muss eben clever sein. Stermann, der Trottel, tut sich zunehmend schwer im Österreichischen Rundfunk. Er ist eben kein gelernter Österreicher. Das merkt man allein schon daran, dass er nur beim ÖAMTC ist, nicht aber beim ARBÖ. So wird das nie was mit ihm.

*

Liebes Tagebuch, seit Grissemann versucht, mir verzweifelt den österreichischen Weg beizubringen, bin ich völlig verwirrt. Ich trau' mich beim Autofahren zum Beispiel nicht mehr links abzubiegen oder rechts. Ich fahre nur noch geradeaus und komm' nie mehr dahin, wo ich eigentlich hin wollte. Ich spritze Rotwein mit Weißwein und esse Schnitzel mit Schweinsbraten, ich arbeite bei FM4 und höre Ö3, bin Ketten-Nichtraucher, und beim Skifahren hab' ich links einen Carverski und rechts ein Snowboard. Aber Grissemann ist trotzdem nie zufrieden mit mir. Nicht, als ich im Wiener Lokal Flex Walzer tanzte, und als ich beim Polizeiball Drogen verkaufen wollte, auch nicht. Ach, ich weiß nicht ... Ich glaub', ich lern' das nie, ein richtiger Österreicher zu sein.

6.2.

Liebes Tagebuch, es ist absurd. Abgrundtief absurd und lächerlich. Chefin Eigensperger war in der vergangenen Woche bei einem Seminar in Hamburg: „Frauen im öffentlich-rechtlichen Radio", und sofort nach ihrer Rückkehr hat sie eine Gleichberechtigungswoche ausgerufen. „Auch Frauen sollen wichtige Positionen einnehmen können", schrie die Chefin über die Hausanlage. „Die Medien sind männerdominiert und archaisch. Hier wird jetzt mit geschlechtsspezifischen Ungerechtigkeiten aufgeräumt." Nun, liebes Tagebuch, soweit ich weiß, ist Chefin Eigensperger eine Frau, detto Ersatzchefin Claudia Czesch – aber gut, so weit konnte ich ihr folgen, bestimmt gibt es Firmen und Sender, wo es anders ist als bei uns, aber was wir jetzt hier bei FM4 erleben, ist jedes Irrenhauses unwürdig. Damit wir Männer wissen, wie Frauen sich fühlen, müssen alle männlichen Mitarbeiter Frauenklischeetätigkeiten ausführen. Stermann, Votava, Edlinger, Zsutty, Ortner, Manuva und ich z.B. müssen Pullover, Mützen und Socken für die Kolleginnen stricken, obwohl keine FM4-Mitarbeiterin jemals selbstgestrickte Klamotten tragen würde. Die Pissoirs wurden rausgerissen, damit wir uns auch anstellen müssen, wir müssen Unterweger, Unger, Higazi und all den anderen Moderatorinnen Patschen anziehen und Bierflaschen bringen. Mein Gott, das wirkt alles wie in einem Film aus den fünfziger Jahren.

*

Liebes Tagebuch, ich dachte, es ist ein Scherz, aber tatsächlich: alle Männer müssen Binden tragen! Grissemann und ich müssen intern Grissefrau und Sterfrau gerufen werden, die Chefin hat sich bei einem Urologen erkundigt, ob Bauchhöhlenschwangerschaften bei Männern nicht doch möglich sind. Gestern hat sie 20 wildfremde Kinder mitgebracht, um die wir uns während der Arbeitszeit kümmern müssen, damit wir merken, was Doppelbelastung heißt. Die Kolleginnen müssen sich gegen ihren Willen ununterbrochen Fußballspiele im Fernsehen anschauen und uns auf den Po hauen. Mensch, was für ein völlig antiquiertes Rollenverständnis hat die Chefin bloß? Die Kolleginnen wurden von ihr aufgefordert, nur noch im Stehen bei runtergelassener Brille zu pinkeln; klarerweise müssen wir Männer die Toiletten reinigen. Wir bekommen auch keinen Lohn mehr, sondern „Haushaltsgeld" und müssen davon zweimal die Woche zum Friseur, während alle Frauen im Unterhemd völlig zerzaust durch die Redaktionsräume schlurfen und immer mal rülpsen müssen.

7.2.

Liebes Tagebuch, seit drei Tagen läuft jetzt schon die FM4-Gleichberechtigungswoche. Wir Männer dürfen nur noch Kaffee machen und mit einem Stenoblock neben Kolleginnen sitzen, allzeit bereit fürs Diktat. Es sieht so lächerlich aus, wie Stuart Freeman neben mir mit 40cm hohen Stöckelschuhen und einem Minirock sitzt, die wenigen, schütteren Haare onduliert. Aber was willste machen? Chefin Eigensperger bildet sich nun mal ein, uns untergebenen Männern so zu zeigen, wie es ist, in einer Machowelt zu leben. Das ZDF-Frauenmagazin Mona Lisa hat schon über uns berichtet. Freeman versucht, sich seine Situation schönzureden, indem er auf den Fußballer Beckham und dessen Metrosexualität verweist. Aber Freeman sieht leider nicht wie Beckham aus, sondern wie eine pensionierte Metzgerin in der U-Bahn. Ich trage ein durchsichtiges Jill-Sander-Kleid und seh' aus wie Gerry Keszler beim Life Ball, der arme Stermann sieht in seinem Umstandskleid dagegen aus wie Steffie Werger. Ja, liebes Tagebuch. Stermann ist schwanger.

*

Liebes Tagebuch, ich war heute zur Ultraschalluntersuchung bei meinem Urologen. Ich bin im 2. Tag schwanger. Chefin Eigensperger ist zu weit gegangen, finde ich. Alle FM4-Mitarbeiterinnen mussten zur Ei-Bank und Eier spenden, ich weiß nicht, wer die Mutter ist – und ich soll jetzt das FM4-Gleichberechtigungs-Kind austragen. Sofort hat die Chefin mir ausrichten lassen, dass es in meinem Fall keinen Vaterschutz geben wird, damit ich am eigenen Leib spüre, wie hart es für Frauen im Alltag ist. Liebes Tagebuch, ich weiß nicht, ob sie da nicht dem Falschen etwas beibringen will. Ich hatte mein Leben lang Chefinnen, ausschließlich. Ich weiß gar nicht , wie das ist, einen Mann als Chef zu haben. Die Kollegen häkeln seit heute früh Babygewand, und ich muss gleich in den ORF-Fitnesraum zur Schwangerschaftsgymnastik. Mein Kind soll es einmal besser haben als ich und bei einem anderen Sender arbeiten. Bei FM4 hätte es mein Kind genauso schwer wie ich, denn laut Ultraschall ist es ein Bub. Be afraid, honey, it's FM4.

11.2.

Liebes Tagebuch, mir ist so furchtbar langweilig. Wenn man nur einmal in der Woche für gerade mal etwas mehr als eine Stunde Sendung machen darf, hat man unerträglich unter immenser Fadesse zu leiden. Vor lauter Langeweile sind mir schon vor Tagen nicht nur die Füße und Beine eingeschlafen, sondern auch Arme, Augen und Haare. Ich weiß nicht mehr, wie ich diese endlosen Stunden rumkriegen soll. Mit Stermann, Zsutty, Zikmund, Pollach und Schindler „Mensch ärgere dich nicht“ zu spielen wäre eine Ablenkung, aber es ist unmöglich: sie verstehen die Regeln einfach nicht, und als schwere Legastheniker gehen sie mit ihren Figuren immer rückwärts. Das Salon-Helga-Team ist wirklich ein hirnloser Haufen, durch die permanente Untätigkeit ist allen das Hirn zermürbt worden. Ich verstehe nicht, warum wir als wöchentliche Sendungsmacher trotzdem einen 12-Stunden-Tag haben, von Montag bis Sonntag. Ich halt es nicht mehr aus, in die leeren Augen meiner Kollegen zu schauen – aber ich muss …

*

Liebes Tagebuch, um die Zeit totzuschlagen, lernen wir den Rennbahn-Express auswendig und gießen 40 Mal am Tag die Blumen, obwohl es Strohblumen sind. Ich schneide mir stündlich die Fingernägel und überfliege minütlich das Manuskript für die nächste Salon-Helga-Ausgabe. Es ist ein leeres Blatt Papier. Wir sind so zermürbt, dass wir nichts mehr denken können. Noch schlimmer haben es die Sendungsmacher der FM4-Geburtstagsparty. Die sitzen ein ganzes Jahr einfach so rum, bis sie dran sind. Das ist furchtbar. Wie gut haben es da die Leute der Morning Show oder vom Update, oder die Nachrichtenleute gar. Jede Stunde was zu tun. Das hält wach und geistig fit. Ich hab' durch das ständige stumpfsinnige Warten schon vergessen, wie man isst und trinkt und wie 'rum man eine Zeitung halten muss. Erschwerend kommt hinzu, dass wir die ganze Woche über mit unseren Regisseuren in einem finsteren, fensterlosen Kämmerchen hocken. Wortlos, da wir uns ja auch nichts mehr zu erzählen haben. Schindler hat das Sprechen verlernt, und Zikmund lallt nur noch vor sich hin.

12.2.

Liebes Tagebuch, Costa Cordalis war da. Der Dschungelkönig. Ö3 wollte ihn nicht als Studiogast haben, und so hat er es bei uns versucht. Wir haben ihn mit offenen Armen bei FM4 begrüßt – endlich mal ein Star! Costa hat jedem von uns eine australische Made geschenkt und sein Dschungelköniglied gesungen. Das war sehr schön und ist ja auch in Wahrheit meine Musik, viel mehr als dieser ganze Independent-Mist, der bei uns so läuft. Zusammen mit Stermann, Stuart Freeman und Martin Blumenau hab' ich Costa ja mal bei einem Konzert besucht. Hossa, Hossa, Mexicana hieß der Abend, und Überraschungsgast war damals Tony Marshall. Wir reden heute noch gern von diesem Abend. Martin Blumenau hört ja immer noch heimlich den ganzen Tag seine alten, geliebten Roland Kaiser und Cliff Roberts CDs auf Walkman. Costa Cordalis ist übrigens ganzkörperbehaart, das hat er uns gezeigt, er hat sich nackt ausgezogen und sah aus wie ein Hirtenhund.

*

Liebes Tagebuch, ich war von Costa Cordalis genauso angeekelt, wie er von FM4. Er sagte, dass es bei FM4 ekliger sei als bei jeder Dschungelprüfung, wegen all den Ratten und Insekten, die hier auf den Kantinenabfällen rumlaufen. FM4-Mitarbeiter sind ja zu cool, aufzuräumen, und deswegen türmen sich hier in der Redaktion jahrealte Schnitzel, Pizzen und Püreeberge, umrahmt von meterhohen Zigarrettenkippenhügeln. Wir haben ja keinen einzigen Aschenbecher, obwohl es nur einen einzigen Nichtraucher bei FM4 gibt, den fetten Hamster von Kollegen MeGill. Ich hab' mal Bilder gesehen von den Müllkippen in Manila und spontan gedacht: das muss unser Ziel sein. Wenns bei FM4 so aussähe wie in Manila, wär's ja ganz erträglich. Cordalis meinte, dass Daniel Küblböck hier bei uns nicht einen einzigen Tag überlebt hätte. Als der Dschungelkönig dann speibend rauswankte, machte ich mir auch Sorgen ... Die ganzen grünlich-blauen Dämpfe, die von den Abfällen aufsteigen – ich weiß nicht, gesund wird das kaum sein.

14.2.

Thomas Edlinger, Co-Moderator der fragwürdigen Nacht-und-Nebel-Sendung IM SUMPF, hatte am 15. dieses Monats Geburtstag. Ich habe ja mit dem verschrobenen Herrn Edlinger die Schulbank gedrückt und deshalb ein besonderes Nahverhältnis zu ihm. 42 wurde er übrigens; er sieht aber ein glattes Jahr jünger aus. Anyway, liebes Tagebuch, das Geburtstagskind hatte acht ausgewählte Gäste in eine hippe Fressbude Wiens geladen, Herrn Ostermayer, Herrn Stermann, mich, einen abgehalfterten Werbefuzzi, seinen Bruder, seinen Steuerberater und dessen jüngeren und älteren Bruder. Du merkst, geliebtes Tagebuch, der emotional verwahrloste Redakteur Edlinger hat wenig sogenannte Freunde, von echten ganz zu schweigen. Lange Rede, kurzer Sinn: an der langen Geburtstagstafel saßen schlussendlich nur Edlinger, der, betrunken wie ein Stinktier im Fegefeuer, den Abend durchheulte und -rotzte, ich – es war ausschließlich Mitleid, das mich trieb – und der abgenudelte Nudelregisseur, der sofort einschlief. Die anderen Gäste glänzten durch Abwesenheit. Der traurigste Geburtstag, den man sich vorstellen kann. Ich war froh, als ich wieder zu Hause war.

*

Ich bekam gestern Nacht einen unangenehmen Anruf. Der belesene, aber stocksteife Bücherredakteur Edlinger war am Apparat. Er muss etwa 19 Promille gehabt haben, ich hab' seine Fahne durch den Telefonhörer riechen können und bei dem jämmerlichen Gelalle auch nur jedes 15. Wort verstanden. Er fragte mich unter Tränen, warum ich nicht zu seinem Geburtstagsessen gekommen war. „Mensch Bürschchen", sagte ich, „was glaubst du denn wieviel sinnlose Einladungen bei einem Kleinkünstler meines Formats täglich eintrudeln?" Dann hab' ich ihm noch mitgeteilt, dass ich ohnehin keine Zeit gehabt hätte, weil ich lieber zu Hause bleiben und fernsehen wollte. Dieser Edlinger geht mir mit seiner rührseligen Aufdringlichkeit langsam auf die Nerven. Werde mir eine Geheimnummer zulegen.

16.2.

Im Livestudio, liebes Tagebch, hängen am Pult exakt zwei Kopfhörer. Diese beiden sogenannten Headsets werden von allen Moderatoren benützt, und eventuellen Interviewgästen werden sie auch auf die Rübe gesetzt. Du kannst dir ausmalen, wieviel Ohrenschmalz, Gesichtsschweiß und Hautfetzen an den Kopfhörern kleben. Da bekomme ich lieber zwei Tonnen Kakerlaken ins Gesicht, als mir diese Headsets über meinen edlen Kopf zu ziehen. Ich untersuche diese Dinger ja regelmäßig. Dann und wann klebt Blut von Herrn Schreiber drauf, wenn er sich beim Rasieren geschnitten hat, und wenn der gute Herr Smash hier war, sind die Kopfhörer permanent mit seiner nach Heringssalat stinkenden Glatzenpaste vollgeschmiert. Ich glaub', ich übergeb' mich gleich, wenn ich dran denke, dass ICH am Freitag Abend mir wieder eins dieser Headsets überstreifen muss.

*

Auch das Moderations-Stehpult ist kein hygienischer Leckerbissen, liebes Tagebuch. Zehntausende glänzende Fingerabdrücke und Sabbertropfen von Moderatoren mit Feuchtmäulern bieten Bakterien aller Art ein neues Zuhause. Rauchende Kollegen spucken ihren schwarzen, übelriechenden Auswurf drauf. Gefärbte Frauenhaare, Fingernägel und Lippenstiftreste steigern den Ekel ins Unermessliche. Das FM4-Livestudio ist ein Paradies für DNA-Tester, aber eine Zumutung für einen gepflegten Herren wie mich. Vor zwei Monaten hab' ich doch tatsächlich das Zungenpiercing von Frau Lang verschluckt, das versehentlich noch am Mikrofon des Headsets hing. Das war der Gipfel der Geschmacklosigkeit.

17.2.

Die Goldene-Bär-Gewinnerin der Berlinale war früher Pornodarstellerin. Mein Gott, was für eine Aufregung! Hoffentlich fragt niemand bei FM4 nach und bringt das peinsame Vorleben diverser FM4-Helden ans Tageslicht. Stermann zum Beispiel war früher Zauberer im Puff, Zikmund und Pfister schmuggelten gefälschte Breitling-Uhren und Walther-Faustwaffen, die Damen Unterweger und Lang synchronisierten früher bulgarische Pferdepornos, und der liebe Herr Springenschmid war, bevor er bei FM4 anheuerte, Fotograf und Leitartikler für das erotische Zentralorgan Sankt Pauli Nachrichten. Senderchefin Eigensperger übrigens hat in den 70-er Jahren gegrillte Hühnerbeine in einer Imbissbude in Sopron verkauft und hat damit die sauberste Vergangenheit von allen.

*

Grissemann, der sein Maul nicht halten kann, hat meine Vergangenheit als Bordell-Illusionist geoutet. Ja, mein Gott, es stimmt. Ich hab' Anfang der achtziger Jahre auf der Reeperbahn in Hamburg im Strip- und Bumslokal RITZE Kaninchen aus einem Zylinder gezogen! Na und? Von irgendwas muss der Mensch ja leben.

Es war eine schöne Zeit damals. Ich durfte bei Neger-Kalle aufm Sofa schlafen und hatte einen extra angefertigten Show-Frack, der über und über mit Sperma und Sekt besudelt war. 12 Jahre lang war ich in Hamburg Varietékünstler. Wahrscheinlich wär' ich's heute noch, aber 1992 musste die RITZE zusperren, als Neger-Kalle und ich im Rausch 4 Freier erschossen haben.

Ich bin dann nach Österreich geflüchtet.

20.2.

Die mit Abstand häufigsten Gäste hier bei FM4 sind Fahrradboten. Bequeme Redakteure bestellen telefonisch den Fahrradkurierdienst, um irgendwelches Zeug schnell von A nach B zu befördern: CDs, Bücher, Drogen, was auch immer. Jedenfalls sind diese schnittigen Burschen äußerst beliebt bei den Frauen in der Redaktion. Wie sie da so stehen in ihren knallengen, bunten Höschen, diese futuristischen Fahrradhelme auf dem Kopf, immer Funkgerät lässig um die Schulter geworfen und ein geiler Strampelkörper, frage nicht. Riem Higazi war einmal so hingerissen von einem, dass sie mit ihm drei Tage durchgebrannt ist. Angeblich ein bisschen Tandem fahren im Wienerwald. Na ja, jedenfalls demütigen uns Männer diese scharfen Fahrradboten mit ihren makellosen Körpern. Viele nehmen sich auch schon Frechheiten heraus und klopfen dem lieben Herrn Stermann zum Beispiel auf den Schwabbelbauch und sagen: „Na, soll ich auch ein bisschen Bauchfleisch von hier mitnehmen?“ Bald werden uns die Fahrradboten knechten und das Regiment hier übernehmen. Wie ich diese Drahtesel hasse …

*

Grissemann malt schon wieder den Teufel an die Wand und spricht nur noch von der Diktatur der Fahrradboten. Und wir sollen aufpassen, meint er, die wollen uns die Weiber und die Jobs wegnehmen. Ich hab' nichts gegen die süßen Fahrradboten, ich greif' auch dann und wann einem mal zwischen die Beinchen oder mach meine Späße mit ihnen. Neulich hab' ich einen Fahrradboten herbestellt und ihm aufgetragen, er soll mir doch bitte die Dose Bier vom Grissemann-Schreibtisch bringen. Dazu muss man wissen, dass der Grissemann-Schreibtisch nur 7m entfernt von meinem ist. Der Fahrradbote schaut mich verdutzt an, macht sich dann aber auf den Weg zum Grissemann-Schreibtisch – und ich hab' dann geschrien: Mit dem FAHRRAD! Da hat der Esel doch tatsächlich seinen Gaul von unten raufgeholt und ist mit dem Fahrrad hier im Büro zum Grissemann-Schreibtisch rüber und hat mir die Bierdose gebracht. Der Spaß war mir 25 Euro wert. Zahlt doch sowieso der Sender …

24.2.

Im Internetwarenhaus Amazon haben mehrere prominente Autoren ihre eigenen Bücher lobend rezensiert. Wahrscheinlich hast du von diesem Kleinskandal gehört, liebes Tagebuch. Nun, was die bei Amazon können, können wir bei FM4 schon lang. Ich zum Beispiel gebe zu, schon des öfteren mit genial verstellter Stimme in diversen FM4-call-in-Sendungen angerufen zu haben, um dort die Moderationskünste des Herrn Grissemann abzufeiern. Die Radio-Jubelartikel in der Tagespresse stammen alle selbstverständlich aus der Feder von Senderchefin Eigensperger, die intern nur Pseudonyma genannt wird. Das Ergebnis des für uns so erfolgreichen Radiotests hat sich Chefcontroller Blumenau zusammengelogen, und die enormen Verkaufszahlen der Sumpf-Bücher der geschätzten Herrn Ostermayer und Edlinger lassen sich nur mit der satten Erbschaft erklären, die Herr Ostermayer dazu benutzt hat, alle seine Erzeugnisse selbst zu kaufen.

So läuft der Hase hier.

*

Seit langem, liebes Tagebuch, schreibe ich unter den Fantasienamen Peter Blau, Wolfgang Kralicek und Alexandra Seibel Kabarettkritiken in diversen Gazetten. Ich vernichte Kollegen und preise mich selbst. Diese Lügenspirale gipfelte in dem Höhepunkt, dass ich mir selbst vor zwei Jahren den Salzburger Stier verliehen habe. Mir ist im Laufe meines beruflichen Lebens nur ein folgenschwerer Irrtum unterlaufen: Aus Versehen habe ich vor 3 Jahren nicht CHRISTOPH Grissemann, sondern dessen Bruder Stefan im wichtigen Nachrichtenmagazin PROFIL zum Kulturchef gemacht. Mit dem Ergebnis, dass in diesem Käseblatt seit 3 Jahren nichts mehr über uns steht. So ein Mist, alles muss man selbst machen, auch Karriere …

28.2.

Neue brutale Weisung aus der FM4-Chefetage: Moderatoren, die sich öfter als drei Mal pro Woche on air versprechen, werden zur Strafe ins Barbarella-Musical geschickt. Leichenblass vor Angst sieht man Moderatoren Sprachübungen machen,

Frau Lang hat sich vorsorglich schon mal die Zahnspange aus dem Mund genommen und die Herren Ostermayer und Zikmund haben sich zur Alkohol-Entwöhnungskur angemeldet. Wer lallt, verliert und muss als Zusatzfolter auch noch ins Kabarett von Steffi Werger. Ich persönlich finde diese harten Strafen in Ordnung. Ein professioneller Sender darf sich kein Moderationsgestann ... Gelammel ... Gestammel leisten. – Ach du Scheiße!

*

Ich bin relativ fein raus, liebes Tagebuch, habe ich mich doch zuletzt 1956 bei der Song-Contest-Übertragung versprochen. Gelernt ist eben gelernt. Als gelernter Deutscher beherrsche ich die Sprache von Natur aus besser als viele Kollegen, die aus der Steiermark, Bayern oder Sachsen kommen, wo man ja in Sprach- und Sprechfehler hineingeboren wird. Das soll jetzt nicht überheblich klingen, aber wer spricht denn die Zewa-Soft-Toilettenpapier-Werbung? Die bellenden Sprech-Versager von Energy oder ihr geliebter Düsseldorfer Stermann? Was? Na eben. Viel Spaß im Musical, Kollegen – und lasst mir die Werger Steffi ganz lieb grüßen!

Larkin Duncan

1.3.

Liebes Tagebuch, die lieben Kollegen Haipl, Votava und Knötzl haben auf der letzten Redaktionssitzung die Absetzung von Salon Helga gefordert und unseren Sendeplatz für sich selbst. Da haben sie in einen Bienenkorb gestochen, denn plötzlich forderte Hermes die Absetzung seiner Kollegin Mona Moore und die doppelte Besoldung für sich selbst, BTO Spider forderte die Absetzung von Chez Hermes, Rudi Schöllerbacher im Namen von Chez Hermes das Ende von High Spirits und der Homebase, damit sie den ganzen Dienstag Abend haben. Es ging jeder gegen jeden. Es war schrecklich. Die einzigen, die unangefochten waren, waren die Kollegen von der Morning Show, aber auch nur deshalb, weil niemand sonst so früh aufstehen will.

*

Liebes Tagebuch, es ist ekelhaft, wie die Kollegen nur an ihren eigenen Vorteil denken und nicht an meinen. Wer, bitte, braucht die Musikspezialsendungen? Und wer den „Sumpf"? Dass es Projekt X oder Zimmerservice gibt, ist ja wohl der groteske Ausdruck widerlicher Freunderlwirtschaft, mehr nicht. Wären die Damen und Herren Kollegen objektiv, wären sie, wie ich, der Meinung, dass es für FM4 das Beste wäre, ich sende rund um die Uhr, eventuell unterbrochen von Nachrichten, damit ich aufs Klo kann oder einen Kaffee holen. Alles außer mir auf FM4 ist ein trauriger Kompromiss.

2.3.

Liebes Tagebuch, wirklich, ich mag auch Tiere. Aber nicht so viele und nicht während der Arbeitszeit. Viele meiner Kollegen sind ja sozial vereinsamt und haben deshalb Hunde, Katzen und Vögel, aber müssen sie die mit zur Arbeit nehmen? Bei FM4 sieht die Belegschaft zur Zeit so aus: 55 Mitarbeiter, 42 Hunde, 54 Katzen, 24 Meerschweinchen und 18 Vögel. Wann immer ich mein wohlverdientes Pausenbrot auspacke, knurren mich mindestens zwei Dutzend Köter an und schnappen nach meiner Hand. Und wehe, man kritisiert diese Zustände, dann wird von den lieben Kollegen sofort mit Tierschutzorganisationen gedroht! Am krankesten ist Chefin Eigensperger, die nicht nur ihre 4 Siamkatzen ständig mit sich führt, sondern auch ihre 12 gestorbenen Katzen ausgestopft im Büro stehen hat. Die Menschentoiletten wurden aus Platzmangel in Katzenklos umgewandelt, also muss auch ich mich demütigenderweise in die Kisten mit Katzenstreu setzen, wenn ich mal muss. Es ist so erniedrigend.

*

Liebes Tagebuch, heute wurde in der Redaktion der achte Baum gepflanzt, außerdem wurden zwei Studios abgerissen und mit Rasen ausgelegt, damit die Hunde Auslauf haben. Es gibt ja außerhalb von FM4 Menschen, die glauben, ich hätte graue Haare. Nein, das ist Vogelscheiße. Die gefiederten Dreckschleudern scheißen mir so oft auf den Kopf, dass es sich nicht mehr lohnt, die Kacke aus den Haaren zu waschen. Und ständig stolpere ich über die dämlichen Meerschweinchen von Petra Erdmann. Angeblich will Julia Barnes morgen ihr Pferd mitbringen. Und Dave Dempsey seine Bisamratten. Hoffentlich vertragen die sich mit dem Faultier von John McGill und dem Eber von Martin Puntigam.

3.3.

Liebes Tagebuch, meine Backe ist das einzige, was dicker ist als mein Hals, nachdem dieser angebliche Zahnarzt bei FM4 war, um unsere Beißerchen zu überprüfen. Ein 89-jähriger ehemaliger Weltkriegs-Dentist, der nach abgesessener Kriegsverbrecherstrafe wieder praktiziert. Angeblich war er der einzige Zahnarzt, der sich bereit erklärt hat, in unsere verfaulten Mäuler zu schauen. Einmal im Jahr finden diese medizinischen Untersuchungen statt – und es stimmt schon, wir haben in den letzten Jahren sämtliche Mundhygienikerinnen und Zahnmediziner zur Weißglut getrieben. Ich erinnere mich noch an die liebreizende Ärztin vom letzten Jahr, die irgendwann die Nerven wegschmiss und hysterisch schrie: „Man sollte euch allen den Mund amputieren, das ist ja unzumutbar!" Dieser schwere Mundgeruchdunst in den FM4-Räumlichkeiten ist wahrscheinlich wirklich nicht jedermanns Sache. Diese Mischung aus Fisch-und Knoblauchgeruch, gepaart mit kaltem, abgestandenem Raucheratem und schimmlig duftender Magensäure fällt uns selbst gar nicht mehr auf.

*

Liebes Tagebuch, ich konnte mir vor dem Zahnarztbesuch nicht die Zähne putzen, weil die aggressiven Bakterien zwischen meinen Zähnen die Zahnbürste sofort attackieren. Außerdem beginnt mein Zahnfleisch zu bluten, sobald ich den Mund aufmache. Der merkwürdige Weltkriegsdoktor hat mir Spritzen VON AUSSEN in die Backe gegeben, aus Ekel, wie er sagte. Dann musste ich den Mund öffnen, und er schmiss ein Dutzend Blutegel hinein. Die sollen sich durch den Zahnstein fressen und in dem bakteriologischen Schlachtfeld aufräumen. Ich muss sie drei Tage im Mund behalten – unangenehmes Gefühl, trotz Spritze. Der liebe Onkel Doktor hat mich trotzdem gelobt, meine Kolleginnen und Kollegen bei FM4 hätten bei weitem ungepflegtere Zähne als ich. Das hat mich ganz schön stolz gemacht.

4.3.

Liebes Tagebuch, es ist so demütigend, als erwachsener Mensch von einer blutjungen Zahnarzthelferin vorgemacht zu bekommen, wie man sich richtig die Zähne putzt. Aber ich musste es machen, mir fehlten die Argumente. Dass ich offensichtlich die falsche Zahnputz-Technik verwende, wurde offenkundig, als auf meinem Röntgenbild gezählte 34 Kariesstellen gefunden wurden. Allein an den toten, abgestorbenen Zähnen. Die drei Beißer, die noch nicht abgestorben sind, sind unter dem Berg an Belag kaum wahrzunehmen. Nicht mal auf dem Röntgenbild. Der ORF-Zahnarzt hat mir angedroht, eine Aufnahme meiner Zähne im Funkhaus-Foyer mit Namensnennung aufzuhängen, wenn ich meine Zahnputzkultur nicht radikal ändere. Okay, spül ich halt einmal im Jahr mit Mineralwasser.

*

Liebes Tagebuch, das war wirklich verblüffend. Als Sebastian Schlachter behandelt wurde, rief der liebe Onkel Doktor uns andere ins Behandlungszimmer, um uns das anzuschauen. Erstaunlich, was Kollege Schlachter so alles zwischen seinen Zähnen stecken hatte: eine halbe Kartoffel, den Kopf einer Forelle, zwei Knochen einer Schweinshaxe, drei Lakritzen, eine ungeöffnete McDonalds-Cocktailsauce und ein 2-Euro-Stück ... Damit hat der gute Herr Schlachter den Vogel abgeschossen. Marketingchef Gregor Almassy führte bis jetzt mit dem ganzen Grillkotelett, der Ritter Sport Marzipan, der Maus und dem Senffässchen zwischen den Zähnen. Wir klatschten alle und ließen Sebastian hochleben.

5.3.

Liebes Tagebuch, zur alljährlichen ORF-Gesundenuntersuchung ist niemand von FM4 erschienen, weil niemand wirklich gesund ist. Da hätten die Jungs von der Gesundenuntersuchung früher anfangen müssen, nämlich bevor wir bei FM4 angefangen haben. FM4 macht krank, und Kranke machen FM4. Allein die Hunderte von Biss- und Kratzspuren hysterischer Kolleginnen, offene, eitrige Wunden, davongetragen nach heftigen Diskussionen über Inhalte und Moderationsstil. Die Ohrfeigengewitter von Chefcontroller Blumenau und die daraus resultierenden Trommelfellrisse sowie das alte FM4-Programm „Alkohol statt Vitamin C" tun da ihr Übriges. Jedes weiße Blatt Papier wirkt gegen jeden FM4-Mitarbeiter wie eine Tafel dunkle Vollnuss. Dazu die völlig verkümmerte Muskulatur durch zuviel Sitzen, schlechtes Sehvermögen, vielmehr so etwas wie gute Blindheit durchs ständige Starren auf den PC – hoppla, das sind wir, die Krüppelbrigade vom Jugendradio.

*

Liebes Tagebuch, ich habe beobachtet, wie Hal Rock versucht hat, eine Minidisc vom Boden aufzuheben. Es dauerte eine Viertelstunde, bis er sich vor der am Boden liegenden Minidisc richtig platziert hatte, um sie aufheben zu können. Mit aller Kraft bemühte er sich, die Adern traten aus seinem Hals, aber er schaffte es nicht. Rund um seinen Schreibtisch liegen Hunderte herabgefallener Minidiscs. Obwohl der gute Herr Rock laufen könnte, wird er von minderjährigen Praktikanten mit seinem Schreibtischstuhl in der Redaktion herumgefahren.

Früher schoben ihn angestellte Kollegen, aber die können inzwischen auch nicht mehr von ihren Stühlen aufstehen. Muskelschwund hat einen Namen: FM4.

8.3.

Liebes Tagebuch, seit 10 Jahren, also seit Bestehen unseres Senders, verdiene ich jedes Jahr weniger. So dass ich jetzt, die Inflationsrate eingerechnet, heute im Monat das verdiene, was ich früher in der Woche bekam. Na ja, wenn's mir nur ums Geld ginge, wäre ich längst bei Radio Orange oder Radio Zwiebelzwerg. Außerdem argumentiert der ORF mir und den anderen Moderatoren gegenüber ständig mit der sogenannten Umwegrentabilität, will heißen: durchs Moderieren wird man bekannter und hat so Nebenjobs. Das ist natürlich wahr. Ich hab' zum Beispiel gestern eine Pudelshow moderiert – aber leider nicht eine gutbezahlte Pudelshow, sondern eine Pudelshow für Punks. In ganz Österreich gibt's aber nur zwei Punks, die einen Pudel besitzen. Es war jämmerlich, und ich hab' auch nichts verdient, weil ich mich blöderweise darauf eingelassen habe, mit den Veranstaltern 70/30 zu vereinbaren. 30% der Einnahmen hab' ich bekommen. Bei keinem einzigen Besucher war's zumindest leicht, meine Gage zu berechnen.

*

Liebes Tagebuch, Stuart Freeman ist ja weit über 70 und schon so lange beim Sender, dass er gar kein Gehalt mehr bekommt. Umso wichtiger ist natürlich in seinem Fall die berühmte Umwegrentabilität. Er hatte einen prima Job: in einem Purkersdorfer Altenheim moderierte er jeden Sonntag einen Frisurenwettbewerb, das war Klasse, weil's schnell ging, haben die meisten dort doch keine Haare mehr. Aber jetzt wurde Stuart Freeman durch einen Jüngeren ersetzt, nämlich Duncan Larkin … Na ja, Kollege Freeman hat wohl seinen Zenit eindeutig überschritten, er war bei der Frisurenshow immer eindeutig der Älteste im Raum. Armer Stuart, liebes Tagebuch. Jetzt hat er nur noch einmal im Jahr den Job beim Wettsaufen der Exilschotten in Linz. Und dieser Job ist eindeutig der härteste, den man über die berühmte Umwegrentabilität bekommen kann.

Erstens muss er mitsaufen, und zweitens zahlen die Schotten noch weniger, als man klischeehaft annehmen würde, nämlich nur seine Zugfahrt. Und auch da nur: einfache Fahrt. Nach Linz. Für die Rückfahrkarte muss er immer beim Bahnhof als Hilfsarbeiter 8 Stunden mit anpacken.

9.3.

Liebes Tagebuch, in der FM4 Kantine herrscht Niedergeschlagenheit. Wir Moderatoren saßen wie immer an unserem Moderatorenstammtisch, der gleichzeitig auch so etwas wie ein Arbeitsstrich ist. Wann immer es irgendwo etwas zu moderieren gibt, kann man sich dort einen von uns schnappen und ins Auto werfen. Gleiches gilt für Werbesprecherjobs. Am Nebentisch bei den Kollegen von Radio Wien herrschte ein reges Kommen und Gehen, während wir mit leerem Blick dasaßen. Bis nach 4 Stunden endlich jemand zu unserem Tisch kam, weil sämtliche Landesstudio-Kollegen schon Jobs hatten. Jeder von uns sprach sofort möglichst originelle Sätze mit möglichst samtener Stimme, wie Hyänen verhielten sich die Kollegen und Kolleginnen. Schließlich setzte sich ausgerechnet der dämliche Stermann durch, ich war fassungslos. Und er stolzierte wie ein Pfau mit seinem Arbeitgeber von dannen, für uns Übriggebliebene hatte er nur einen abschätzigen Blick.

*

Liebes Tagebuch, nie wieder, nie wieder werde ich einen Moderatorenjob annehmen, ohne vorher nachzufragen, um was es geht. Ich hasse Hunde! Ich habe sogar vor Dackeln Angst. Hätte der Typ in der Kantine nicht sagen können, dass es um Kampfhunde geht? Ich wurde in einem Hundetransporter nach Hollabrunn gebracht und musste dort die Wahl zum aggressivsten Rottweiler des Weinviertels moderieren. Vom Inneren eines Stahlkäfigs. Ich stand dort zitternd mit einem schlechten Mikrophon, während 12 Bestien an mir zerrten. Draußen saßen etwa 40 betrunkene Dreckschweine aus der Weinviertler Halbwelt und lachten sich halb schlapp. Als endlich einer der Kampfköter das Mikrofon aufgefressen hatte, wurde die Veranstaltung beendet. Ich bekam 7 Euro und musste nach Wien zurück gehen. Um den FM4-Kollegen keinen Grund für Schadenfreude zu bieten, habe ich ihnen erzählt, dass ich bei einer Art „Universum" moderiert hätte, aber ich fürchte, sie haben mir nicht geglaubt, wegen der vielen Bissspuren im Gesicht.

10.3.

Liebes Tagebuch, seit gestern sind wir im Trainingslager. Ich teile mir ein Stockbett mit Fred Schreiber, Steve Chaid, Rainer Springenschmid, Stermann, Hosea Ratschiller, Martin Puntigam, Rudi Schöllerbacher, Michel Attia, Haipl, Edlinger, Hannes Duscher und Chris Kemmler. Im unteren Stockbett liegt Blumenau. Noch dazu ist es ein Kinderstockbett, nur 1,50m lang und 70cm breit. Laut Trainerin Ute Hölzl wird so unser Teamgeist besser. Ich weiß nicht, ich habe Stermanns und Duschers Füße im Mund und Finger von Haipl und Steve Chaid in der Nase. Mein Fuß steckt im Mund von Martin Puntigam, sehr schmerzhaft, weil er mit den Zähnen knirscht und dabei meine Füße zermalmt. Erschwerend kommt noch hinzu, dass alle im Team ja so schwere Raucher sind, dass sie auch im Schlaf rauchen. Durch die außerordentliche Beengtheit habe ich schon Dutzende von Brandblasen, mehrere Zigaretten wurden auf meinem Kopf ausgedämpft. Ich fürchte, das werden harte Tage hier im FM4-Trainingslager.

*

Liebes Tagebuch, Trainerin Hölzl will ein beinhartes Trainingslager mit uns machen. Sie verlangt ernsthaft, dass wir Spieler höchstens drei Packungen Zigaretten am Tag rauchen, und wer mehr als zwei Doppler trinkt, muss am nächsten Tag die Lederbälle mit dem Mund aufpumpen. Die erste Trainingseinheit hatte es auch in sich. Wir mussten auf einer Linie gehen und durften die Linie nicht verlassen; diese Übung hat natürlich keiner geschafft. Die mit Kreide aufgemalte Linie war 5 Meter lang, ich musste nach der Hälfte völlig ausgepumpt aufgeben. 5 Meter – soviel geh' ich normalerweise in einem Jahr. Thomas Edlinger hat schon nach 1 Meter einen Kreislaufzusammenbruch bekommen, Rainer Springenschmid hat sich so bewegt, dass man mit bloßem Auge keine Bewegung feststellen konnte. Trainerin Hölzl hat getobt und uns angedroht, morgen im Freien zu trainieren. Im Freien? An der Luft? Das wird hart, FM4-Mitarbeiter kommen mit Luft nicht klar – es sei denn, sie ist verraucht und abgestanden.

11.3.

Liebes Tagebuch, gestern hatten wir Mannschaftsbesprechung. Heraus kam, dass wir ein Team ohne jede Erfahrung sind. Der Reihe nach: Steve Chaid hat in Kalifornien einmal gesurft, Rainer Springenschmid hat in München mal ganz in der Nähe des FC-Bayern-Fanshops gewohnt, Thomas Edlinger wurde mal in der U-Bahn von einem Innsbrucker Fußballfan angebrüllt und hat fürchterlich zu weinen begonnen, Hannes Duscher ist mal betrunken mit dem Fahrrad gegen den Zaun eines Fußballkäfigs gefahren und hat sich dabei alle 10 Zehen gebrochen, Hosea Ratschiller musste in der Schule mal Handkes Buch „Die Angst des Tormanns beim Elfmeter" lesen. Stermann hat einen Aschenbecher in Form eines Balls, und Clemens Haipl trägt zu Hause privat eine kurze Adidas-Sporthose. Ich bin noch nie mit Fußball in Kontakt gekommen. Ich find' es auch affig, hochzuspringen und dann den Ball in einen Korb zu werfen. Nein, Fußball ist nichts für mich.

*

Liebes Tagebuch, Martin Puntigam ist mal bei einem Auftritt in einer niederösterreichischen Mehrzweckhalle mit Medizinbällen beworfen worden, und Rudi Schöllerbacher hat vor seiner Tätigkeit hier als Balljunge auf einem oberösterreichischen Minigolfplatz gearbeitet. Man kann also nicht sagen, dass wir alle gar keine Ahnung von Fußball haben. Der Ball ist rund, und ein Spiel dauert so lange, bis einer drei Sätze gewonnen hat. Fred Schreiber, unser Torwart, hat früher rhythmische Sportgymnastik und Biathlon gemacht, Michel hat als lebender Sandsack mit einem Hollabrunner Juniorenvizestadtmeister trainiert. Ich finde, das alles macht ein wenig Hoffnung für unser Fußballspiel, vor allem, weil Fred Schreiber versprochen hat, all seine Gewehre vom Biathlon mitzunehmen.

12.3.

Liebes Tagebuch, na ja, das heißt wohl nichts, aber wir haben in einem Juxspiel die österreichische Fußballnationalmannschaft 4:0 besiegt, obwohl wir fast alle während des Spiels geraucht haben. Sie haben uns im Trainingslager besucht; es war peinlich, weil ich mehrere Stunden lang Krankl mit Stermann verwechselt habe (wegen der Haarfarbe), und Roman Wallner verwechselte ich mit Thomas Edlinger (wegen der Alkoholfahne). Es war ganz lustig, Fred Schreiber ist in unserem Tor eingeschlafen, mir selbst sind beide Beine eingeschlafen, alle anderen aus unserer Mannschaft saßen während des Spiels sowieso auf dem Boden. Puntigam las ein Buch, und Chris Kemmler, der ja seit Jahren einen 9-fachen Bänderriss hat und eine Schiene für Kinderlähmung trägt, hat ununterbrochen mit dem Handy telefoniert, während er nebenbei 4 Tore schoss. Krankl und Stronach und Westenthaler haben getobt, aber am unzufriedensten war unsere Trainerin Ute Hölzl: „Jungs“, schrie sie uns an, „mit so einer Leistung haben wir gegen die Grazer Hobbykicker nicht den Hauch einer Chance!“ Na ja, gut waren wir wirklich nicht.

*

Liebes Tagebuch, Steve Chaid ist sauer, weil ihm von Trainerin Hölzl untersagt worden ist, sein Surfbrett mit aufs Spielfeld zu nehmen. Und happy ist Hannes Duscher auch nicht wirklich mit dem Sonnenbrillenverbot; er findets mega-uncool, ohne Brille aufzulaufen, und scheint jedes Interesse am Spiel verloren zu haben. Unser tägliches Training sieht so aus: Steve Chaid wachst sein Brett, Hannes Duscher gelt sich das Haar, Edlinger und Grissemann trinken traurig in sich hinein, Springenschmid und ich essen tonnenweise Chiochips, Fred Schreiber macht merkwürdige Ballettübungen, Michel raucht Wasserpfeife, Schöllerbacher baut aus Plastilin ein Bordell, Puntigam und Haipl spielen „Was bin ich“, und alle anderen liegen auf Matten und kratzen sich zwischen den Beinen. Ich glaube, diese entspannte Stimmung ist wichtig, aber Trainerin Hölzl und Chefcontroller Blumenau zerstören mit ihren affigen, gebrüllten Befehlen die legere Grundstimmung, finde ich.

13.3.

Liebes Tagebuch, Mist. Wir müssen den gesamten Satz Trikots zurückgeben, die Leibchen sind einfach zu eng. XL – das war ja klar, wer soll denn da reinpassen? Niemandem hat's gepasst, Stermanns Trikot ist gerissen, als er versucht hat, es über seine deutsche Wampe zu ziehen, viele andere haben es nicht mal über den Wasserkopf bekommen. Bei dem Großkopfeten Hannes Duscher steckt's regelrecht fest, er sieht seit Stunden nichts, weil wir es nicht mehr vom Kopf kriegen. Auch bei den Hosen tat sich unsere Mannschaft schwer, wir mussten sie in der Mitte im Schritt aufschneiden, um sie über die dicken Oberschenkel zu bekommen. Na ja, trägt halt jeder zwei Hosen, eine pro Bein. Dazu die Trikots um den Hals bzw. auf dem Kopf. Wir sind bereit.

*

Liebes Tagebuch, Grissemann hat sich ein ganzes Muskelbündel gerissen, nachdem wir zum ersten Mal mit einem Lederball trainiert haben. Unser aller Muskulatur ist halt noch nicht so weit. Laut Laktattest dürften wir maximal mit Luftballons oder Wattebällchen trainieren, sitzend. Und eine Trainingseinheit dürfte drei bis vier Minuten nicht überschreiten. Laut Auskunft der Mediziner benötigen wir zwischen zwei Spielen bei unserer aktuellen Verfassung sieben Jahre Ruhe. Aber Trainerin Hölzl pfeift auf moderne Trainingsmethoden. Sie schleift uns regelrecht – und zwar wirklich – und zwar an den Haaren durch die Halle.

14.3.

Liebes Tagebuch, der emotionale Quotient ist bei FM4 aus Niedrigkeitsgründen nicht messbar, dabei hatten wir alle nach dem desaströsen Intelligenztest so auf den EQ gesetzt. Das vierköpfige Psychologenteam, zwei siamesische Zwillinge, war selbst erstaunt und fassungslos über die emotionale Vergletscherung bei unserem kleinen Radiosender. Ihr Test bestand aus Einzel-, Partner- und Gruppenübungen, und bei jeder einzelnen haben wir schlechter abgeschnitten als die chilenische Militärjunta, mit der die gleichen Tests in den achtziger Jahren durchgeführt worden sind. Stermann liegt, was seinen emotionalen Quotienten betrifft, gleichauf mit dem belgischen Kindermörder Dutroux, aber weit hinter Idi Amin und sagenhafte 70 Punkte hinter Saddam Hussein.

*

Liebes Tagebuch, von allen FM4-Mitarbeitern verfüge ich über die größten emotionalen Fähigkeiten. Weil ich bei der Übung „Wie reagiere ich, wenn meinem Kollegen mit einem Stein auf den Kopf gehauen wird“ als einziger nicht lachend applaudiert, sondern nur gelacht habe, ohne Applaus. Chefcontroller Blumenau hat nicht nur lachend geklatscht, sondern den siamesischen Psychologinnen den Stein aus der Hand gerissen und damit wahllos Kollegen auf den Kopf gehauen. Blumenaus EQ liegt unter dem des Tigers von Roy, sein EQ ist in etwa vergleichbar mit dem einer Feuerqualle.

15.3.

Liebes Tagebuch, Christian Fuchs, der Moderator von „House of Pain“, ist ja privat ein ungemein sanfter Mensch, aber ich war doch verwundert, als er mir sein Poesiealbum in die Hand drückte und mich höflich bat, etwas hineinzuschreiben. Ich mein', liebes Tagebuch, kennst du die Musik, die er präsentiert? Ich war wirklich, gelinde gesagt, überrascht, als er mir sein Poesiealbum gab, auf dem Poesiealbumumschlag ist eine Zeichnung vom König der Löwen zu sehen. Ich hab' mir dann angeschaut, was die anderen Kollegen hineingeschrieben haben. „Fuchs verpiss dich, keiner vermisst dich, dein Kollege Davidek“, stand da zum Beispiel oder „Gott ist ein Tod aus der Steckdose, dein Fritz Ostermayr“. Oder „House of Pain – lass mich mit dem Schrott allein, deine Chefin Eigensperger“. „Könntest du vielleicht etwas Nettes hineinschreiben?“ fragte mich Christian Fuchs mit Dackelblick. Leider fiel mir nur ein: „Fuchs, du hast die Gans gestohlen, gib sie wieder her, also tschüss, dein Grissemann“. Ganz zufrieden schien er damit nicht zu sein.

*

Liebes Tagebuch, der arme Christian Fuchs ist ganz niedergeschlagen, weil ihm niemand etwas Nettes oder Aufbauendes in sein Poesiealbum schreibt. Sowas wie: „Wie schön, dass du geboren bist, wir hätten dich sonst sehr vermisst" oder „mach es wie die Sonnenuhr, zähl die heitren Stunden nur". Sowas hätte er gerne gehabt, aber nicht Eintragungen wie diese: „Poesie – ich scheiß auf sie. Schnauze halten und weiterarbeiten, Chefcontroller Blumenau" oder das Bernhard-Zitat von Claudia Czesch: „Es ist wie es ist und es ist fürchterlich, deine Czesch". Vielleicht ist FM4 auch einfach der völlig falsche Ort für Nettigkeiten. Wie kann Kollege Fuchs ernsthaft erwarten, Nettigkeiten von Kollegen zu bekommen, die sich wie er in einem Laufrad der Demütigung und Unterdrückung abstrampeln? Ich schrieb ihm deswegen hinter die Ohren, in die Leviten und sein König-der-Löwen-Poesiealbum: „Lieber Christian, dir ham se wohl ins Hirn geschissen! Dein Kollege Stermann."

16.3.

Wir müssen alle unsere Hochschulabschlüsse nachholen. Das sei international so üblich, dass man im gehobenen Radiogeschäft mindestens seinen Magister vorweisen kann, meinte Senderchefin Eigensperger, die selbst nur eine halbe Klasse Hauptschule Floridsdorf-Nord vorweisen kann. Bei FM4 haben nur die schlauen Jungs Reich, Rotifer und meine Wenigkeit die Uni abgeschlossen. Bei den anderen sieht's düster aus. Herr Haipl wurde wegen grober Verhaltensauffälligkeit schon in der zweiten Klasse Grundschule hochkant rausgeschmissen, bei den Damen Unger und Unterweger hats immerhin bis zum Realschulabschluss gereicht, sonst nur Sonderschule, soweit das Auge reicht. Herr Farkas läßt jegliche Bildung hinter sich. Er gab kleinlaut zu Protokoll, dass er als Schiffbrüchiger von Riesenschildkröten auf den Galapagosinseln aufgezogen wurde. Er kann bis heute den Namen des Senders nicht fehlerfrei schreiben.

*

Dass ich nur das kleine Abitur habe, nämlich eine Klasse Grundschule und 3 Tanzstunden, daraus habe ich nie ein Hehl gemacht. Beim letzten IQ-Test waren Farkas und ich mit 73 Punkten ex aequo Letzte. Na und? Trotzdem mache ich seit beinah 25 Jahren Radio! Was soll denn dieses entsetzliche Elitedenken? Ich weigere mich, jetzt – mit fast 52 – wieder die Schulbank zu drücken! Ich werde den ORF-Betriebsrat anrufen, das kann man nicht mit mir machen. Gerade eben hat Chefcontroller Blumenau bei allen das kleine Einmaleins abgeprüft. Ich hatte nur Fehler bei 3x5, 2x9, 4x6, 7x2, 8x6, 3x7, 1x3, 9x7, 9x8, 7x4, 5x9, 6x7, 1x2 und 1x3. Sonst hab' ich alles richtig gehabt. Ach leckt mich doch am Arsch!

17.3.

Liebes Tagebuch. Wir haben an dieser Stelle ja schon oft über die Überalterung der FM4-Redakteure gesprochen. Diesbezüglich ist endlich etwas geschehen. Gestern kam ein neuer Schwung Redakteure in die Redaktion. Blutjunge Praktikanten haben ihre Schreibtische bezogen und ihre peinlichen Stofftiere draufgestellt. Die neuen Mitarbeiter sind so jung, dass die Mami noch beim Hip-Hop-Jacken Ausziehen helfen muss. Als sich diese 17-jährigen Karrieristen vorstellten, hab' ich jedem einzelnen erstmal einen Schnuller ins vorlaute Maul gesteckt, um ihnen zu zeigen, wo hier der Hammer hängt. Als dann ein gewisser Kevin das verrunzelte Gesicht des Stammesältesten Stermann erblickte, sagte er, dass er ihn schon mal gesehen hat – und zwar in der Körperwelten-Ausstellung! Die wollen uns fertig machen …

*

Die neuen jungen Mitarbeiter sind ganz schön talentiert, liebes Tagebuch. Blumenau, Grissemann und ich wurden den Neuen als persönliche Betreuer und Förderer zur Seite gestellt. Wir helfen gern, wenn wir können. Heute durften sie Pilotsendungen aufnehmen. Und die waren allesamt – man muss es leise sagen – großartig! Selbstverständlich wird nichts davon jemals auf Sendung gehen. Der Chefcontroller, der Grissemann und ich haben all diese Radiojuwelen sofort wieder gelöscht. Der Senderchefin teilten wir mit, dass nichts Brauchbares dabei sei und die Neuen alle höchstens für diverse Putz- und Schreibdienste eingeteilt werden könnten! Wir züchten uns doch nicht unsere eigene Konkurrenz heran, wir arbeiten doch nicht an unserem eigenen Untergang!

20.3.

Ich weiß nicht, ob du's wußtest, liebes Tagebuch, aber knapp die Hälfte der Redakteure hier ist vorbestraft. Ich hab' mal in den Akten nachgeschaut und meinen Augen nicht getraut. Hier ein kleiner Auszug: Fred Schreiber verurteilt 2001 wegen Mundraub in Billa-Filiale Margareten, Hannes Duscher verurteilt 2002 wegen unerlaubten Bettelns in der Potsdamer Innenstadt, Rudi Schöllerbacher verurteilt 2001 wegen verbotener Nächtigung in einem Waggon am Ostbahnhof, Clemens Haipl verurteilt Mai 2003 wegen Betrugs. Er hat sich als peruanischer Straßenmusikant verkleidet und an einem nicht genehmigten Platz auf der Gudrunstraße 6 Euro 20 erschwindelt.

Kollege Stermann hat das größte Vorstrafenregister: 48 Verurteilungen wegen Körperverletzung und 12 wegen Groben Unfugs. Seine gesamte Radioarbeit wurde von einem Wiener Richter als Grober Unfug bezeichnet. Er muss nach jeder Salon-Helga-Sendung 4 Stunden in Dunkelhaft.

*

Auch die FM4-Damen sind nicht frei von Schuld, liebes Tagebuch. Frau Lang wurde 9 Mal beim Lippenstift- und Hansaplast-Klau erwischt. Mirjam Unger hat im November 2002 eine ganze H&M-Filiale ausgeraubt, Martina Bauer hat einmal im Vollrausch einen Heißluftballon entführt, und Esther Csapo ist momentan sowieso nur auf Bewährung draußen. Als aktenkunde Stalkerin von Tony Marshall. Sie darf dem Sänger nicht näher als 500 Meter kommen.

Iris Landsgesell

Team Musik (v. l. n. r.): Michi Fliegl, Makossa, Andreas Ederer

1.4.

Liebes Tagebuch, wir haben heute alle sehr viel gelacht, denn Chefin Eigensperger hat uns auf einer Großleinwand Mel Gibsons Klamauk-Film „The Passion of the Christ" vorgeführt. Im Vergleich zu unserer Arbeitssituation bei FM4 eine echt spaßige Klamotte. Natürlich haben wir als öffentlich-rechtliche Intelligenz-Speerspitze den Film auf Aramäisch ohne Untertitel gesehen. Ich weiß ehrlich gesagt nicht, warum Eigensperger uns immer wieder Spielfilme vorführt. Bei „The Passion" vielleicht, um uns auf Ostern vorzubereiten? Oder um uns zu zeigen, dass es andere auch nicht leicht haben?

In den letzten 9 Jahren haben wir Apocalypse Now gesehen, Crying Fields, Psycho, Nightmare on Elm Street, Texas Chainsaw Massacre und den Exorzisten. Wenn Eigensperger glaubt, dass uns Horror-Filme Angst machen können nach so vielen Jahren Arbeit bei FM4, dann schätzt sie die Situation unseres Angst- und Freak-Senders wirklich völlig falsch ein.

Hätte eine Figur wie Chefcontroller Blumenau beim Leiden Christi mitgespielt, stünde Gibsons Quatsch-Film auf jedem Index dieser Welt.

*

Liebes Tagebuch, Kollegin Martina Bauer hat mir einen Witz erzählt, während der Gibson-Film lief: Worin gleichen sich ihr neuer Ford Mondeo und Jesus? Beide sind Mehrtürer. Na ja.

Wer hat Angst vor FM4?

Niemand.

Und wenn FM4 kommt, dann laufen wir davon.

Ein beliebtes Spiel bei Geburtstagen von Kollegen. Wie kann man für Außenstehende das furchteinflößende Regime von Chefcontroller Blumenau erklären? Vielleicht mit einem cineastischen Vergleich: Gegen Blumenau wirkt Jack Nicholson in „Shining" wie ein gemütlicher Althippie. Und Hitchcocks Film „Die Vögel" wie ein Kinderfilm über einen Streichelzoo. Zur Zeit ermittelt der internationale Gerichtshof für Menschenrechte in Den Haag in 489 Fällen gegen unseren Chefcontroller. Pontius Pilatus ist gegen unseren Statthalter so was wie Goofy.

2.4.

Liebes Tagebuch, im Zuge der EU-Osterweiterungskampagne von FM4 war eine Delegation unseres Freak-Senders in der Ostslowakei, wo auf jedem Ortsschild unter dem Ortsnamen der Spruch steht: „This is not the end of the world, but it's fucking close.“ Von Bratislava über Kaschau nach Michalovce fuhren wir mit dem knallenden, stinkenden FM4-Bus, um Aufkleber und FM4-Schlecker an genervte Kids zu verteilen. Stermann und ich mussten in jedem Bauernhof, der mehr als 5 Einwohner hat, ein kleines Stand-up-Programm machen, und BTO Spider legte 10 Minuten auf. Dann ging's weiter ins nächste Kaff. EU-Osterweiterung ist eine anstrengende Sache, vor allem, weil Chefin Eigensperger uns aufgetragen hat, mit jedem Passanten eine Flasche Wodka zu leeren, weil das so landesüblich sei. Liebes Tagebuch, ich habe mich völlig verflüssigt. Mir rinnt Wodka aus den Augen und Ohren, die EU Osterweiterung macht aus mir einen Menschen, gegen den Harald Juhnke ein Abstinenzler ist.

*

Liebes Tagebuch, die Bauern der Ostslowakei haben scharfe Hunde, vor denen wir aufgrund des Alkoholspiegels nicht weglaufen können. Wir können uns nur torkelnd auf die Hunde fallen lassen. BTO Spider war fast zwei Meter groß, als wir losfuhren, inzwischen ist er knapp unter einsvierzig, weil die Bestien ihm soviel von seinen Beinen abgebissen haben. Er ist inzwischen zu klein, um an die Plattenteller zu kommen. Das heißt, Grissemann und ich machen nur noch unser kleines Witz-Programm. Hackedicht und auf deutsch – vielleicht mit ein Grund, warum die Slowaken uns nur anstarren und nie lachen. Der Österreichische Botschafter hat uns ausrichten lassen, dass wir das Österreichbild, das er mühevoll über ein Jahrzehnt aufgebaut hat, dass wir dieses positive Österreichbild völlig zerstört hätten. In Zeitungen und im Fernsehen würden wir als geisteskranke Alkoholikermonster bezeichnet. Dabei halten wir uns strikt an die Vorgaben von Chefin Eigensperger. Und das Bild, das die Slowaken von uns haben, stimmt ja. So wurde FM4 in Österreich Kult: geisteskranke Alkoholmonster on air.

3.4.

Liebes Tagebuch, die Bananen, Kaugummis und West-Zigaretten, die wir tonnenweise dabei haben, sind in Slowenien viel billiger als in Wien. Die Wahrheit ist, den Menschen hier geht's viel besser als uns. Unseren Auftrag, in Ljubljana als gute Onkels aus dem Westen aufzutreten, können wir nicht umsetzen. Stattdessen bekommen wir Spenden von der Bevölkerung. Sie halten uns für obdachlose Tschetschenen. Dabei haben wir uns so schön rausgeputzt. Stermann hat seinen besten Anzug an, die Hose reicht fast bis zum Knie und die Ärmel des Sakkos bis zum Ellbogen. Aus unserem Bus dröhnt die ganze Zeit das FM4 Programm. Vielleicht halten sie uns deswegen für Tschetschenen? Alte Slowenen halten uns übrigens für Monarchisten, wegen dem Schwarz und Gelb des FM4 Logos. Schwarz-gelb, die Farben des Hauses Habsburg. Eine Oma hat uns geohrfeigt und gesagt, die K&K-Zeit sei vorbei, ob es uns passt oder nicht. So richtig erfolgreich ist unsere EU-Osterweiterungskampagne bis jetzt noch nicht.

*

Liebes Tagebuch, eben hat am Hauptplatz von Ljubljana Chefcontroller Blumenau eine Rede gehalten darüber, wie toll die Osterweiterung sei, weil die Slowenen jetzt FM4 hören können. Man hat fast nichts von seiner Rede verstanden, weil die Einheimischen mit Trillerpfeifen und Hupen einen Mordslärm gemacht haben. Ein slowenischer Buddhist hat mir erklärt, dass die Bevölkerung auf Blumenau so schlecht reagiert, weil er sie an Stalin erinnert. Na und? Uns bei FM4 erinnert er auch an Stalin, und wir pfeifen ihn trotzdem nicht aus. Die Menschen am Hauptplatz skandierten dann „FM4 – Gulagsender", Grissemann verstand diese Anspielung inhaltlich und akustisch falsch und fragte mich, wieso die Leute finden, wir seien ein Gulaschsender. Es wartet noch viel Arbeit auf uns, bis wir, wie die Chefin es verlangt, in Slowenien der beliebteste Radiosender sind.

4.4.

Liebes Tagebuch, seitdem FM4 verzweifelt versucht, zum beliebtesten Radiosender Osteuropas zu werden, verlieren wir in

Österreich minütlich Hörer. Inzwischen sind wir der Sender mit den zweitwenigsten Hörern. Weniger hat nur noch der Feldversuch für taubstumme Hörer in Vorchdorf. Sogar der Sender für katholische Eskimos von katholischen Eskimos in Ried hat uns überholt. Aber Chefin Eigensperger lässt sich nicht beirren und sieht in der EU-Osterweiterung gerade für FM4 nach wie vor eine Riesenchance. Also tuckern wir nach wie vor mit dem FM4-Ostmobil hinter dem ehemaligen eisernen Vorhang herum. Im Augenblick sind wir in Pilsen in der Tschechischen Republik. Mit dabei Steve Chaid, weil er der einzige bei FM4 ist, der etwas auf Tschechisch sagen kann, nämlich: „Pozor Pes" – „Vorsicht Hund". Und so etwas wie „Amerikanski bombadiwatzki u Praha" – soll angeblich soviel heißen wie: „Amerikanische Bomber über Prag." Beides haben wir bis jetzt noch nicht wirklich gebrauchen können auf unserer Werbe- und Informationstour durch Tschechien.

*

Liebes Tagebuch, ich wurde eben von einem Hund gebissen. Kollege Chaid hat den Hund kommen sehen, aber im entscheidenden Moment sind ihm die Worte „Vorsicht Hund" nicht eingefallen, nichtmal auf deutsch. Ich frage mich wirklich, wieso er dabei ist. Er bringt nichts. Grissemann und ich machen wenigstens in jedem Dorf unser Stand-up-Programm; aber Steve Chaid bleibt immer im FM4-Bus liegen und trinkt still in sich hinein. Trotzdem scheint er derjenige von uns zu sein, der am besten bei den Leuten ankommt. Am schwersten hat es Karl Schmoll. Niemand will einen FM4-Kaffeebecher oder einen Aufkleber haben. Wann immer er Kinder anspricht, kommt jemand von der Polizei und nimmt ihn fest. Wahrscheinlich wegen seiner Ähnlichkeit mit dem Belgier Dutroux. Kollegen des Tschechischen Radios bewerfen uns ununterbrochen mit Steinen und rütteln so stark an unserem Bus, dass er immer wieder umfällt. Wenn unser gelbschwarzer FM4-Bus dann wie ein dicker Käfer auf dem Rücken liegt, klatschen die Einheimischen begeistert in die Hände. Wenn man so will, sind diese Momente bisher die größten und erfolgreichsten unserer Imagetour im Osten. Ich hab' jetzt schon Angst, wenn wir morgen in die DDR fahren.

5.4.

Liebes Tagebuch, ich war gestern Abend in „Emils Durstbunker“, einem ekelhaften Sauflokal. Zwangsweise. Alle FM4-Mitarbeiter mussten vollständig erscheinen, weil Chefcontroller Blumenau wieder mal als DJ im Einsatz war. Emils Durstbunker ist das einzige Lokal in Wien, wo er noch auflegen darf, weil Emils Kundschaft so besoffen ist, dass sie nichts mehr mitkriegen. Außer uns waren nur 3 Dauerarbeitslose mit ihren 4 Kampfhunden anwesend.

Als Blumenau anfing „Cat Stevens – seine größten Hits“ anzuspielen, heulten die Hunde auf, und ihre besoffenen Herrchen schnappten nach uns. Durstbunkerchef Emil biss mir wütend in den Oberschenkel, als gerade „Father & son“ lief, bei „Morning has broken“ biss er mir in den Arm. Mensch, wie kommt Blumenau nur auf die Idee, ausgerechnet Cat Stevens in einem Sauflokal zu spielen? Das hat doch mit cleverem DJen nichts mehr zu tun.

*

Liebes Tagebuch, ich komme gerade aus der Koranschule, dem ehemaligen Raucherzimmer. Seit Blumenau auf einem Langstreckenflug neben Cat Stevens saß, ist er konvertiert. Er nennt sich jetzt Ben Blumenau Muhammed Radio Ali und will uns alle zu Moslems machen.

Wir Männer müssen uns lange Bärte wachsen lassen, und die Frauen müssen Burkas tragen, so dass sie ständig gegen Hindernisse knallen, weil sie nichts sehen können. Ich trete mir ständig selbst auf den Bart. Die Kopftuch-Diskussion findet bei uns nicht statt. Trotz Burka müssen die Frauen zusätzlich noch Kopftücher tragen. Für gestohlene Witze wird uns die Zunge abgeschnitten, prophylaktisch wird jeder von uns mehrmals am Tag gesteinigt. Gegen Ben Blumenau Muhammed Radio Ali sind die Taliban Agnostiker. Ich bin gespannt, wie sich seine neueste Vorgabe auf die Hörerzahlen auswirken wird. Er will, dass wir, von schlechten Lautsprechern verstärkt, vom FM4-Minarett aus moderieren.

Bei Allah, you're not at home, you're at work!

6.4.

Liebes Tagebuch, das unselige Zusammentreffen von Blumenau mit demYussuf Islam, formerly known as Cat Stevens, macht uns allen schwer zu schaffen. Natürlich sind wir alle hier für Religionsfreiheit, aber die Betonung liegt auf „Freiheit". Wenn Blumenau in seiner Freizeit stundenlang betet, von mir aus, aber dass wir während der Arbeitszeit ununterbrochen auf staubigen, mottenzerfressenen Teppichen gen Mekka hocken müssen, geht an die Substanz. Mir schlafen ständig die Beine ein, das viele auf dem Boden Knien ist schlecht für die Durchblutung. Und das ständige mit der Stirn den Boden Berühren führt zu chronischen Schwellungen an der Stirn. Ich kann nicht mehr.

Be afraid, honey. It's FM4.

*

Liebes Tagebuch, Gott sei Dank. Inschallah. Endlich ist der Verfassungsschutz auf Blumenau, alias Ben Blumenau Muhammed Radio Ali, aufmerksam geworden. Wir wurden glücklicherweise in Schwechat festgenommen, bevor wir nach Kandahar fliegen konnten, um dort Taliban-Radio zu machen. Blumenau hatte für uns schon ein Höhlenstudio in den Bergen zwischen Pakistan und Afghanistan eingerichtet. Wir wurden stundenlang verhört, vor allem, weil es so lange dauerte, uns all die vielen Tücher und Turbane vom Körper zu wickeln.

Blumenau lässt sich leicht von singenden Fanatikern um den Finger wickeln. Ich erinnere mich noch mit Schrecken daran, wie er bei irgendeiner Echo-Verleihung stundenlang mit dem christlichen Fundamentalisten Xavier Naidoo zusammensaß. Der Mann, der ständig vom Alten Testament faselt. Der weiß offenbar nicht, dass es längst ein Neues gibt. Damals war es dann ähnlich. Mit Fegefeuer, Inquisition und Marienprozessionen durchs Funkhaus. Ich verstehe, dass Blumenau als Chefcontroller von FM4 auf der Suche nach wirklichem Sinn ist, aber ich lass' lieber den Herrgott einen guten Mann sein.

Der arme, arme, liebe Gott.

9.4.

Liebes Tagebuch, habe eben Stermann im Krankenhaus besucht, obwohl: „Krankenhaus" ... Da Stermann ja über FM4 krankenversichert ist, liegt er in so einem Erste-Hilfe-Zelt, wie man es von der Love Parade kennt, und er wird auch nicht von einem Arzt, sondern von einem Zivi auf Exstasy „behandelt", wenn man das überhaupt Behandlung nennen kann. Der Zivi hat Kopfhörer auf und drehte sich während der „Visite" wie ein geisteskranker Brummkreisel. Als ich fragte, ob Stermann sterben müsse, brüllte der Zivi: „Yeah, yeah!" Durch den Stromschlag hatte Stermann schwere Verbrennungen erlitten. Er brannte noch immer. Ich versuchte, den zugedröhnten Zivi auf die lodernden Flammen hinzuweisen. Er zwinkerte mir zu und goss dann einen Energy-Drink auf meinen armen Kollegen. Mit einer zischenden Stichflamme erlosch das Feuer, dafür stinkt der gemütliche Stermann jetzt wie ein verkohltes Gummibärchen. Mein Gott, das hat doch mit ärztlicher Fürsorgepflicht nichts mehr zu tun.

*

Liebes Tagebuch, ich muss schnell schreiben, da meine wachen Phasen immer kürzer werden. Ich kann mich nur noch erinnern, wie Chefcontroller Blumenau mir bei seiner letzten Standpauke immer und immer wieder ins Ohr gebrüllt hat: „Stermann, gegen den Strom schwimmen. Gegen den Strom schwimmen!"

Da ich keinen blassen Schimmer hatte, was er damit meinen könnte, zog er mich an meinen Ohren in sein Dienstbadezimmer, warf mich in die volle Wanne und schmiß ein Radiogerät hinein. „Gegen den Strom schwimmen!" schrie er erneut und zwang mich, trotz Stromschlag Kraulbewegungen zu machen. So lange, bis im ganzen Funkhaus die Sicherungen knallten. Es war wie Silvester. Mein Gott, hoffentlich ist sein Radio nicht kaputt gegangen. Blumenau würde sicher wütend werden, und gegen einen seiner berüchtigten Wutanfälle ist ein Stromschlag wie eine Streicheleinheit.

Be afraid, honey. It's FM4.

14.4.

Liebes Tagebuch, die wilden Katzen und streunenden Hunde im Funkhaus werden langsam zu einer wirklichen Plage, von den unzähligen Hamstern, Hasen und Kaninchen ganz zu schweigen. Ich fand damals schon, dass wir das Gebäude nur mieten dürfen, wenn der pleitegegangene Tiergroßhandel, der unser Vormieter war, renoviert und vor allem seine Ware mitnimmt. Aber Chefin Eigensperger wollte das Gebäude sofort, auf der Stelle mieten. Und jetzt haben wir den Salat, im wahrsten Sinne des Wortes, weil wir den Hunderten von hoppelnden Nagern Berge an Grünzeug von zu Hause mitbringen, damit uns die Viecher nicht krepieren und wir Ärger mit Vier Pfoten kriegen. Dabei haben Stermann und ich noch Glück. Im Projekt-X-Zimmerchen war früher die Reptilienabteilung der Tierhandlung. Haipl, Knötzl und Votava werden mehrmals täglich von Schlangen gebissen und müssen Unsummen für Gegengifte ausgeben. You're not at home, baby …

*

Liebes Tagebuch, die Kanarienvögel gehen ja noch. Auch wenn's ein bisschen viele sind. Ich hab' sie zum Spaß mal gezählt: es sind über 2.000, die in Käfigen im Salon-Helga-Büro leben. Ein wirkliches Problem sind aber die Greifvögel, Adler und Falken, die bei den Umbauarbeiten aus ihren Käfigen geflohen sind und jetzt ständig über Grissemann und mir kreisen, wenn wir eine Sendung vorbereiten. Immer mal wieder greifen sie uns an – na ja, es sind nun mal Greifvögel. Grissemann tut mir leid, er traut sich nicht, sich zu bewegen, aus Angst, dass eins der Eier von seinem Kopf fällt. Vor drei Wochen hat ein aggressiver Falke Grissemanns Haar als Nest auserkoren und auf meinem Kollegen die Eier ausgebrütet. Mit seinen spitzen Krallen hat er sich in Grissemanns Kopfhaut eingekrallt. Grissemanns Schreie sind eine Mischung aus Schmerz und Angst. Be afraid, honey …

18.4.

Liebes Tagebuch, ich habe dir ja schon erzählt, dass in unserem Funkhaus früher eine Tiergroßhandlung war, so eine Art Metro für Tierfreunde, Zoos und Zirkusse. Leider hat der Händler seine Tiere bei uns zurückgelassen. Während ich diese Zeilen schreibe, nagt eine Hyäne an mir und ein Aasgeier kreist über meinem Haupt, auf dem ein Falke seine Babies mit Würmern füttert. Ich bin eigentlich durchaus tierlieb, aber als Stermann eben von einem Nashorn gejagt wurde und dann ins offene Maul eines Krokodils gefallen ist, hab' ich mir gedacht: „Grissemann“, hab' ich mir gedacht, „so kann man unmöglich arbeiten“. Na ja, zur Zeit arbeite ich hauptsächlich daran, die Hyäne von mir abzulenken und ihre Aufmerksamkeit auf Claudia Czesch und Martin Pieper zu lenken, die gerade von einer Python gewürgt werden. You're not at home ...

*

Liebes Tagebuch, hilfe, ich bin ein Star, hol mich hier raus. Es sind beängstigende Zustände bei FM4. Für längere Hauswege nehm ich inzwischen eins der beiden Dromedare – aber nicht, weil ich so faul bin, sondern aus Vorsicht, weil ich so nicht auf die unzähligen Skorpione treten kann. Bei FM4 ist es wie beim Karneval der Tiere, nur dass für uns Menschen ständig Aschermittwoch ist. Mirjam Unger wurde eben von einem Rudel Affen in die Besenkammer verschleppt, Elisabeth Scharang und Heinz Reich kämpfen mit einem balzenden Pfau, und Eva Umbauer liegt seit Tagen unter einer tonnenschweren Riesenschildkröte. Sie wird sich schwer tun, „Heartbeats“ zu moderieren, weil sie nie ins Studio kommen wird. Scheiß Schildkröte. Moment, liebes Tagebuch, ich muss aufpassen, das Krokodil schnappt wieder zu, ich werde ...

Fritz Ostermayer

1.5.

Gestern war's lustig , du kleines, geiles Tagebuch, du. Nach der täglichen Krisensitzung saßen einige von uns noch im Büro von Wortchef Pieper, um ein bisschen Jägermeister wegzumachen, und da erfand der wortverliebte Wortchef ein listig-lustiges Spielchen, mit dem wir uns bis 7 Uhr Früh die Zeit vertrieben. Das Spiel heißt: „Welches ist das längste einsilbige Wort?" Der dicke, dumme Stermann glaubte, schnell mit „Hut" den vorzeitigen Sieg zu landen, bis ihn Chefcontroller Blumenau mit „Schmuck" überbot. Die anwesenden Damen Natalie Brunner, Mari Lang und Johanna Zechner staunten sehr. Dann kam aber ich, hob den Zeigefinger und sagte triumphierend: „Schlauch." 8 Buchstaben! Wow. In dem Moment hätten wohl alle, nicht nur die anwesenden Damen, die Beine für mich breit gemacht. Ich wähnte mich schon mit einem satten Grinsen als sicherer Sieger …

*

Da hat der grinsende Grissemann aber die Rechnung ohne den neuen polnischen Praktikanten Marek gemacht. Mareks einzige Aufgabe bei FM4 übrigens ist es, die dem Alkohol zugetanen Mitarbeiter mit billigem Jägermeister zu versorgen. Dieser Marek jedenfalls, kaum 17 Jahre alt, hat es allen gezeigt. Nachdem Heinz Reich mit „Schmarrn" ein ebenfalls 8-buchstabiges Wort ins Treffen führte, zischte Marek „Borschtsch". Sofort herrschte eisige Stille im Raum. Wortchef Pieper, der sich im Lauf des Spiels nur kläglich mit „Schmutz" hervortat, reichte Marek sofort anerkennend die Hand. „Borschtsch" – russische Krautsuppe! Aber viel wichtiger: atemberaubende 10 Buchstaben! Wir zogen uns schon alle die Jacken an, wollten nach Haus gehen, dachten, das kann niemand mehr toppen, da meldete sich der geizige Herr Edlinger zum ersten Mal zu Wort und meinte, er wüsste ein einsilbiges Wort mit sage und schreibe 11 Buchstaben. „Spuck's aus!" brüllten wir ihn an. – „Borschtschs", die Genetivbildung! Zur Untermauerung formte er gleich einen ganzen Satz: „Der Abgang des Borschtschs war ausgezeichnet." Stimmt. Borschtschs. Das längste einsilbige Wort. Der einsilbige Herr Edlinger hat's gewusst.

2.5.

Liebes Tagebuch. Jetzt bringt der frisurengelbe Blödelbarde Rainhard Fendrich endlich die heißersehnte neue Platte raus, und FM4 verschweigt das einfach! Das darf doch nicht wahr sein. Wenn irgendein popeliger Wiener Neustädter Punk einen Furz lässt, ist das diesem sogenannten Kultsender 7 Beiträge wert; nur der Name Fendrich scheint ein rotes Tuch zu sein. Dabei ist Rainhard Fendrich doch die ideale Identifikationsfigur für die FM4-Hörergemeinde: Er sieht nicht gut aus und er kann nichts. Ja meine Güte, was sollen die armen Austropopper denn noch machen, um von FM4 wahrgenommen zu werden?? Reicht es nicht, dass sie sich im Garten das Gesicht verbrennen oder den Vorsitz von SOS-Mitmensch übernehmen, Handtaschen stehlen oder Kochbücher schreiben?

Aber Hauptsache Sportfreunde Stiller auf Powerplay spielen. Die Leute in der Musikredaktion haben sie nicht mehr alle. Ich bin so aufgebracht, liebes Tagebuch, ich muss mit irgendwem drüber reden ... Großvata kannst du net owekumman auf an schnölln Kaffee ...

*

Grissemann forderte gestern tatsächlich die Absetzung der beiden Musikchefs Makossa und Andreas Ederer. Grissemann ist ja, das musst du wissen, Tagebuch, Europas größter Austropop-Fan. Angeblich ist er Ersatzmann für Wolfgang Ambros bei Austria 3. Er war in seiner Studentenzeit mit Stefanie Werger liiert und hat in den achtziger Jahren zusammen mit Peter Cornelius das Label „Holzkopf Records“ betrieben. Nun ja, als Zweiter Vorsitzender des Wolfgang-Petry-Fanclubs Duisburg weiß ich, wie schwer es ist, seine Lieblingsmusiker bei FM4 unterzubringen. Hoffentlich beruhigt er sich wieder, der Grissemann. Senderchefin Eigensperger hat ihn jetzt mal eine Woche auf Kur nach Kenia geschickt. Dort kann er mit seinem Schwager Klaus Eberhartinger von der EAV zur Entspannung auf Safari gehen ...

3.5.

Liebes Tagebuch. Es geht mir so was von aufn Sack, dass in dieser Stadt fast ausschließlich FM4-DJs auflegen. Unter dem schicken Deckmantel FM4 kriegt jeder Nichtskönner einen Auflege-Job. Ich bin der einzige, der sich diesbezüglich nobel zurückhält. Und das, obwohl ich Anfang der Neunziger vom Magazin Spex zum drittbesten DJ der Welt gekürt worden bin. 5 Plätze vor DJ DSL. Ich hab' in New York aufgelegt damals. Jetzt bin ich aus dem Alter draußen. Plattenauflegen verlangt viel Fingerspitzengefühl, muss man doch eine Platte nach der anderen auflegen. Dass aber jeder FM4-Telefonist hochnäsig hinterm DJ-Pult jedes noch so versifften Nachtklubs lehnt, dagegen muss endlich was getan werden. Selbst Stermann hat letzte Woche im Gasthaus „Deutschkreutzer" Marschmusik aufgelegt. Das geht zu weit.

*

Grissemann, der unerträgliche Schlechtmacher, hat sich den Zorn sämtlicher FM4-Star-DJs zugezogen. Heinz Reich, Eva Umbauer, Makossa, SugarB, Smash, Functionist, Fleance, Tschamba Fii, Fritz Ostermayer, Tina 303 und wie sie alle heißen, sind schlecht auf ihn zu sprechen, nachdem Grissemann bei Senderchefin Eigensperger ein zeitweiliges Auflegeverbot für FM4-DJs erwirkt hat. Das Argument, dass die Herren Zikmund und Pfister beim letzten Club Nihil im Wiener Szenelokal Bricks so voll mit Wodka waren, dass sie beide synchron vornüber auf die Plattenteller flogen und so das Equipment ruinierten, hat gegriffen! Für mich hat die liebe Chefin eine Ausnahme gemacht, ich darf weiter im „Deutschkreutzer" auflegen und auch das Angebot der CSU, nach dem Parteitag in München für die Kameraden aufzulegen, wahrnehmen.

4.5.

Liebes Tagebuch!

Früher war alles besser. Als der Gerd Bacher noch Generalintendant war, durfte kein Mitarbeiter des heiligen Funkhauses ohne Krawatte in selbiges rein. Da war er strikt, der Tiger! Wenn der wüsste, wie verlottert und verhurt gekleidet die FM4-Redakteure und -rinnen in der mächtigen Medienanstalt rumspazieren! Die schöne Natalie Brunner beispielsweise verwechselt wohl das Büro mit dem Strand von Bibione. Das prangert der Ohlsdorfer in mir aber scharf an: Hüfthosen und bauchfrei hat – verdammt noch mal – am Arbeitsplatz nichts verloren. Auch das Zungenpiercing der nicht minder schönen Gerlinde Lang gehört ihr aus dem Mund geschnitten. Wo kommen wir denn da hin? Ist das ehrwürdige Funkhaus ein Hurenhaus, oder was? Und John McGill muss auch nicht wie ein Penner rumlaufen, barfuß noch dazu. Und Stermann muss zum Arzt, wenn er schon über seine eigenen Schuppen stolpert, die ihm wie Geröll aus der Grauhaarperücke fallen. Herrgottnochmal, der einzige mit Schlips bin regelmäßig ich hier. Ein Krawattchen ist nicht per se spießig, meine Herren! Ich trage heute zum Beispiel einen Tierschlips von Fürnkranz – kleine Schweinchen sind drauf – modisch, lustig und doch seriös!

*

Die sehr, sehr schöne Senderchefin Eigensperger kam heute Früh mit einem T-Shirt in die Redaktion, das für Aufsehen sorgte: Unter einem Bild von Dieter Bohlen, der wie Hans Martin Schleyer damals ein Schild in die Kamera hält, stand: „Wo ist die RAF, wenn man sie mal braucht?“ Das ist doch die Höhe! Gerd Bacher hätte die Chefin dafür gevierteilt und hochkant rausgeschmissen! Ich gehe ja noch weiter als Grissemann, was die Bekleidungsvorschriften betrifft: Auch wenn es ein radikaler Ansatz ist, aber mir würde es gefallen, wenn die Frauen bei FM4 verschleiert wären. Und auch die Männer! Der Bacher Gerd, der hat schon recht gehabt. Bis morgen, liebes Tagebuch!

5.5.

Liebes Tagebuch.

Heute ist Muttertag. Nur um auf die Sprünge zu helfen: Mutter, das ist die Dame, die den Pyjama aufs Bett legt und tendenziell lieber Ö1 als FM4 im Auto hört. Sie räumt die Küche auf, liest Lebenshilfe-Bücher und schaut sich nur selten im deutschen Sportfernsehen den Warsteiner Fußballstammtisch an. Ich will jetzt hier nicht zu tief in den Klischeetopf greifen, aber man erkennt die Gattung „Mütter“ auch daran, dass sie nach dem Friseur nach Haarspray riechen, Armin Assinger eigentlich ganz nett finden und nie vergessen, die verdammten Blumen zu gießen. Und dass diese sogenannten Mütter ihre durch und durch missratenen Kinder auch dann noch lieben, wenn diese bis oben hin voll mit Cannabis in einer Pfütze vorm Flex übernachtet haben. Dafür sollten wir alle ihnen unendlich dankbar sein! Der seltsame ältere Herr, der auf einigen Schwarzweißfotos neben der Mutter abgebildet ist, das, liebes Tagebuch, ist der sogenannte Vater. Aber der tut heute nichts zur Sache.

*

Auch ich, liebes Tagebuch, möchte heute allen österreichischen Müttern gratulieren. Und nicht zuletzt auch der FM4-Übermutter Fr. Dr. Monika Eigensperger! Senderchefin und Redaktionsmama in Personalunion. Für die Senderchefin sind wir Redakteure Ersatzkinder. Sie kämmt uns die fettigen Haare aus dem Gesicht, wenn wir für ein Foto Aufstellung nehmen müssen, gibt uns einen anerkennenden Klaps auf den Po, wenn die Hörerzahlen gestiegen sind, und steckt uns dann und wann ein bisschen Taschengeld zu, damit wir uns Drogen zur Zerstreuung kaufen können. Und wenn wir schlimm waren, also z.B. das Rundfunkgesetz gebrochen haben oder böse Worte wie „Scheiße“ on air gesagt haben, dann gibt sie uns eine Ohrfeige und eine kleine Kopfnuss. Die haben wir dann aber auch verdient! Die Ohrfeigen der Chefin sind immer gesunde Ohrfeigen. Zum Muttertag also auch ein dreifach Hoch auf die kinderlose Alleinerzieherin Frau Dr. Monika Eigensperger, unsere geliebte Senderchefin!!

8.5.

Bald steht diese 3-tägige FM4-Tour auf dem Programm. Stermann und ich sind schon ganz aufgeregt, dürfen wir dieses heiße Topevent doch moderieren. Wir werden mit den Sternen im Nightliner mitfahren! Dafür hat uns Senderchefin Eigensperger extra zwei rosarote Pyjamas gekauft, damit wir gute Figur machen im Tourbus. Und weil Kollege Stermann gern betet vor dem Schlafengehen, hat ihm Michel Attia ein Gebetsbuch in den Rucksack gesteckt. Ich hab' von Mona Moore noch eine frische Zahnbürste geschenkt bekommen, auf meiner waren nämlich gar keine Borsten mehr drauf, und in der Mitte abgebrochen war sie auch. Kein Wunder, dass ich permanent Zahnfleischbluten habe, wenn ich mir dreimal am Tag mit dem kaputten Holzstück im Mund rumfummel! Die Bands werden Augen machen, was für patente und hygienische Buben die zwei hübschen Moderatoren sind.

*

Ich will nicht mit Grissemann im Bus-Stockbett schlafen! Schon gar nicht im rosaroten Idiotenpyjama! Mir ist das alles so peinlich, vor allem, weil ich im Schlaf spreche. Ausschließlich obszönes Zeug übrigens. Was soll sich denn der tolle Sternen-Sänger denken, wenn ich ihn im Nightliner im Schlaf „geile Puppe“ nenne und „mach's mir, du scharfes Biest!“ … Das geht doch nicht. Ich verlier' mein Gesicht. Grissemann hat mir geraten, mit einem Plastiksack am Kopf zu übernachten, damit man nicht genau versteht, was ich während des Träumens vor mich hin plappere. Aber was macht das denn für einen Eindruck auf die Bands?

Ogottogott, das kann was werden …

10.5.

Liebes Tagebuch, ich hab' gestern Nacht von HC Strache geträumt. Strache sieht ja aus wie einer der Baldwin-Brüder und ist so gesehen wie geschaffen für den Hauptdarsteller in meinem Traumfilm. Na, jedenfalls war der schmissige Heinz-Christian in meinem Traum Pizzabote, der mit einem herzlichen Grinsen und einer Pizza Diavolo vor meiner Tür steht. Ich lass' ihn rein, und er geht nicht mehr. Und er verliebt sich in mich, und ich mich in ihn, und wir seifen uns beim Duschen gegenseitig ein und schauen zusammen Starsearch in flauschigen Bademänteln, der Strache HC und ich. Und dann küssen wir uns auch noch leidenschaftlich und schlafen eng umschlungen ein …

Wie kaputt macht mich diese Arbeit hier bei FM4, liebes Tagebuch, dass ich von solchen perversen Träumen heimgesucht werde? …

*

Auch ich träume Bizarres in letzter Zeit, liebes Tagebuch, vorgestern standen in meinem Traum Andreas Khol, Hilmar Kabas und HC Strache verkleidet als die Heiligen Drei Könige vor der Tür meines Schweizer Landhauses. Ich lass' alle drei rein und beginne sie langsam auszuziehen, um Küsse auf ihre durchaus ansehnlichen Hinterteile zu verteilen. Dann hört der erotische Teil aber schon auf, und wir vier spielen „Fang den Hut". Andreas Khol kriegt irgendwann Hunger und schmiert sich in meiner Küche ein Leberwurstbrot. Kabas und Strache saufen sich sowieso im Wohnzimmer mit deutschem Bier die Mütze nass. Im letzten Bild meines Traumes stehe ich mit Wasser in den Augen in der Tür und winke meinem seltsamen Besuch nach. „Kommt mal wieder, Jungs …" rufe ich noch und schließe die Tür. Tja. So wars. Grissemann und ich, wir müssen zum Arzt, fürcht' ich.

11.5.

Liebes Tagebuch, dass wir Mitarbeiter nicht so gut verdienen bei FM4, habe ich dir ja schon öfter erzählt, aber die Auswirkungen werden immer merkwürdiger. Gestern im Flex hab' ich beobachtet, wie drei Mitarbeiter zusammenwarfen, um sich ein kleines Bier zu kaufen. Hätten Sie nicht auf der Gästeliste gestanden, wären die drei Euro Eintritt für sie unerschwinglich gewesen. Mathias Zsutty kroch auf allen Vieren über den Boden und sammelte ausgedämpfte Zigaretten auf, während Rainer Springenschmid stundenlang ausgiebig auf dem Klo saß. Zum ersten Mal in dieser Woche, wie er mir sagte, zu Hause hat er keins. Er bewohnt tatsächlich ein kleines Kellerzimmer, Klo nicht mal am Gang. Gierig stürzten sich die Kollegen auch auf die zahlreichen Flyer – endlich was zu lesen!

Zeitungen oder Bücher sind unerschwinglich für sie. Ihre ganze Information beziehen Sie über Flyer. So bekommen sie zwar auch einen Eindruck über das, was auf der Welt passiert, aber doch einen eher begrenzten. Leider merkt man das dann auch in den Sendungen.

Ja, Armut macht dumm.

*

Liebes Tagebuch, habe gestern Grissemann in seinem Haus am Wiener Graben besucht. Schmuckes kleines Ding. Bis jetzt hat er nur ein Telefon, sonst noch gar nichts, und von diesem Telefon aus kann er auch nur anrufen, nicht aber angerufen werden. Etwas störend find' ich auch die großen Fensterflächen; ich persönlich mag das nicht so, wenn alle Leute hineinstarren können. Na ja, dafür ist es günstig, es kostet eigentlich gar nichts, nur wenn er telefoniert, kostet's was. „Die Telefonzelle stand leer, also hab' ich gleich zugeschlagen", hat er mir erklärt, der schlaue Fuchs Grissemann. Er muss zwar im Stehen schlafen, dafür ist die Lage aber ausgezeichnet, und eine öffentliche Toilette gibt's auch gleich in der Nähe. Ich freue mich für meinen Kollegen, auch wenn bei seiner Wohnungseinweihungsfeier die Gäste aus Platzgründen einzeln reinkommen mussten. Nach seiner Delogierung hat er ja monatelang auf der Landebahn in Schwechat gewohnt, da ist das schon ein gewaltiger Aufstieg.

14.5.

Liebes Tagebuch, nachdem Senderchefin Eigensperger ja 6/8 des Jahres in der Karibik verbringt, hat sie viele karibische Bräuche und Rituale bei FM4 eingeführt, damit sie sich nicht so fremd fühlt, wenn sie mal im Funkhaus ist. Zwischen Mai und August kommt sie etwa 5 oder 6 Mal ins Funkhaus, um ihre Honorarnoten zu unterschreiben und offiziell nach dem Rechten zu sehen. Wenn sie kommt, müssen wir Mitarbeiter Dreadlocks haben oder wenigstens Dreadlock-Perücken. Chefcontroller Blumenau, der Schleimer, hat natürlich echte Dreadlocks. Ist er deswegen der Vertreter der Chefin? In seinen verfilzten Haaren stecken Mangos, Papayas und bunte Papageieneier. Sobald die Chefin die Redaktion betritt, zieht er an seinem meterlangen, wasserrohrdicken Joint und begrüßt sie mit einem „Yo, Chefin, Rastaman vibration, peace!" Widerliche Anbiederung. Mir ist die Perücke beim Fußballspielen auf dem Gang vom Kopf gefallen. Die Chefin schlug mich wutschnaubend mit einem riesigen Bananenblatt windelweich.

*

Liebes Tagebuch, heute ist Herthas großer Tag. Hertha ist mein Kampfhuhn, das ich 1 Jahr lang trainiert habe für den illegalen Hahnenkampf heute Abend. Die Chefin bringt aus Kingston immer den erfolgreichsten und brutalsten Kampfhahn der Karibik mit nach Wien und schickt ihn gegen unsere Tiere ins Rennen. Wir Mitarbeiter dürfen im besten Fall Hühner in den Kampf schicken, manchmal erlaubt sie auch nur Küken. Man muss kein Tierschützer sein, um das Grausame an diesem Schauspiel zu erkennen. Hertha ist ein gemütliches, glückliches und freilaufendes Huhn, ihr Gegner heißt Diavolo und hat in seiner zweifelhaften Karriere bereits an die 1.000 Gegner totgepickt. Alle Kollegen müssen auf den Ausgang des Kampfes wetten, aber nur die Chefin und Chefcontroller Blumenau dürfen auf Diavolo setzen. Arme kleine Hertha. Ich hoffe, dass die Chefin mit ihren blutunterlaufenen Augen mir erlauben wird, direkt nach Kampfbeginn das Handtuch zu werfen. Be afraid, Hertha …

16.5.

Liebes Tagebuch, wenn die Karibik so ist, wie Senderchefin Eigensperger sie uns präsentiert, möchte ich dort niemals hinfahren. Lieber zwei Wochen Irak oder Bitterfeld, nur das nicht. Sie hält sich für die Widergeburt von Haile Selassie, aus ihrem Büro dringt ununterbrochen Reggaemusik, ein Musikstil, der nur ein einziges Lied mit unendlich vielen Strophen ist. Eine Art Gehirnwäsche. Kein Wunder, dass man bei der Musik kiffen muss. Zusätzlicher Vorteil des Kiffens: man spürt den beißenden Gestank der Hühnerköpfe und -krallen nicht so und die ekelhaften Gerüche des Schlachtens während der Vodoo-Zeremonie. Überall Federn und Blut. Und Chefin Eigensperger in Trance in Verbindung zu ihren Ahnen – behauptet sie jedenfalls. Ich behaupte, sie ist einfach nur betrunken, wegen dem Doppler Rum.

*

Liebes Tagebuch, die Chefin ist sauer, weil das mit den Vodoo-Puppen nicht richtig hinhaut. Sie hat von jedem Mitarbeiter eine kleine Puppe aus Stroh angefertigt und sticht der mit einer

Nadel in den Bauch, wenn sie mit dem echten Mitarbeiter unzufrieden ist. Normalerweise sollten wir dann einen stechenden Schmerz verspüren, aber keiner von uns spürt was. Die Chefin hat eben mit einer Nadel auf die Grissemannpuppe eingestochen, bis die Puppe völlig zerfetzt war, aber Grissemann löschte unbeirrt weiter sämtliche Reggaenummern aus dem Musikcomputer. Erst als sie den Voodoo-Kult ein wenig verändert hat, erzielte die Chefin die gewünschte Wirkung. Sie stach mit der Nadel nicht mehr auf die Puppe ein, sondern auf Grissemann direkt. Und tatsächlich: er hörte auf zu löschen und schrie wie am Spieß.

18.5.

Liebes Tagebuch, Wissen ist Macht. Und als öffentlich-rechtliches Radio haben wir natürlich einen Bildungsauftrag. Und wie alle öffentlich-rechtlichen Radios mit Bildungsauftrag haben wir natürlich auch bei FM4 eine Bibliothek. Wenn man sich allerdings unsere Bibliothek mal etwas genauer ansieht, wird schnell klar, dass wir unseren Bildungsauftrag aufgrund eigener fehlender Bildung nicht wahrnehmen können. Die „Raupe Nimmersatt“ ist noch das anspruchsvollste Buch in den Regalen unserer Bibliothek. Man merkt einfach, dass Senderchefin Eigensperger die meisten Bücher ausgesucht hat. Sie ist ja Esoterikerin, und darum gibt's zu Hauf Bücher mit Titeln wie: „Die Anderswelt“, „Lösungen aller Probleme der Welt durch richtige Atmung“ oder „Warum man Entscheidungen nur bei Vollmond treffen darf“ oder „Das Weibliche im Männlichen der Frau“. Ich will niemandem zu nahe treten, aber mit solchem Wissen im Rücken kann man nur Idiotenradio machen.

*

Liebes Tagebuch, es ist wirklich peinlich. Niemand bei FM4 weiß, wann der Zweite Weltkrieg war – und damit meine ich nicht die genauen Jahreszahlen, sondern das Jahrhundert. Oder besser gesagt das ungefähre Jahrhundert. In unserer Bibliothek fand sich dazu nichts. Es gibt auch keinen Atlas, darum können wir intern nicht klären, ob die Elfenbeinküste in Afrika liegt oder ein eigener Kontinent ist. Immer müssen wir bei Ö1 anrufen. Mein Gott, die müssen uns für völlig bescheuert halten. Und, jetzt mal ganz selbstkritisch, so falsch liegen sie damit auch gar nicht.

20.5.

Liebes Tagebuch, seit einigen Tagen gibt es in der ORF-Funkhaus-Kantine Sushi, eine schöne Abwechslung, nachdem es ja seit Jahren nur Fleisch gab. Allerdings wird das Sushi nicht wirklich stilgerecht von einem japanischen Koch zubereitet, sondern von dem normalen Kantinenkoch, einem 62-jährigen Oberösterreicher, der früher Gänse gemästet und geschlachtet hat. Wenig verwunderlich und doch enttäuschend war dann auch mein erstes Kantinensushi: ein Stück auf einer Kartoffel, umwickelt mit Extrawurst. Das erinnerte stark an die italienische Woche Anfang Mai, als es Pizza gab: eine plattgehauene Blutwurst mit Kartoffeln und Schweinshaxe als Belag.

*

Liebes Tagebuch, am teuersten ist im Funkhausbuffet die Vollwertkost, wir nennen sie deswegen auch „Vollkostwert“. 25 Euro allein für die Suppe, weil, wie es heißt, für das Vollwertkostmenü echtes Wasser benutzt wird und nicht wie sonst das abgestandene Spülwasser. Leider gibt es auch kein wirkliches Obst, sondern nur sogenanntes Alkoholiker-Obst: Kirschlikör und Himbeerschnaps. Schockiert war ich, als ich gesehen habe, woher die Kantinenmitarbeiter das Brot bekommen. Sie stellen sich auf den Stephansplatz und reißen den Tauben das Brot aus dem Schnabel, mit dem sie von Omas gefüttert wurden. Ähnliches hab' ich im Stadtpark beim Teich mit den Enten gesehen. Deshalb schmeckt das Brot so feucht. Na ja. Be afraid, honey, it's FM4 food.

21.5.

Liebes Tagebuch, es hat wieder von drinnen raus geregnet. Viele FM4-Mitarbeiter haben ja durch ihre Zungenpiercings eine furchtbar feuchte Aussprache. Der Fashionkult treibt absurde Blüten, wenn Andreas Ederer auf seinem Oberarm ein mit einem Tattoo bemaltes Piercing auf seinem Tattoo picken hat. Sogenannte FM4-tribal-Tattoos. Makossa, unser 68-jähriger Musikchef, hat abwaschbare Piercings in Zunge, Lippe, Augen und Stirn. Robert Zikmund hat sich ins Weiße seines rechten Auges einen Teufel tätowieren lassen. Und die selbstverliebte Mirjam Unger hat sich ihr eigenes Gesicht als Motiv aufs Gesicht tätowieren lassen. Wenn sie wirklich eitel wär', hätte sie sich mein Gesicht als Motiv gewählt.

*

Liebes Tagebuch, Chefcontroller Blumenau ist mit seinem Wangenpiercing in Christian Davideks Piercing-Piercing hängengeblieben. Am Funkhausparkplatz. Davidek saß auf seiner Vespa, fuhr los und riss Blumenau die halbe Wange weg.
Na ja, verschwende deine Jugend, heißt es, und auch der bald 70-jährige Blumenau will Teil einer Jugendbewegung sein, man kann's ihm nicht verdenken. Interessanterweise wollen nur die wirklich jungen Kollegen und Kolleginnen nicht Teil einer Jugendbewegung sein und auch nicht ihre Jugend verschwenden. Der 17-jährige Albert Farkas zum Beispiel kommt mit Schlips und Kragen und Bleistiftspitzer ins Funkhaus, top vorbereitet und ausgeschlafen. Und hebt immer brav nach Dienstschluß die Zigarettenkippen vom Boden auf, trennt Müll und liefert das Marihuana, das überall herumliegt, bei der Polizeiwache in der Taubstummengasse ab. Ich komm' mir jedenfalls immer albern vor, wenn ich neben ihm auf meinem Skateboard fahre. Mein Wakeboard im Arm. Meinem tätowierten. Auf meinen Arm hab' ich ein Raucherbein tätowieren lassen. Ich fand das originell, aber Albert schaut mich an, wie man einen armen Irren anschaut. Vielleicht hat er ja Recht.

22.5.

Liebes Tagebuch, im FM4-Tourbus auf der Fahrt nach Oslip hab' ich Sterne gesehen. Nicht diese Hamburger Band, sondern richtige, weil ich über den Drogenkoffer gestolpert und mit dem Kopf gegen das Stockbett gefallen bin. Mit dem Fuß bin ich in die Gitarrensaiten gefallen, und weil der Bus in dem Moment eine Kurve gemacht hat, haben sich die Saiten derart blöd um meinen Fuß gewickelt, dass ich am Abend mit der Gitarre am Fuß auftreten musste. Ärgerlich! Dazu der geschwollene Kopf – ich weiß nicht, vielleicht mit ein Grund dafür, dass ich als einziger im Team kein Groupie hatte.

*

Liebes Tagebuch, ehrlich, ich bin ein bisschen verwirrt, und das nicht nur, weil ich in Oslip mit jedem einzelnen Gast angestoßen habe und deshalb wahrscheinlich ein paar Hundert kleine Bier intus habe. Aber was unsere musikalischen Gäste betrifft – ich hab' ja seit den Bay City Rollers keine Musik mehr gehört, deshalb kenn ich mich halt auch nicht so aus –, aber ich dachte, dass eine Sängerin mit uns auftritt, Sophia, ich hab' mich extra für sie fein rausgeputzt und wollte ihr im Namen von FM4 einen Strauß Blumen überreichen, Gentleman, der ich bin. Und dann stehen diese beiden Typen im Bus vor mir und stellen sich als Sophia vor. Na gut, hab' ich ihnen den Platz im Bettchen neben mir wieder weggenommen. Und dann war ich gespannt auf die Kollegen von Ö1, die „Hörspielcrew", ich mein, ich hab' mich auch gefragt, was die Kulturradiokollegen bei einem FM4-Fest machen werden, vielleicht eine Liveperformance von Borcherts „Draußen vor der Tür" oder so was. Aber als ich die Hörspielcrew sah, war mich gleich klar: das sind keine Ö1-Kollegen, das sind deren Enkel. Auf Speed. Und kann mir irgend jemand sagen, wie man diese anderen Jungs ausspricht? „Waxoirgendwieluschenists", „Wixolotionists"? Ich weiß es nicht und versuche sicherheitshalber, auf der Bühne und im Bus dieses Wort zu vermeiden. Können nicht alle Musiker einfach Pink oder Olli P. heißen?

23.5.

Liebes Tagebuch, eine Unverschämtheit! Gestern in Oslip hatte ich großen Hunger und winkte einen von dieser beautifulen Kantinenband zu mir, um was zu bestellen. Aber auf dieser FM4-Tour werden anscheinend nur ungelernte Hilfskräfte engagiert. Der Kantinenmann bot mir an, von seinem Snickers abzubeißen – hat man so was schon erlebt? Der wird's überall sonst sehr schwer haben, auf der Straße warten Tausende von

Köchen, Kellnern und Spülern, die seinen Job besser machen können. Egal, diese Kantinenjungs mussten eh schon wieder den Bus verlassen, um diesem merkwürdigen Hundebesitzer Platz zu machen. Olli Schulz und der Hund Marie. Ich hatte einen solchen Kohldampf, dass ich den großen Hundenapf, den Stermann, der Schleimer, vorbereitet hat, ausgeleckt hab'. Hm, lecker Pansen. Jetzt stink' ich aus dem Maul wie ein Iltis, aber das ist Rock'n'Roll ...

*

Liebes Tagebuch, ich weiß nicht, ob wir jemals Salzburg erreichen. Da bei unserem Tourbus nur der Rückwärtsgang funktioniert, liegt unsere Höchstgeschwindigkeit bei 15 km/h, und wir entfernen uns immer weiter vom Westen Österreichs. Gerade haben wir Györ passiert. Am praktischsten wäre es, wenn die Salzburger nach Ungarn kommen. Und wahrscheinlich auch die einzige Chance, dass sie was vom Konzert sehen und hören. Apropos Sehen und Hören. Auf der Windschutzscheibe kleben etwa 5.000 Fliegen, und gestern in Oslip haben sich 8 Jugendliche auf die arme Windschutzscheibe übergeben. Jetzt rächt es sich, dass wir keine Scheibenwischer haben. Ich streichle inzwischen Olli Schulz und den Hund Marie. Leider wollen sie nicht, dass wir Gassi gehen, und meine Leine verweigern sie auch. Ich hab' jetzt übrigens seit 48 Stunden nicht mehr geschlafen, weil ich die ganze Zeit Michel am Steuer wach halten muss. Michel vom FM4-Marketing ist völlig fertig, weil er keine Minute mehr geschlafen hat, seit er diese Höllentour organisiert. Er organisiert seit Anfang März. Das heißt, er ist seit ungefähr 1.500 Stunden wach. Ich kneif' ihm ununterbrochen in die Genitalien und beiß' ihm in die Augen, damit sie nicht zufallen. Wie wir es jemals morgen nach Innsbruck schaffen sollen, ist mir schleierhaft. Ich habe wirklich Angst, dass wir tödlich verunglücken, weil wir ja auch keine Bremsen haben. Be afraid, honey, it's the FM4 tour.

25.5.

Liebes Tagebuch, früher war es bei Radiosendern so: Wer am absteigenden Ast war, wurde auf Tour geschickt ... Immer begleitet von der Hoffnung der Senderverantwortlichen, dass die auf Tour Geschickten tödlich verunglücken. Daran muss ich bei der FM4-Tour immer wieder denken. Wie anders ist es zu erklären, dass es keinen einzigen Gurt in unserem sogenannten Nightliner gibt? Warum fährt die ganze Zeit ein Beerdigungswagen hinter uns her? Warum arbeiten die Kollegen in Wien an einem Nachruf für uns, wie ich aus sicherer Quelle erfahren habe? Es hätte mir natürlich schon bei der Abfahrt vom Funkhaus auffallen müssen, dass auf dem Parkplatz Thomas Edlinger und Fritz Ostermayer, die einzigen Mitglieder der FM4-Neigungsgruppe „Steinmetzerei", einen schweren Granitblock bearbeiteten. Als der Bus losrollte, konnte ich noch den Text lesen, den sie in Stein schlugen: „Dirk Stermann und Christoph Grissemann, FM4, 1995–2004". Ich glaube nicht, dass ich besonders paranoid bin, aber kann es Zufall sein, dass über Stermanns und meinem Kopf mehrere Geier kreisen? Und das sogar im Bus?

*

Liebes Tagebuch, diese deutsche Band Stella fragt uns ständig, welches Lied wir am Schluss hören wollen. Sie meinen wohl unser Begräbnis. Ich weiß nicht, wieso sie glauben, dass sie dann noch spielen können, sie sind ja mit uns zusammen auf dieser Höllenfahrt, wir sitzen im selben Boot bzw. Bus. Wir sind jetzt seit Salzburg schon sechsmal in den Straßengraben gekippt, waren dreimal als Geisterfahrer unterwegs, haben neun Hirsche frontal angefahren und waren an fünf Massenkarambolagen beteiligt. Da wir ja überwiegend nachts unterwegs sind, ist es schade, dass unser Bus keinerlei Beleuchtung hat. Keine Scheinwerfer, kein Blinklicht, nicht mal eine Taschenlampe haben wir. Unsere einzige Lichtquelle ist die Glut unserer Zigaretten. Die Glut spiegelt sich unheilvoll in unserem Angstschweiß. Liebes Tagebuch, ich glaube, es ist an der Zeit, dass ich mich von dir verabschiede. Wahrscheinlich werden wir alle im Treibhaus Innsbruck aufgebahrt, und die Leute sind dann sicher sauer, weil sie keine Lust haben, Eintritt zu bezahlen, um ein paar Leichen zu sehen. Ich wünsch' mir jedenfalls bei meinem Begräbnis, dass eine Tiroler Blasmusik dieses Lied von I Santo California spielt: „Asciughi quella lacrima – tornero."

26.5.

Liebes Tagebuch, das darf doch nicht wahr sein. Wozu arbeiten wir überhaupt noch? Die ganze Recherche, der Kurztrip nach Istanbul, all die vielen lustigen Moderationen, die 1A Witze, alles für die Katz, für nix und nix und wieder nix! Langsam beginne ich wirklich an den Fähigkeiten meiner Kollegen zu zweifeln. Da kommentieren wir den Grand Prix d'Eurovision du Chanson in altbewährter Weise, und FM4 schafft es technisch nicht, dass wir in Österreich zu hören sind! Unsere Trotteln vom Dienst haben aus Versehen eine Leitung bestellt, die ORF International gehört. Das heißt, wir waren ausschließlich in Zentralafrika zu empfangen. Schöner Mist. Ich bezweifle, dass es im Kongo irgendwen gibt, der sich wirklich für den Song Contest interessiert. Obwohl ich mal einen Rechtsanwalt aus Uganda kennengelernt habe, der gesagt hat, dass ihm der Song Contest ein Heimatgefühl gibt, weil sie in Uganda an allen todbringenden Seuchen leiden, die der Herrgott auf die Welt geworfen hat. Und der Song Contest passt prima in die Ebola-, Malaria-, Pocken- und Aids-Reihe.

*

Liebes Tagebuch, ich will uns nicht loben, aber wir waren Spitze gestern. Der Witz mit dem Reifen, oder der Vergleich mit dem Staubsauger, von dem Kaninchenspruch ganz zu schweigen. Herrlich. Regisseur Mathias Zsutty hat Tränen gelacht, zu Recht. Na ja, wieder ein paar Perlen vor die Säue geworfen. Als Obertonmeister Bauch dann nach der Sendung ins Studio kam, um uns das kleine technische Missgeschick mitzuteilen, hat Grissemann zu weinen begonnen. Ich verstehe ihn, in diese Sendung hat er all sein Können und Wissen gesteckt, das war sein Meisterstück. Ich habe noch nie jemanden so gut moderieren gehört, auch international. Und dann das. Und natürlich wurde die Sendung auch nicht mitgeschnitten, Manuskript gibt es auch keins, wir haben stundenlang improvisiert auf allerhöchstem Niveau. Nur Zsutty und der liebe Antonio Fian, ein Nachwuchsautor und Fan der ersten Stunde von uns, haben also die Sendung gehört. Fian kniete im Studio vor uns nieder und meinte, er glaube nach dieser Sendung wieder an Gott – aber: Alles verloren, ein Geniestreich, verpufft im Äther des schwarzen Kontinents. Mein Gott, die Arbeit hier macht doch keinen Sinn mehr.

27.5.

Liebes Tagebuch, okay, wir sind ein Jugendsender, aber diese Infantilität geht mir langsam auf den Geist. Bei FM4 läuft in den sechs Fernsehern ununterbrochen der Kinderkanal, und Dutzende von Kollegen sitzen gebannt vor der Glotze beim Tigerentenclub und all den anderen Kindersendungen. Aus dem Büro der Chefin hört man Benjamin Blümchen: „Töröö!" rufen, und Chefcontroller Blumenau spielt völlig versunken an seinem Schreibtisch mit winzigen Polly-Pocket-Figuren. An den Wänden hängen Pferde- und Alexander-Poster, die man kaum voneinander unterscheiden kann, und ständig stolpert man über Matchbox-Autos, mit denen Thomas Edlinger auf dem Boden spielt. Sein Kollege Ostermayer sitzt vorm Computer und spielt „Sims". Er hat alle Erweiterungsspiele: „Urlaub total", „Die Sims – Tierisch gut drauf" und „Die Sims – Hokuspokus". Ich hab' mir bei der „Hokuspokus"-CD-ROM mal die Beschreibung durchgelesen: „Peppe das Leben deiner Sims mit ein wenig Magie auf! Sprich Zaubersprüche aus, hypnotisiere deine Freunde oder verwandele deinen Nachbarn in einen Frosch." Mein Gott, Fritz Ostermayer ist bald 70 und kauft gerade virtuell einen Skelett-Schrank. „Da kann ich anklopfen, wenn ich Hilfe beim Hausputz brauche", ruft er begeistert. Ich selber komm' mir immer mehr vor wie ein Babysitter.

*

Liebes Tagebuch, Duncan Larkin sitzt neben Fritz „Sims" Ostermayer und installiert gerade eine Tierbadewanne. Er lacht wie ein Bekloppter und schreit in seinem gebrochenen Deutsch: „Ick bin klatschnass, weil ick die Papagei gebadet hast!" Neben ihm versucht Stuart Freeman einen Hund virtuell stubenrein zu machen. Luna Luce und Mona Moore spielen Vater und Mutter und Mathias Zsutty Kaufmannsladen. Und Grissemann offensichtlich Blinde Kuh, er ist schon wieder über Thomas Edlinger gestolpert, der still und autistisch seine

Spielzeugautos herumschiebt. Grissemann hat ja fast 70 Dioptrien, weigert sich aber kindischerweise, eine Brille aufzusetzen, damit er, wie er sagt, dieses Elend hier bei FM4 nicht sehen kann. Schade für ihn, denn so kann er auch nicht sehen, wie die Kollegen der Musikredaktion gerade vor einer Schultafel stehen, auf der mit Kreide steht: Meine erste Schultüte. Jetzt zünden sie ihre Schultüten an und nehmen einen tiefen Zug. Im Hintergrund läuft eine Schlumpfversion von „I shot the sheriff". Kinderkiffer, ich halt' das alles nicht mehr aus! Ich will sofort zu Ö1, aber das einzige Angebot, das ich habe, ist Kabelträger bei Tom Turbo …

28.5.

Liebes Tagebuch, entschuldige, dass ich so krakelig schreibe, aber es ist sehr schwer, während des Tanzens auf Schönschreibung zu achten. Außerdem bin auch schon ein bisschen erschöpft, weil ich seit 32 Stunden das Tanzbein schwinge. Es geht um 100 Euro bei unserem FM4-Tanzmarathon, den Heinz Reich und Tina 303 zusammen mit ihrem alten Freund Elmayer von der gleichnamigen Tanzschule organisiert haben. Reich und 303 sind ja begeisterte Turniertänzer, sie waren als Paar 1986 österreichische Foxtrott-Staatsmeister, und jetzt sitzen sie als Juroren mit Elmayer an einem Tisch und beobachten uns kritisch bei unserem Marathon. 35 Paare tanzen um den Sieg, und der FM4-Einbeinige und ich, wir halten uns ganz gut, auch wenn mein Partner mit der Holzprothese sich nicht ganz so elegant bewegt. Wir tanzen jetzt schon über 12 Stunden Cha-cha-cha, das geht mir ganz schön in die Knochen und ihm ins Holz. Aber wir halten durch. Ich will auf jeden Fall länger als Stermann und Wortchef Pieper durchhalten, die offensichtlich extra Tanzstunden genommen haben vor dem Turnier. Elmayer, Reich und 303 klatschen den beiden auf jeden Fall immer wieder begeistert zu, wenn der Koloss Stermann den zarten kleinen Pieper durch die Luft wirbelt und umgekehrt.

Aber freu dich nicht zu früh, Deutscher!

*

Liebes Tagebuch, peinlich! – Bin gerade dem Einbeinigen aufs Holz gestiegen. Ich hoffe, die Jury hat nichts gesehen. Ich will schließlich einen perfekten Eindruck hinterlassen. Ich war vorher zwei Tage lang nonstop im Solarium, trage ein Korsett, um meine Wampe einzuschnüren, habe fünf Tuben Gel im Haar picken und meine schwarzen Lederschuhe fast einen Monat lang auf Hochglanz poliert, so dass man sich in ihnen besser spiegeln kann als in einem Badezimmerspiegel. Während Grissemann in einem verschwitzten Trainingsanzug wie ein Bauer herumstampft, fliegen Pieper und ich förmlich übers Parkett. Die 100 Euro sind uns sicher. Alle anderen Paare stöhnen und japsen und ringen bereits nach Luft, aber wir zwei könnten noch Jahre so weitertanzen. Und wenn's sein muss, werden wir es auch tun. Eleganz und Ausdauer – wir tanzen die anderen alle in Grund und Boden.

29.5.

Liebes Tagebuch, mir ist schwarz vor Augen und ich habe einen Blutdruck von 490 zu 490, aber ich gebe nicht auf. Seit 56 Stunden tanze ich mit dem FM4-Einbeinigen im Arm ununterbrochen, um den Tanzmarathon zu gewinnen. Leider hat sich der Einbeinige vor neun Stunden das gesunde Bein gebrochen, aber er hält sich wacker auf dem Holzbein. Edlinger und Ostermayer sind vor 1 Stunde zusammengebrochen, und auch das meiner Meinung nach ohnehin irreguläre Tanzpaar Votava/Haipl/Knötzl hat aufgegeben, nachdem sie sich so ineinander verknotet hatten, dass sie sich nicht mehr von der Stelle bewegen konnten. Wer sich nicht mehr bewegt, fliegt raus. So einfach sind die Regeln. Johanna und Karl Schnabel, das Telefondienstpaar, liegen bewusstlos mitten auf der Tanzfläche, ebenso Duncan Larkin und Stuart Freeman, die einfach viel zu alt sind für so einen Wettbewerb. Nur der Einbeinige und ich und Stermann und Wortchef Pieper sind noch übrig. Die werden wir auch noch besiegen. Ich führe den inzwischen auch fast reglosen Einbeinigen immer so geschickt übers Parkett, dass sein massives Holzbein immer wieder mal voll gegen Stermanns Beine schlägt. Der Deutsche schreit dann immer mit schmerzverzerrtem Gesicht auf. Den zermürb' ich, liebes Tagebuch, und die 100 Euro Preisgeld gehören dann mir!

*

Liebes Tagebuch, durch die ständigen Holzangriffe hab' ich zahlreiche Prellungen, und vier Bänder sind mir gerissen, dazu hat Grissemann mir vor einer Stunde mit dem Einbeinigen meine Kniescheibe zertrümmert. Aber ich gebe sicher nicht auf. In meinen Armen schläft seit drei Stunden Wortchef Pieper – hoffe ich zumindest. Er hat die Augen geschlossen, atmet aber nicht. Aber darauf kann ich jetzt keine Rücksicht nehmen. Ich wirbele ihn immer wieder so herum, dass ich mit ihm Grissemann gezielt ins Gesicht schlage. Gottseidank hat Pieper diese harten Tanzsohlen aus Eisen, das muss dem dämlichen Grissemann höllisch weh tun. Er blutet aus Ohren, Mund, Nase und Haaren und dazu noch aus den Schuhen. Hör auf, Mann. Gib auf, du hast keine Chance, ich ... Oh, jetzt hat mir das Schwein das Holzbein direkt ins Gemächt gehauen! O mein Gott, Hoden und Penisbruch, pass auf Bürschchen, jetzt schlag' ich dir den kleinen Pieper volle Kanne aufs Steißbein! Da! Herrlich, man hat es laut krachen hören, und Grissemann stürzt zu Boden, aber ich kann mich auch nicht mehr halten. Aus, alles aus. Liebes Tagebuch, nur einer steht noch ... auf seinem Holzbein. Der FM4-Einbeinige. Und damit sind Grissemann und der Einbeinige die Sieger. Was für eine Schmach. Und was für ein Bild. Alle liegen am Boden, und in der Mitte steht bewusstlos der Einbeinige auf seinem Holzbein. Ich muss schließen, liebes Tagebuch, weil ich ohnmäch...

30.5.

Liebes Tagebuch, diese Frühjahrsmüdigkeit bei den lieben Kollegen ist gefährlich. Immer wieder schlafen FM4-Mitarbeiter während der Arbeit ein. Natürlich auch, weil das Tagewerk bei unserem kleinen Indie-Sender unglaublich langweilig ist, aber wohl doch vor allem aus biorytmischen Gründen. Als erste wurden die Herren Musikredakteure von dem Schlappheits-Virus befallen. Vor Wochen schon sind sie mit ihren Köpfen auf ihre Plattenspieler und CD-Player gefallen und scharchen seitdem laut vor sich hin, was ein bisschen klingt wie eine monotone Ausgabe von La Boum de Luxe. Regelmäßig kippen Kollegen aus den Latschen, wenn Senderchefin Eigensperger auf Sitzungen das Wort ergreift. Etwa 10–15 Kollegen liegen seit Tagen im Sitzungssaal und sind unerweckbar. Dieses Trägheits-Syndrom bei FM4 macht mir Angst. Ich hab' in der Redaktion schon Tsetsefliegen panisch flüchten sehen. Dem lieben Andreas Gstettner sind beide Beine und die Haare eingeschlafen, er ist somit zusammen mit Ute Hölzl noch der Fitteste. Ute Hölzl sind Augenlider, Ohren und Teile des Unterleibs eingeschlafen. Kollege Stermann ist so wie immer, eine Mischung aus Hirntod und Hirntiefschlaf.

*

Liebes Tagebuch, ich mache mir Sorgen. Bei Grissemann schlummern Moral und Anstand tief und fest vor sich hin, jede Form von Menschlichkeit ist bei ihm in eine Art Koma gefallen, mit anderen Worten ist er zu einer Art Martin Blumenau geworden. Dass der Charakter auch frühjahrsmüde sein kann, lernt man hier bei FM4 auf schmerzhafte Weise. FM4 – ein Synonym für kalte Herzen. Der liebe Mathias Zsutty ist gestern während eines Gesprächs mit Wortchef Pieper mit einer brennenden Zigarette im Mund eingeschlafen, und seine Ohrenhaare fingen Feuer. Die Flammen griffen auf Martin Piepers Nasenhaare über, so dass beide brennend im Redaktionsflur standen. Statt zu helfen, beschwichtigte Grissemann die Situation einfach nur. „Wer brennt, der brennt, da kann man nichts machen", sagte mein Kollege, lässig an den Feuerlöscher gelehnt. Hätte nicht die eingeschlafene Marian Schönwiese vom Sekretariat gerade in dem Moment eine Gießkanne in der Hand gehabt, mit der sie Blumen gießen wollte, und statt der Blumen gedankenverloren Zsutty und Pieper beschüttet, ich weiß nicht, ob die beiden sonst überlebt hätten.

31.5.

Liebes Tagebuch, Rainer Springenschmid ist Bayern-München-Fan und seit Wochen nicht mehr ansprechbar. Fred Schreiber ist 1860-München-Fan und versucht sich seit dem letzten Wochenende mit einem Bindfaden zu erhängen. Heinz Reich ist FC-Kärnten-Anhänger und allein heute schon viermal aus dem Fenster gesprungen. Albert Farkas ist als Spanier Real-Madrid-Anhänger und versucht sich mit einer zusammengerollten Fußballzeitung so lange auf den Kopf zu schlagen, bis er tot ist, angesichts der schmachvollen Saison für Real Madrid. Ute Hölzl bearbeitet ihre Pulsadern mit spitzen Fußballstollen, weil ihr Lieblingsverein Juventus Turin nicht italienischer Meister wurde. Ja, das Ende einer Fußballsaison löst auch bei FM4-Kollegen viele Emotionen aus. Viele geschätzte Mitarbeiter haben wir so in den letzten Jahren auf tragische Weise verloren. Nur Stermann scheint glücklich zu sein, weil sein MSV Duisburg einen schönen und ungefährdeten 7. Platz belegt hat in Deutschland. Allerdings in der 2. Liga. Ähnlich wie Stermann selbst in diesem Jahr, wenn man mich fragt …

*

Liebes Tagebuch, unser junger Kollege Heinrich aus Frankfurt hat die merkwürdigste Selbstmordart gewählt, nachdem seine Eintracht abgestiegen ist. Er hat Chefcontroller Blumenau ein Stück Schokolade weggefressen, vor dessen Augen. Aber man kann sich doch auch weniger qualvoll aus dem Leben verabschieden!

So wie dieser Austauschpraktikant aus Köln, der sich schon vor 4 Wochen, als Kölns Abstieg feststand, so viele Reaggae-Platten angehört hat, dass er aus Langeweile gestorben ist. Die Austria-Wien-Fans innerhalb der Redaktion haben von Frank Stronach das schöne Angebot bekommen, dass er sie solange mit Geld vollscheißt, bis sie an Verstopfung zugrunde gehen. Das hat Stil. Auch wenn Chelsea-London-Fan Robert Rotifer angemerkt hat, dass Chelseas Milliardär-Präsident Abramovich das gleiche mit Gold statt Geld anbietet. Das hat noch mehr Stil und zeigt die Überlegenheit des britischen Fußballs.

Andreas Schindler

1.6.

Liebes Tagebuch!

Das Märchen von den 4 Jahreszeiten glaubt doch heute kein Mensch mehr. Die Jahreszeiten Frühling und Herbst sind vielleicht noch in irgendwelchen Klima-Museen hinter Glasvitrinen zu bestaunen, eine Rolle in der Realität spielen sie längst nicht mehr. Atemberaubende Temperatursprünge von minus 10 auf plus 25 Grad gehören zu diesem Jahrtausend genauso wie der entsetzliche Terrorismus und die Tatsache, dass man in österreichischen Zugsabteilen aus schleierhaften Gründen die Fenster nicht mehr öffnen kann – ohne diese beiden Missstände jetzt ernsthaft miteinander vergleichen zu wollen ... jetzt komm' ich vom Thema ... Ach ja ... es gibt nur noch Sommer und Winter, und die Gleichzeitigkeit von Badehose und Wintermantel bestimmt auch in der FM4-Redaktion das modische Erscheinungsbild. Schwitzen und Zittern zugleich – das ist FM4 im Sommer 04.

*

Als wir letzens so zusammensaßen in Badehose und Wintermantel in der Funkhauskantine, haben wir – Pamela Russmann, Chefcontroller Blumenau und ich – eine Hitliste der unerträglichsten Kleidungsstücke erstellt. Die grauenhafte Unart, zu einem Anzug Turnschuhe zu tragen, landete ganz oben und sollte Knallchargen wie Cherno Jobatey überlassen werden. Die Schwabbelbäuchigen unter uns warnten vor zu engen Männer-T-Shirts, wohl nur aus Neid, liebes Tagebuch. Gewonnen hat übrigens das lächerlichste Kleidungsstück der Welt, die kurzärmelige Military-Jacke mit tausend Taschen drauf.

Das sei ja wohl das allerletzte, fauchte kopfschüttelnd der schöne Herr Finger, und dann war das tolle Gespräch auch wieder zu Ende. Blumenau, der eine kurzärmelige Military-Jacke mit hunderttausend Taschen trug, brüllte uns zurück an die Schreibtische.

2.6.

Habe gerade Unerhörtes herausgefunden, liebes Tagebuch. Die Leute aus der Promotion-Abteilung planen jetzt schon für das

Jahr 2027 eine „FM4-Dirk-Stermann-Gedächtnis-Nacht“ in der Wiener Arena zu organisieren. Der Deutsche Stermann hat bei FM4 die geringste Lebenserwartung aufgrund von Dauerrauchen und Bewegungsmangel. Das klingt zwar geschmacklos, aber das Veranstaltergeschäft ist brutal. Noch versuchen alle hier, das vor Herrn Stermann zu verschweigen, liebes Tagebuch …

*

Heute hat mich Senderchefin Eigensperger nach meinen Blutwerten gefragt und mir ständig Gauloises filterlos angeboten; dann hat sie meinen Puls gefühlt und mich auf einen Krug Absinth eingeladen. Was ist denn los hier? Kollegen machen mit gesenktem Kopf das Kreuzzeichen, wenn sie mich am Gang treffen, selbst Chefcontroller Blumenau , nicht gerade für seine Menschlichkeit bekannt, hat mir, als ich am Schreibtisch Witze für meine Sendung schrieb, die Hand gehalten und „Vater unser“ gebetet. Die spinnen alle hier bei FM4. Na ja, was soll's, sollen die doch Trübsal blasen, ich gehe heut ins Flex und sauf' und tanz' mir die Seele aus dem Leib!

3.6.

George Bush war zu Besuch beim Papst, liebes Tagebuch. Ich hab's live auf NTV gesehen. Bush, zu dumm, um aus dem Bus zu winken, schüttelte, bevor er mit dem Papst zusammentraf, etwa 800 Menschen die Hand. Ich bin mir sicher, er dachte jedes Mal: „Das isser jetzt, der Papst, oder?“ Der Papst selbst lag dann mehr in seinem Sessel, als drauf zu sitzen. Was mich wieder sehr an die Körperhaltung der FM4-Redakteure während der Arbeit erinnerte. Dieses wie ein nasser Sack im Bürostuhl hängen, dieses mit halboffenen Augen und sabberndem Mund die langweiligen E-Mails durchgehen. Dieses kraftlose Hinken ins Studio. Ja, ja, der liebe Pope hat mehr mit FM4 zu tun, als er ahnt … Bush wiederum hat mich ausschließlich an Herrn Stermann erinnert – was die grundaffigen Gesichtszüge betrifft.

*

Eine Sauerei, mich mit Bush zu vergleichen, liebes Tagebuch! Grissemann hat erneut verbal den Bogen so was von überspannt! Seine Ausraster sind nicht mehr zu ertragen. Hätte er etwas Mumm in den Knochen, er würde sofort zurücktreten. Dass er zusammen mit dem nach Grissemann zweitschlechtesten Komiker Ingo Appelt seit Jahren für die geschmacklosesten Verbalentgleisungen in diesem Land sorgt, sollte von Senderchefin Eigensperger endlich mit Konsequenzen – sprich, Mikrofonverbot – bedacht werden. Werde eine diesbezügliche Petition vorbereiten, mein liebes, kleines Tagebuch!

4.6.

FM4 wird am Donauinselfest auch eine kleine Bühne betreiben, liebes Tagebuch. Dieser vorlaute Sender muss auch überall dabeisein, was? Die einzigen Events, bei denen FM4 seine Finger nicht im Spiel hat, sind zur Zeit die Apothekermesse in Aschaffenburg und die Ö3-Beachmania-Parties; sonst sind wir überall dabei. Soll ich was Peinliches verraten, geneigtes Tagebuch? Auf einer Gumpoldskirchner EU-Wahlkampfparty von Ursula Stenzel hat ein DJ-Team namens „Les miserables" aufgelegt. Dahinter verstecken sich keine anderen als der geizige Sonderling Thomas Edlinger und der falsche Freund Fred Schreiber ... Jetzt bist du baff, Tagebuch, stimmt's ...?

*

Ja ja, das DJ-Team „Les miserables" hat tatsächlich seltsame Auflege-Auftritte wahrgenommen. Meine Recherchen haben ergeben, dass Schreiber und Edlinger auch bei der Wahlkampfparty von Hans Peter Martin aufgelegt haben. Die Resetarits Karin hat die ganze Zeit auch am DJ-Pult gestanden und die Platten in die Hüllen zurückstecken dürfen. Hans Peter Martin hat den beiden übrigens die Gage schwarz ins Höschen gesteckt. Und auch noch einen – wenn du mich fragst, liebes Tagebuch, sehr umstrittenen – Spesenersatz von 2.400 Euro pro Nase dazugelegt.

5.6.

Liebes Tagebuch – dass bei FM4 zur Zeit alle über die Fußballeuropameisterschaft sprechen, ist ja nichts Ungewöhnliches.

Das ist in herkömmlichen Büros ja nicht anders. – Aber dass der Fußballbesessenste von allen, Andreas Ulrich nämlich, seit Beginn der EM abwechselnd in portugiesischer Nationaltracht oder verkleidet als Fado-Sängerin hier am Arbeitsplatz erscheint, das scheint doch zu weit zu gehen. Neben seinen Schreibtisch hat sich Ulrich einen Griller gestellt, auf dem er zu Mittag portugiesischen Stockfisch zubereitet. Die Portugal-Huldigung geht so weit, dass Ulrich im Büro nur noch Portugiesisch spricht und sich eine vier Meter hohe Christusstatue neben den Papierkorb gestellt hat …

*

Andreas Ulrich singt gegen Abend seine todtraurigen Fado-Lieder für die versammelten Redaktionsmitglieder. Wir sind begeistert – wir wussten gar nicht, dass er so schön singen kann. Herr Ulrich singt jeden Abend von 17–24 Uhr durchgehend. Er trägt ein schwarzes Kleid sowie ein großes, schwarzes Kopftuch und singt von der Einsamkeit, der Trauer und dem drohenden Ende der Fußballeuropameisterschaft. Beim Singen laufen ihm Tränen über die Wangen. Das alles, liebes Tagebuch, hat etwas sehr Entrücktes.

6.6.

Netzer oder Prohaska, liebes Tagebuch, das ist die zentrale Frage these days in der FM4-Redaktion. Welcher sogenannte Analytiker genießt mehr Sympathien bei der Fußballaffinen Redactionscrew? Das Ergebnis ist durchaus geteilt. Stermann und Hölzl schätzen den ARD-Netzer. Versteh' ich nicht. Mit Cocker-Spaniel-Haarschnitt und blitzfalschen Zähnen hockt dieser komplett humorfreie Fußball-Oberlehrer und weiß auf alles eine geschraubte Antwort. Dabei hat er selbst, wie Tante Käthe verraten hat, immer nur Standfußball gespielt. Nein, nein … Analysegott ist selbstredend die Schnecke, die mit dickem Stift kreisezeichnend – auch viel besser angezogen als Netzer – uns Dummen die Fußballwelt erklärt. „Und des is jetzt der Spieler, der was den Boin valiat." Oder: „Und jetzt schiaßt da Zidane es Tor." Genau. So isses. und jetzt versteht's auch Boris Uran. Außerdem: Niemand lacht so freundlich über seinen eigenen Banalitäten wie der hochsympathische Prohaska Schneck!

*

Natürlich schätze ich den lieben Herbert Prohaska, liebes Tagebuch, genauso wie Ute Hölzl, Chefcontroller Blumenau und Rainer Springenschmid. Wir vier sind neben dem außerirdischen Albert Farkas übrigens die größten Fußball-Auskenner; trotzdem schlägt unser Herz für Günter Netzer. Weil er ein Fußball-Intellektueller ist. Und weil er weiß, dass Fußball keine Ironie verträgt. Sex übrigens auch nicht, aber das tut jetzt nichts zur Sache. Netzer is king, und dabei bleibt's. Der direkte Vergleich Delling-Pariasek fiel in der FM4-Redaktion übrigens 65:0 für Pariasek aus. By the way ... lebt Hans Huber eigentlich noch ... ?

8.6.

Heute war in der Mittagspause David-Beckham-Lookalike-Wettbewerb in der Redaktion. Ich bin Zweiter nach Mirjam Unger geworden ... Den Ausschlag für das gute Ergebnis muss wohl mein wahnsinnig guter Körper gegeben haben, denn vom Gesicht her seh' ich eher aus wie Figo oder Ballack. Geärgert über den Ausgang der Wahl haben sich vor allem Edlinger und Ostermayer. Die beiden sind haushoch Letzte geworden. Frau Higazi regte unverschämterweise an, die beiden sollten sich doch beim Rainer-Calmund-Lookalike-Wettbewerb anmelden, da hätten sie mehr Chancen ...

*

Bin heute ehrenhafter 49. in dem bescheuerten Ich-seh-aus-wie-David-Beckham-Wettkampf geworden. Immerhin noch vor Edlinger und Ostermayer. Na ja, bin halt nicht mehr so schlank-filigran wie der U-Bahn-sexuelle Grissemann. Hab' bisschen deutschen Speck an den Hüften. Dass diese beiden Kantinendamen mich aber gestern Mittag mit Rainer Calmund verwechselt haben, hat mich doch etwas beschämt. Ich habe mich entschlossen, den Sommer über ausschließlich Schnittlauch zu mir nehmen, um im Herbst zum ersten Mal in meinem Leben die 130-Kilo-Marke zu unterschreiten. PS, liebes

Tagebuch: Das einzige, was der affektierte Grissemann eventuell mit einem Fußballer gemeinsam hat, sind die Haare von Zidane.

12.6.

Der Schulschluß in Österreich hat einen wirklich großen Nachteil, liebes Tagebuch. Nämlich den, dass man ab jetzt auch am Vormittag Tausende und Abertausende unangenehme Teenager in der Stadt sieht. Kaugummikauend lungern diese frechen Biester beim McDonalds herum und sind nicht imstande – weil ihre Köpfe Viva- und Radio-Energy-verseucht sind –, beispielsweise den freundlichen Herrn Grissemann zu erkennen und mit einem leichten Diener zu begrüßen. Von wegen. Manche spucken vor mir aus oder stellen mir ein Bein! Ich bleibe dabei: Der nicht FM4 hörende Jugendliche ist die größte Plage und gehört lebenslang in die Schaumdisco gesperrt! „Hängt die Kinder höher!" hört man mich in U-Bahnen schreien, wenn mir wieder mal eine dieser Nervensägen seinen Trottelrucksack in den Bauch rammt.

*

Diese seltsam hinterm Mond lebenden Halbwüchsigen, die FM4 für ein Autokennzeichen halten, werden manchmal von ihren wesentlich progressiveren Deutschlehrern ins Funkhaus geschleppt, um eine Führung durch die FM4-Räumlichkeiten über sich ergehen zu lassen. Gelangweilt betrachten sie dann zum Beispiel Chefcontroller Blumenau, der sie zu Recht mit einer fürchterlichen Grimasse erschreckt, oder sie stehen in einer nach Pubertät stinkenden Traube um Grissemann und mich im Livestudio und starren uns fragend an. Und wenn der liebe Deutschlehrer dann sagt: „Schaut mal, das sind Grissemann und Stermann! Die sind sehr lustig!" fragt der Frechste von allen, ob wir Bon Jovi oder Rammstein spielen können. Und schon macht man sich wieder so seine Gedanken, ob die gesunde Ohrfeige nicht vielleicht doch ganz gesund sein könnte ...

13.6.

Es wird Zeit, liebes Tagebuch, endlich einmal einen ganzen Eintrag unsrer anbetungswürdigen Senderchefin Eigensperger zu widmen! Die Senderchefin ist eine schlaue, stets gutgelaunte, sanfte Diktatorin. Sie trägt ausgesucht teure Markenklamotten, trifft immer die richtigen Entscheidungen und hat stets ein offenes Ohr für die Wünsche und Beschwerden ihrer abgekämpften und ausgehungerten Untergebenen. Sie ist tierlieb, aufmerksam, attraktiv und bescheiden. Tausend schmeichelnde Vorzüge könnte ich noch aufzählen; aber eins darf auch nicht unerwähnt bleiben: Senderchefin Eigensperger hat das unglaublichste Lachen der Welt. Sie lacht so laut und so dreckig, dass man denkt, der Teufel selbst wird grad gekitzelt. Dieses Lachen könnte sich nicht mal Jack Nicholson jemals antrainieren. Das Lachen der Senderchefin donnert und rattert und poltert wie ein Erdbeben in der Großstadt. Es lacht aus dieser zierlichen Person heraus, so dass man glaubt, es mit einer Besessenen zu tun zu haben. Es ist der reine Wahnsinn …

*

Mir selbst platzte 1990 zum ersten Mal das Trommelfell, als ich der Senderchefin zum ersten Mal in der Funkhauskantine begegnete und ihr unvorsichtigerweise einen großartigen Witz erzählte. Die meisten Mitarbeiter laufen hier mit Ohrenschützern durch die Gänge. Ein Fernsehteam der BBC war vor 2 Jahren mal hier, um ein Porträt der Senderchefin zu filmen. Ihr diabolisches Lachen wurde dort mit heulenden Hyänen im Todeskampf gegengeschnitten. Kein schlechter Vergleich. Diverse Geräuschkünstler aus New York haben ihr Lachen aufgenommen und für Krach-Events gesampelt. Das laute Lachen der Senderchefin hat übrigens genau 12 Dezibel mehr als eine in der Luft explodierende Boeing 707. Das hat ein Flugzeugtechniker letzten Herbst herausgefunden. Ja, ja … Unsre Senderchefin … Die tollste Frau der Welt … irgendwann lacht sie uns tot!

14.6.

Liebes Tagebuch, wir dachten, alle arbeiten so ähnlich wie wir für ihre Sendungen. Umso überraschter war ich, als ich gesehen habe, wie sich die Herren von der Morning Show auf ihre Sendung vorbereiten. Sie laufen sich erst warm, machen dann Sprechübungen und lernen ihr dickes Manuskript auswendig. Das heißt, sie kommen schon vier Stunden vor Sendungsbeginn, also kurz nach Mitternacht. Das hat mich sehr beeindruckt, und ich habe meinem Kollegen Stermann gesagt: „Von der Morning Show lernen heißt siegen lernen, lass es uns genauso tun!" Aber Stermann hörte mir nicht zu, er konnte mich auch gar nicht hören, weil er so laut schnarchte. Dabei lief schon die Werbung vor unserer Sendung. Er wacht freitags ja regelmäßig erst während unserer Signation auf. Das ist unprofessionell, weil damit jede Vorbereitung auf die Sendung unmöglich wird. Aber als bestaussehender Mann bei FM4 kann er sich das offenbar leisten.

*

Liebes Tagebuch, ich habe gestern beobachtet, dass sich die Kollegen Freeman und Larkin wirklich ins Zeug legen. Nach ihrer gestrigen Sendung sind sie nicht nach Hause gegangen, sondern haben nach Sendungsende um 9.00 sofort weitergearbeitet für die heutige Sendung. Streber. Mich können sie damit nicht beeindrucken, auch wenn ich zugebe, dass ich beim letzten Salon Helga am Freitag für meine Verhältnisse grotesk engagiert war. Ich kam eine, fast zwei Minuten vor der Sendung und hatte ein leeres Blatt Papier dabei, mein Manuskript. Leider fiel mir dafür während der Sendung nichts ein. Wahrscheinlich weil ich zu vorbereitet war. Man kann auch Sendungen totinszenieren. Nee, nee. Radio ist ein Hilfsmedium, die Leute hören es nebenbei, beim Frühstück, beim Autofahren, Bügeln oder beim Sex. Da verpufft doch jede Anstrengung. Außerdem verliert man den Kontakt zum Hörer, wenn man sich anstrengt. Man darf nie klüger sein als der Hörer! Insofern leg ich mich wieder hin und deck mich mit dir, mein liebes Tagebuch, herrlich kuschelig zu.

15.6.

Liebes Tagebuch, bestimmt glauben viele Menschen draußen, dass die Arbeit beim Radio interessant ist. Nun, ich hab' mal als

Schüler bei der Post gearbeitet, dort hab' ich 8 Stunden lang das Stempelkissen gehalten – das war spannender. Beim Zivildienst hab' ich mal eine Woche lang ein Telefon putzen müssen, auch das war abwechslungsreicher. Ganz ehrlich: Nichts ist langweiliger, als beim Radio zu arbeiten. Ich beneide jeden, der Lack beim Trocknen zuschauen darf, alles aufregender. Die Wahrheit sieht nämlich so aus: Unser Büroalltag besteht darin, dass alle Kollegen, die gerade nicht auf Sendung sind, nämlich 99% aller Mitarbeiter, vorm Radio sitzen und FM4 hören müssen. Sonst gibt's ja nichts zu tun. Wir haben EIN Radio, das heißt, alle sitzen unfassbar beengt um das eine Gerät herum, mit halb geschlossenen Augen, leise Schnarchgeräusche kommen aus dem einen oder anderen Kollegen. Alle paar Stunden stehen zwei, drei auf und trotten missgelaunt ins Studio, und zwei, drei andere kommen mit leerem Blick aus dem Studio raus. So geht das den ganzen Tag, die ganze Woche, das ganze Jahr. FM4 heißt: Fadesse multipliziert mit 4.

*

Liebes Tagebuch, hab' aus Versehen vor lauter Langeweile Grissemann in der Nase gebohrt. Und beim Gähnen einen Krampf im Kiefer bekommen, so dass ich meinen Mund nicht mehr schließen kann. Der unsympathische Chefcontroller Blumenau nutzt diesen Fauxpas ständig aus und wirft mir Papierkügelchen in den wehrlosen Schlund. Grissemann schlägt immer und immer wieder mit dem Kopf gegen die Wand, und Mathias Zsutty summt leise vor sich hin, immer die gleiche Melodie: „Football's coming home." Seit 6 Stunden. Elisabeth Scharang starrt Löcher in die Decke, aber wirklich. Die Decke ist bereits übersät mit kleinen Löchern. Ich versteh' das nicht – würde es nicht reichen, wenn wir alle rechtzeitig zu unseren Sendungen kämen? Müssen wir wirklich 8 Stunden lang Däumchen drehen? Hab' mir meine übrigens gerade beim Drehen gebrochen. Typisch.

16.6.

Liebes Tagebuch, um die langweilige Arbeit bei FM4 irgendwie zu überstehen, kommen die Kolleginnen und Kollegen auf immer abstrusere Ideen. Albert Farkas hat das Grazer Telefonbuch rückwärts auswendig gelernt, also Namen und Telefonnummern rückwärts. Stermann, dieser schwere Raucher, versucht seit Wochen aus Asche wieder Zigaretten herzustellen. Re-Recycling. Ähnliches versucht die Ökologin Jill Zobel, sie will aus Papier Bäume machen. Ich selber forme aus Spucke das grobschlächtige Gesicht von Chefcontroller Blumenau. Leider verläuft die Spucke zu sehr, als dass ich ganz genau arbeiten könnte. Obwohl mein Porträt ihm trotzdem schmeichelt. Es macht ihn irgendwie … menschlich …

*

Liebes Tagebuch, neben unserem Fenster ist die Wiese vom Theresanium, auf der blonde, reiche, glückliche Kinder Ball spielen und mit Bändern im Haar tanzen, während ihnen Geldscheine aus den schönen Hosentaschen fallen. Dieser Anblick ist für uns Radiohandwerker immer ein Schlag ins Gesicht. Vor allem ist es ärgerlich, weil Claudia Czesch dadurch das Zählen der Grashalme erschwert wird. Seit 1998 zählt sie verbissen jeden einzelnen Grashalm auf der riesigen Wiese des Theresaniums. Über 1,457 Milliarden hat sie bisher gezählt. Je wärmer es wird, umso apathischer werden die Kollegen und ihre Beschäftigungen. Magister Edlinger sitzt seit sieben Stunden mit geschlossenen Augen auf seinem Bürostuhl und zählt, wie oft er atmet. Clemens Haipl grinst ein fiktives Gegenüber an, Hermes taucht seinen Kopf immer und immer wieder in ein Fass mit Gel. Und wenn er auftaucht, sagt er, dass der Anblick im Fass erfreulicher sei als der Anblick von uns FM4-Mitarbeitern. Das spricht Bände und entspricht wahrscheinlich wirklich der Wahrheit.

17.6.

Liebes Tagebuch, die größte Demütigung ist es für Journalisten wie uns, auf Rockfestivals geschickt zu werden, um von dort live zu berichten. Wiesen, Frequency, Aerodrome, Southside und wie sie alle heißen, diese Orte des Schreckens. Wenn ausgebildete, ernsthafte, fast 50-jährige Topjournalisten im Gatsch sitzen müssen, mit Bier beschüttet werden, in stinkenden Plastikzelten schlafen und von Interviewgästen angerülpst und mit Bier beschüttet werden. Dantes Hölle ist ein Picknick gegen Musikfestivals. Wieviele Kollegen wurden schon in den Menschenmassen zerdrückt, wieviele leiden seit Festivaleinsätzen an Traumata? Wie schön wäre es, wenn wir ein Literatursender wären und nur einmal im Jahr live vom Ingeborg-Bachmann-Preis berichten müssten, wo es schön gesittet zugeht und alle Zuhörer brav auf Ihren Stühlen sitzen.

*

Liebes Tagebuch, schneide noch immer an meinem Beitrag über den Ingeborg-Bachmann-Preis. Leider haben meine Interviewgäste alle so viel zu sagen gehabt, dass ich fast 19.000 Stunden Interviews aufgenommen habe. Ich hab' ausgerechnet, dass mein Beitrag, wenn ich ernsthaft dran arbeite, erst im Jahr 2008 auf Sendung gehen kann. Mein alter Fehler, Interviewte aus Höflichkeit nicht zu unterbrechen, hat sich wieder mal bitter gerächt. Wie sehr sehne ich mich danach zurück, wie ich beim letzten Rock-am-Ring-Festival Interviews gemacht habe, die in der Regel aus einem oder zwei Worten bestanden. Die häufigste Interviewantwort bei Musikfestivals lautet „Was? Ich versteh' nichts!“ oder „Geil“. Da tut man sich als Beitragsgestalter leicht. Aber versuch mal, liebes Tagebuch, von Iris Radisch weniger als 60-Minuten-Antworten zu bekommen. Am liebsten hab' ich persönlich ja inzwischen Interviewtermine mit Madonna oder Michael Jackson. Weil sie nicht zu Stande kommen. Herrlich – weniger Arbeit kann es nicht geben! Ich schlage auf der nächsten Redaktionssitzung ein Interview mit Saddam Hussein vor, dann kann ich jetzt schon mal meine Sachen fürs Schwimmbad packen.

18.6.

Liebes Tagebuch, zu den schlimmsten Geißeln des 21. Jahrhunderts gehören in zivilisierten Ländern sicher Haltungsschäden aufgrund mangelnder Bewegung und falschen Sitzens. FM4 scheint mir da so etwas wie ein warnendes Beispiel zu sein. Orthopädisch betrachtet sind wir die 4. Welt, ein einziges Bandscheibenwaterloo. Unter anderem wahrscheinlich auch deshalb, weil wir auf zerbombten Stühlen aus dem 2. Weltkrieg sitzen müssen, die nicht gerade wirbelsäulenfreundlich sind. Kollege Stermann kriecht seit Wochen schmerzverzerrt auf allen Vieren durch die Redaktion, Chefcontroller Blumenau geht so gebückt, dass er mit der Nase über den Boden schleift, Stuart Freeman ist so verwachsen, dass er seinen Oberkörper ganz weit nach rechts beugt, so dass er mit dem rechten Ohr den Boden berührt, selbst beim Sitzen. Mathias Zsutty hat weder Muskeln noch Wirbel und rollt quallengleich über den Teppich. Gerald Votava zieht ein Muskelschwundbein nach, Clemens Haipl kann nur hocken und so vorwärtsrutschen. Ich kann nicht mal mehr sagen, ob die lieben Kolleginnen und Kollegen schon bei Diensteintritt alle einen Buckel hatten oder ob die Buckel erst hier gewachsen sind. Auf jeden Fall sieht es in der Redaktion aus wie bei einem Casting für den Glöckner von Notre Dame.

*

Liebes Tagebuch, eine Osteopathin war in der Redaktion und hat nach einer kurzen Untersuchung vorgeschlagen, dass man uns allen sämtliche Knochen und Wirbel brechen müsste, um sie ganz neu zusammenzusetzen. Schon die leichteste Form von Gymnastik könnte zu einem Zusammensturz aller FM4-Knochengerüste führen. Ja, jetzt rächt es sich, dass wir nur unseren Geist, nicht aber den Körper trainiert haben in all den Jahren. Die Ö3-Kollegen übrigens haben 1A Körper und Muskelmassen, mächtig wie die Alpen. Na ja, jeder muss wissen, was ihm wichtig ist. Ich hab' jedenfalls auch meinen Stolz, wenn ich neben einem Ö3-Kollegen in den Aufzug krieche und alle meine morschen Knochen beängstigende Geräusche machen. Wenn mich dann die starken Kollegen fragen, in welchen Stock ich muss, sag ich: „Den vierten" und füge sicherheitshalber hinzu: „Das ist der oberste Knopf". So etwas lernt man ja nicht im Fitnessstudio.

19.6.

Liebes Tagebuch, wir Redakteure mussten uns heute im $5m^2$ großen Sitzungssaal eine Pilotsendung anhören, von der Chefcontroller Blumenau ganz begeistert ist. Ein zweistündiger Gebärdensprachkurs, ohne Musik. Zwei Stunden lang hört man, wie der Gebärdensprachkursleiter Wörter an die Tafel schreibt, um sie dann in Gebärdensprache vorzuzeigen. Auf unsere leise Kritik hin, dass das fürs Radio vielleicht nicht so wahnsinnig geeignet sei, hagelte es von Blumenau ein Ohrfeigengewitter. Auch unsere zweite Kritik wurde abgeschmettert. Der Gebärdensprachkursleiter ist nämlich Blumenau selbst, der nicht einmal in Ansätzen mit Gebärden sprechen kann, bis auf die Ohrfeigen, vielleicht. Er rechtfertigte sich damit, dass es völlig egal sei, dass er die Gebärdensprache nicht beherrscht, weil man es im Radio ja nicht sehen kann. Innovationen schön und gut, aber das hat doch mit Radiomachen nichts mehr zu tun.

*

Liebes Tagebuch, während Blumenau bei der heutigen Aufzeichnung des Gebärdensprachkurses zwei Stunden durchgeschlafen hat, musste ich 200 Wörter an die Tafel schreiben. Nach jedem Wort habe ich eine kurze Pause gemacht, in der man sich die Gebärde denken soll. Vor und nach der Sendung verhält sich Blumenau mir gegenüber äußerst arrogant. Schließlich sei er Starmoderator, auch wenn er nichts sagt. Er überlegt ernsthaft, aus FM4 einen reinen Pantomimensender zu machen mit ihm als einzigem Moderator. 24 Stunden. „Die schöne Geste“ soll der Sender dann heißen. Voller Stolz zeigte er mir seinen schwarzen Gymnastikanzug und die weißen Handschuhe. Mit seinem weiß geschminkten Gesicht sieht er so unheimlich aus, dass viele Kollegen vor Angst zu weinen beginnen. Be afraid, honey. It's FM4.

20.6.

Liebes Tagebuch, um Geld zu sparen und weniger Aufwand zu haben, hat FM4 jetzt einen Interviewgast angestellt. Laut Dienstanweisung dürfen Interviews jetzt ausschließlich mit diesem Gast geführt werden. Er hat ein eigenes Interviewgast-Büro, und wenn man zu irgendeinem Thema jemanden interviewen möchte, muss man zu ihm kommen. Wir waren alle sehr gespannt, wer unser Interviewgast für die nächsten Jahre werden wird – und waren geschockt. Es ist Bata Ilic, der abgetakelte Schlagersänger, von dem viele dachten, er sei schon tot. Schon bei der Begrüßung fiel niemandem auch nur eine einzige Frage an Bata Ilic ein. Das kann ja heiter werden.

*

Liebes Tagebuch, heute liefen insgesamt 143 Interviews mit Bata Ilic auf FM4: zur Irakkrise, zu den Börsenkursen, zur Unireform, der neuen Platte von Coldplay, zu Jelinek, dem Rabenhof, zu allem wurde Bata Ilic befragt. Ich will dem Herrn nicht zu nahe treten, aber Bata Ilic kann nicht einmal zum Thema Bata Ilic irgendetwas Interessantes von sich geben. Aber laut Chefin Eigensperger ist er der billigste Interviewgast, den man aktuell kriegen kann. Schon Nora, die Exfrau von Thomas Anders, wäre teurer gewesen. Während ich das hier schreibe, liebes Tagebuch, sitzt Bata Ilic gerade im Studio und versucht, sich zum Thema „Globalisierung“ zu äußern. Er sagt, dass er einen hat, der von innen beleuchtbar ist.

21.6.

Liebes Tagebuch, ich kannte den Begriff „Quotennutte“ natürlich, aber bisher eher im übertragenen Sinne. Ich hätte nie gedacht, dass es so weit kommen könnte. Alles begann mit dem Besuch eines Arztes hier bei FM4, der uns Mitarbeiter auf Geschlechtskrankheiten testete und dann Unbedenklichkeitszeugnisse austeilte. Nach der Arbeit müssen wir jetzt alleinstehende Hörer und Hörerinnen „verwöhnen“. Es ist so demütigend. Man kann uns telefonisch über eine Karibiknummer buchen. Würde man uns „nur“ für Telefonsex einsetzen, okay, das ließe ich mir ja noch einreden – schließlich verdienen wir mit Reden unser Geld –, aber gleich der ganze Körper? Ich komme gerade von einem 76-jährigen Ex-Stasi-Oberst, der mit mir seine wildesten Vernehmungsphantasien durchspielte. Ich saß nackt auf einem Eisenstuhl und hatte ein Mikrophon im Mund. You're not at home, you're at work.

*

Liebes Tagebuch, ich komme gerade vom Außeneinsatz bei einer Damen-Seniorinnen-Fußballmannschaft. Ich war so etwas wie ihr Fußball der Lust. Wie sich herausstellte, haben sie alle noch nie FM4 gehört, wollen es aber ab jetzt tun. Offenbar funktioniert das Prinzip der „Quotennutte“. Grissemann ist wahrscheinlich gerade wieder bei seinem Oberst. Mein nächster Auftrag ist eine Kegelgruppe in Purkersdorf. Ich soll mich nackt zwischen die anderen Kegel stellen, und wer mich umschießt, darf mich mit nach Hause nehmen.

Be afraid, honey. It's FM4.

24.6.

Liebes Tagebuch, die Damen vom psychosozialen Dienst tun mir leid. Die beiden hübschen Psychologinnen sind regelmäßige Radiohörerinnen und haben sich unentgeltlich gemeldet, um uns zu helfen. Sie haben im letzten Jahr unsere FM4-Tagebücher gehört und hatten das dringende Bedürfnis, irgend etwas zu tun, ganz im Gegensatz zu all den anderen Hörern, denen unser Schicksal anscheinend scheißegal ist. Die sich von unseren furchtbaren Verhältnissen nicht menschlich gefordert fühlen, sondern einfach nur berieseln lassen, als wären diese Tagebücher nicht ein Hilfeschrei, sondern eine Schmuseplatte von Superstar Alexander.

Liebes Tagebuch, manchmal hab' ich das Gefühl, Medienkonsumenten wollen den ultimativen Schrecken hautnah an anderen erleben, deshalb der Erfolg von „Ich bin ein Star – holt mich hier raus“. Sicher gäbe es auch FM4-Hörer, die mich gerne von Motten und Maden aufgefressen sähen oder Stermann von einem Aal erwürgt. Und weil man's im Radio nicht sehen kann, würden diese Menschen wenigstens unser angsterfülltes Würgen hören wollen. So sieht's doch aus, liebes Tagebuch! Und ich will den beiden Psychologinnen nicht zu nahe treten, aber an diesem Gefühl können sie auch nichts ändern, selbst wenn sie wollen.

*

Liebes Tagebuch, ich bin maßlos enttäuscht. Ich hatte mich auf die psychologische Betreuung gefreut, wirklich. Ich hatte gehofft, dass sich die starren, brutalen Strukturen, die Chefcontroller Blumenau hier aufgebaut hat, dass sich die wenigstens ein bisschen lockern würden. Pustekuchen. Ich glaube inzwischen gar nicht mehr, dass die zwei Damen überhaupt Psychologinnen sind; beim psychosozialen Dienst, wo ich mich nach ihnen erkundigt habe, kennt sie jedenfalls niemand. Weißt du, liebes Tagebuch, wann mir das klar wurde? Als sie mich in ein Becken mit aggressiven Zitteraalen warfen und mir befahlen zu rufen: „Hilfe, ich bin eine FM4-Flasche – ihr holt mich bestimmt nicht hier raus!“ Immer wieder musste ich das rufen, und Blumenau amüsierte sich mit den beiden Frauen königlich.

Marian Schönwiese

1.7.

FM4 hat jetzt auch einen Visitator geschickt bekommen, der die verheerenden, amoralischen Zustände innerhalb der Redaktion untersucht. Ein gestrenger Mann, der nach dem Rechten sieht. Es ist Gotthard Rieger, einst prominenter Ö3-Mitarbeiter, heute, wie gesagt, Radiovisitator. Zuerst wollte er mit Chefcontroller Blumenau sprechen, aber der war nicht da. Blumenau ist entweder in Rom, oder er urlaubt im Mühlviertel, hieß es. Nachdem auch Kardinal Senderchefin Eigensperger unauffindbar war, hat sich der Visitator von Subregens Zikmund den Alltag hier bei FM4 erklären lassen. Das ganze Team – vor allem die Alumnen von der Workstation – wir alle schlottern vor Angst.

*

Der Visitator räumt ganz schön auf, sag ich dir, liebes Tagebuch! Weihnachtsküsse zur Begrüßung und Verabschiedung sind bis auf weiteres gestrichen. Blumenaus Weinkeller wird zum Gebetsraum umfunktioniert. Einige Sendungen, wie „House of pain" oder „Im Sumpf", werden sofort aus dem Programm genommen. Vor allem die Sumpf-Sommerserie über Pornographie sei ein, Zitat: „Übler Bubenstreich." Die Damen müssen selbstverständlich allesamt die Redaktion verlassen und werden nun übergangsweise in der Funkhauskantine als Küchenhilfen untergebracht. Interessanterweise ist der Visitator zu mir und Grissemann sehr freundlich, fast devot. Er küsst uns ständig die Finger. Wir wissen auch, warum: Der Papst ist ein riesengroßer Salon-Helga-Fan. Er lässt sich von Herrn Schönborn Kassetten schicken und lacht sich jedes Mal halb tot, wie uns der liebe Visitator wissen ließ …

2.7.

Stermann und ich, liebes Tagebuch, haben ja das Sonnenrot-Festival moderiert, das in der Nähe von München vonstatten ging. Schön war's. Mit der S-Bahn tuckerten wir bis nach Wolfratshausen. Jeder S-Bahnhof ein potentieller Bandname: Zorneding, Icking, Bimming, und dann die Endstation: Wolfratshausen, der Ort, aus dem der Stoiber kommt. Ein malerisches Fleckchen Erde, sag' ich dir, Tagebuch. Der Zufall wollte es, dass just an diesem Tage auch noch Angela Merkel ihren 50. Geburtstag feierte. Na ja. Stermann und ich – Profis seit dem ersten Tag – begrüßten die Festivalgäste rhetorisch gewitzt und führten brilliant durch den Abend. Alles wie immer also. Bis der liebe Kollege Burstup – seines Zeichens Schönheitsfehler-DJ und FM4-Kollege – mit Stermann ins Gespräch kommen wollte. Dann passierte das Peinliche: Stermann, der zu diesem Zeitpunkt noch kein Gläschen geleert hatte, erkannte seinen Arbeitskollegen nicht, wusste nicht, mit wem er's zu tun hat. Ich wäre vor Scham am liebsten in Icking im Boden versunken. Diese Aussetzer sind mir bei Stermann schon öfter aufgefallen. Hat es mit dem Alter zu tun oder ist es eine beginnende Geisteskrankheit …?

*

Mein Gott, diese Hip-Hopper sehen doch alle gleich aus, liebes Tagebuch. Das kann schon mal passieren. wirklich peinlich war, dass ich Jochen Distelmeyer mit Mia angesprochen habe und Judith Holofernes für einen aufdringlichen Wir-sind-Helden-Fan hielt. Beim Moderieren auf der Bühne musste mir … äh … der … der … der Grissemann immer soufflieren, weil ich mich in dem Tomte-Sterne-Blumfeld-Helden-Dschungel einfach nicht mehr zurecht finde. Tja … Wahrscheinlich gibt es bessere Festival-Moderatoren als mich, aber ich bin der schönste. Um das Schönheitsfehler-Fettnäpfchen komplett zu erzählen, es war so: Ich fragte den mir unbekannten Burstup: „Wieso fährst du mit Schönheitsfehler durch die Gegend?“ und er antwortete verdutzt: „Weil ich die Band 1993 gegründet habe!“ Schlagendes Argument. Und ein feiner Dialog obendrein. Ich gelobe Besserung, liebes … äh … liebes Dings … na … ähm … Scheiße … liebes … ah ja, genau:Tagebuch!

3.7.

Die erste sodomistische Reality-Show „Die Alm“ hat auch bei FM4 Kandidaten gesucht … Diesbezüglich hat gestern ein Pro7-Depp in der FM4-Redaktion angerufen. Schließlich sei FM4 ein Sammelbecken für öffentlichkeitsgeile Achtelprominente. Senderchefin Eigensperger hat bei ihren Schäfchen nachgefragt, wer denn bereit wäre, eine Woche lang zu Rene Weller, Busenwitwe Gsell und der unsympathischsten Knallcharge des deutschen Boulevards, D!Nation, auf die Alm zu ziehen. Wortchef Pieper winkte ab. Er ist Kuh- und Schweinsphobiker. Die drei Projekt-X-Herren konnten einen Schuss Promotion gut gebrauchen und sagten zähneknirschend einem Casting zu. Die drei befinden sich grade in München und lassen sich von Ziegen ablecken und von Mistgabeln in die Augen stechen. In die Sendung haben sie's nicht geschafft. Wer weiß, vielleicht schaffen sie es ja bei einer eventuellen Neuauflage auf die Alm – womit der Name FM4 wieder ein Stück tiefer in den Kuhdreck gezogen würde …

*

Liebes Tagebuch, die Projektleiter sind doch wirklich Schweinchen, die alles machen. Mir wäre das zu würdelos. Ich hab' andere, seriösere Projekte laufen. Bei Sperm Race hab' ich mich schon letzte Woche angemeldet, und als Nachwuchscomedian versuch' ich, in der Star-Search-Staffel 3 die erste Runde zu überstehen. Ich start' jetzt neu durch, Tagebuch … Bei Herzblatt bin ich auch schon vorgemerkt, wenn auch nicht als Moderator, so doch als buhlender, graumelierter Barhocker-Casanova. Als ZDF-Wettermann haben sie mich leider nicht genommen, aber als Entschädigung ein TIEF nach mir benannt. TIEF „Dirk" kommt übrigens nächste Woche über uns …

4.7.

Die Hitze der letzten Woche hat nicht nur das Moderationspult verbogen und die Türklinken so aufgehitzt, dass wir mit dicken Wollhandschuhen die Türen öffnen, nein, auch die Schweißüberproduktion diverser Mitarbeiter wird langsam aber sicher zum Problem für alle. Stefan Pollach ist vorgestern in der Schweißpfütze ausgerutscht, die Wortchef Pieper nach einem hitzigen Gespräch mit Senderchefin Eigensperger aus Achseln und Schritt rann. Ich, der ich diskret und nahezu unsichtbar schwitze, habe einen Sport daraus gemacht, anhand der Schweißpfütze den Erzeuger zu erkennen. Zsutty hinterlässt die größten Lacken, ist also leicht zu identifizieren; Stuart Freemans Schweiß riecht ein wenig nach seiner Lieblingsspeise Krautsalat; und Heinz Reichs Schweiß ist schwarz wie Motoröl. Ich kann sie alle an ihrem Schweiß auseinanderhalten. Die Männer zumindest. Frauen schwitzen ja nicht – Weiß der Teufel warum.

*

Wenn man mit dem Schweiß des Kollegen nichts zu tun haben will, sind Gummistiefel dieser Tage unerlässlich. Allein die Geruchsbelästigung ist ein Fall für den Betriebsrat. Vor allem die leidenschaftlichen Trinker hinterlassen Schweißtropfen, die Frau Unger letztens treffend als „nasse Stinkbomben" bezeichnete. Wenn FM4-Redakteure die Augen schließen, rinnen Schweiß-Sturzbäche die Lider runter. Der dampfende Chefcontroller Blumenau hat sich längst zwei Kanus unter die Achseln geschnallt, die er stündlich am Parkplatz ausleert. Es ist eine fremde, nasse Welt hier im Sommer bei FM4 …

5.7.

Nachdem traurigerweise ein polnischer FM4-Praktikant letzte Woche bei einem Juweliers-Einbruch erschossen und die zauberhafte Esther Csapo erneut beim Reinigungsmilch-Klau in der Parfumerie Topsi erwischt wurde, platzte Senderchefin Eigensperger der Kragen. Ausnahmslos alle groß- wie kleinkriminellen Unternehmungen der FM4-Mitarbeiter seien sofort einzustellen. Es lasse sich mit dem öffentlich-rechtlichen Bildungsauftrag nicht vereinbaren, dass gut 50% der FM4-Redakteure mit einem Bein im Kittchen stünden, meinte sie, und die Betreffenden schauten betreten zu Boden. Christian Fuchs fiel peinlicherweise just in dem Moment dubiose Hehlerware aus den Hosentaschen: Handyzubehör, Lippenstifte, Autoreifen und 12 gefälschte Breitling-Uhren. Herr Pfister holte schuldbewusst einen ganzen gestohlenen Bankomaten aus seinem monströsen Rucksack, und Herr Springenschmid packte doch glatt ein gut zwei Kilo schweres Heroinpaket aus seiner Schnürlsamthose. Er hat schon recht, der Senderchef, die schiefe Bahn darf nicht länger unser Zuhause sein …

*

Ich selbst, liebes Tagebuch, spielte mich während dieser hochnotpeinlichen Situation als Obersaubermann auf, obwohl ich – dir kann ich's ja sagen, Tagebuch – auch einigen Dreck am Stecken habe. Während meiner ausgedehnten Kleinkunst-Tourneen habe ich aus diversen Hotelzimmern ja nicht nur Haarshampoos, Handtücher, Schuhlöffel und Leintücher mitgehen lassen, sondern auch Kleiderbügel, Allibert-Spiegel, Badewannen, Fernseher, Türklinken, Teppichböden und ganze Betten. Dabei habe ja ich als einziger FM4-Mitarbeiter keine Geldsorgen. Ich bin Kleptomane und kann nicht anders. Ich muss mich irgendwem anvertrauen, aber wem? Grissemann ist diesbezüglich keine gute Vertrauensperson, schließlich hat er vier Fluzeugentführungen und diesen verdammten Saliera-Diebstahl zu verantworten.

Ach Gott, das wird ein böses Ende nehmen, Tagebuch …

6.7.

Hach, Tagebuch, mach, dass der Sommer endlich vergeht. Ich kann nicht mehr. Diese unverhohlenen sexuellen Attacken in den Straßen sind zuviel für meine ohnehin angegriffenen Nerven. Diese Tausenden und Abertausenden hüpfenden Teenagerbrüste, diese Armada an knallengen Lolitajeans, die vor den Starbucks dieser Welt am Randstein sitzen, ständig Handknochen am Ohr und Kaugummi im Lustmund. Ooh ich halt' das alles nicht mehr aus! Die tanzenden Tatoos am Arschansatz, das Lustfunkeln der Nabelpiercings, das Schlecken am Cornettoeis, dieses Ziehen, dieses Schwitzen, dieses Verlangen. Ich schreib' mich hier in Teufels Küche, Tagebuch, ich weiß, aber es musste raus, ich halt' das alles nicht mehr aus – mach, dass Herbst wird, Tagebuch, und die geilen Biester wieder Mäntel tragen müssen. Tut mir leid …

*

Grissemann hat mir heute in einer stillen Minute sein Leid geklagt. Er werde langsam aber sicher wahnsinnig. Die Damen seien ihm entschieden zu knapp und aufreizend gekleidet. Er werde atemlos beim Anblick dieser kurzberockten Wesen und sei kurz davor, durchzudrehen. Er überlege, sich in sexualtherapeutische Behandlung zu begeben, wenn das so weitergeht. Schließlich will er nicht als sabbernder Lustgreis enden. Nun, um meinen lieben Freund Grissemann nicht demnächst der Psychiatrie übergeben zu müssen, bitte ich alle Damen zwischen 16 und 46, sich in Hinkunft im Sommer anständig zu bekleiden – will sagen hochgeschlossen und mit Thermohosen. So, und ab morgen widmen wir uns wieder Wichtigerem.

Danke, Tagebuch!

9.7.

Liebes Tagebuch. Das Glück der Erde liegt auf dem Rücken der Pferde, heißt es. Also hat die ganze FM4-Belegschaft einen gemeinschaftlichen Reitausflug gemacht. Im ORF-Fundus haben wir uns alle eingekleidet: Reitstiefel, enge Reiterhosen, rote Sakkos, Gerten, Reiterhelme. So ausgerüstet, stieg unsere 80-köpfige Reitequipe in die U-Bahn, Ziel: der Wurstelprater. Wir boten einen herzzerreißend lächerlichen Eindruck. Stermanns Helm war etwa acht Nummern zu klein und bedeckte nicht einmal die Hälfte seines Kopfes, Votavas Stiefel waren so eng, dass er mit seinen dicken Wasserfüßen nicht hineinkam. Er ging nicht, sondern schob die Stiefelchen über den Boden. Chefcontroller Blumenau hatte sich 15 Gerten ausgeliehen und schlug damit unkontrolliert und wild um sich; ständig traf er unschuldige Passagiere, so dass im Waggon große Unruhe entstand. Im Prater waren wir dann sehr enttäuscht. Senderchefin Eigensperger gab jedem von uns einen Jeton für eine Runde Ponyreiten. Wie peinlich und unwürdig: Wir auf kitzekleinen Pferden zwischen zwei- und dreijährigen Kindern!

*

Liebes Tagebuch, mein Pony ging mir bis zum Knie und litt unter starkem Durchfall. Es schiss flüssig während des Ritts und schoss mir den Schiss mit seinem Schwanz gegen den Rücken. Meine Beine schleiften über den Sand, und ich hörte die Knochen meines Ponys krachen. Praterbesucher schrien mich an, ich solle mit dieser Tierquälerei aufhören. Ich wäre ja abgestiegen, aber Chefcontroller Blumenau schlug mit der Reitgerte auf mich ein, als ich es versuchte. Ich musste meine

Runde fertig machen, mit beschissenem Rücken, von Passanten mit Tomaten und Eiern beworfen und ausgebuht. Ich bin zwei Mal geritten, liebes Tagebuch, das erste und das letzte Mal.

10.7.

Liebes Tagebuch, dass immer wieder mal FM4-Kollegen in Bayern auflegen oder auftreten, ist nachvollziehbar. Immerhin kann man unseren kleinen Elektronik-Sender dort empfangen, und man kann in München oder Passau mit ein paar Interessierten rechnen. Auch in der Schweiz, zumindest im Grenzgebiet. Aber die Überschätzung der Bekanntheit unseres Senders nimmt Überhand – und die eigene Überschätzung ist die törichte Tochter der Dummheit. Tatsächlich haben die naiven DJs von La Boum de Luxe eine fünftägige Tour durch Nordhessen und Niedersachsen gemacht. Überall zwischen Fulda und Wolfsburg hingen Plakate – Zitat: „Eure FM4-Stars live in eurer Stadt."

Ich habe jetzt in der Marketingabteilung die Tourabrechnung gesehen. An den fünf Abenden hatten die sieben DJs insgesamt vier Zuschauer, nämlich die vier Clubbetreiber. Leider hat einer von den Betreibern zwei Clubs, sonst wären's vielleicht fünf Zuschauer gewesen.

*

Liebes Tagebuch, wie geprügelte Hunde sitzen die Kollegen Votava, Haipl und Knötzl an ihren Schreibtischen nach ihrem Gastspiel im Hamburger Pudelclub. Votava zerreißt heulend einen Stapel Flyer, „Sensation! Die drei witzigen FM4-Hauptprojektleiter live in St. Pauli, FM4 – komm lach mit mir." Haipl ist von einer 50-jährigen Punkerin mit einem Matjeshering von der Bühne geprügelt worden. Sie war bei dem zweiwöchigen Gastspiel die einzige Besucherin, die bereit war, die 25 Cent Eintritt für die FM4-„Stars" aus dem Fenster zu werfen. Na ja, ich bin gespannt, wie viele Leute zu Hermes bei seiner Tour durch Nordamerika kommen: „Hermes known from Chez Hermes, US-Live-Tour 2004 – sponsored by FM4"!

13.7.

Liebes Tagebuch, ich bin sehr unzufrieden. Gut, unsere Tour durch Baden-Württemberg, Nordrhein-Westfalen und Schleswig-Holstein war restlos ausverkauft, aber meiner Meinung nach hätte man mehr Tickets verkaufen können, indem man Zuschauer aufeinander gesetzt hätte. Außerdem könnte man auch Zuschauer an die Decke hängen, aber ich will mich nicht beklagen, vor allem wenn ich an die armen Herren Edlinger und Ostermayer denke, die vier Wochen lang in Leipzig im winzigen „Kleinen Hinterzimmer Kellerabteilstheater" gespielt haben, noch dazu auf der Probebühne, wo höchstens zwei Zuschauer Platz finden. Leider ist exakt niemand gekommen – trotz Powerplay-Werbung auf FM4. Liebe Kollegen, macht es wie die Schuster und bleibt bei eurem Leisten! Am FM4-Wesen will nicht die ganze Welt genesen. FM4 ist nicht CNN, nicht mal 9 Live, Hochmut kommt vor dem Fall. Kommt wieder auf den Teppich und sagt um Gottes Willen die Skandinavien-Tour von Puntigam und Haipl ab!

*

Liebes Tagebuch, die Herren Pfister, Zikmund und Fuchs sind freundliche, bescheidene und zurückhaltende Menschen – gewesen, bis sie mit ihren Gothic-Lesungen in Wien und Regensburg kleine Erfolge feierten. Jetzt sind sie des Größenwahns fette Beute. Ihre Neigungsgruppe „Gewalt, Sex und gute Laune" will ernsthaft während der Fußball-EM in Portugal im größten Fado-Lokal Lissabons tägliche Lesungen machen, und sie versprechen sich davon den endgültigen, internationalen Durchbruch. Pfister und Zikmund rechnen ernsthaft mit bis zu 5.000 Zuschauern pro Abend. Fuchs wäre nur enttäuscht bei weniger als 1.000 zahlenden Gästen. Die lieben FM4-Kollegen verwechseln ein bisschen Berühmtheit im Wiener Flex mit Weltstarruhm, eine halbvolle Linzer Stadtwerkstatt mit dem Wembley-Stadion und die Pool-Bar in Feldkirch mit der Hollywood Bowl.

Alles Orte übrigens, wo Grissemann und ich schon schöne Erfolge feiern durften.

14.7.

Liebes Tagebuch, FM4-Vize-Musikchef Andreas Ederer war früher Vizepräsident im Punk-Verein Weiz. Sein Irokesenschnitt war so oft gefärbt, dass er schon wieder die Originalfarbe hatte. Er pinkelte damals ausschließlich in Bierdosen und wusch seine zerrissenen Jeans in Bierpfützen. Er war halt Anarchist und auch Anarchist, was Reinlichkeit betrifft. Ein Dreckspatz, der einfach nur das System ficken wollte. Er schlief auf Baustellen, und seine morgendliche Katzenwäsche bestand darin, sich ein bisschen Staub vom Gesicht zu schlagen. Aber seit er bei FM4 arbeitet, hat das öffentlich-rechtliche Radio aus ihm einen Putz-Spießer gemacht. Ständig wischt er in seinem Fürnkranz-Anzug hinter uns her, immer steht er an der FM4-Eingangstür und zwingt uns, die Straßenschuhe gegen Hauspatschen zu wechseln. Ich meine: sind wir jetzt ein Alternativ-Sender oder eine Desinfektionsanstalt? Wenn es nach dem Ex-Punk Ederer ginge, müssten wir uns wahrscheinlich beim Eintritt sogar duschen. Wahnsinn, wie Arbeit Menschen verändern kann.

*

Liebes Tagebuch, ich habe mich heute fast schon wieder erwürgt an einer der zahlreichen Wäscheleinen, die kreuz und quer die Redaktionsräume durchziehen. Hier hängt unser gegen unseren Willen gewaschenes Gewand. Sobald man zur Arbeit kommt, reißt Kollege Ederer einem die Klamotten vom Leib und wirft sie in die große Waschmaschine, dann wird man von ihm mit einem Körperstaubsauger abgesaugt und gekämmt. Ich finde das erniedrigend, liebes Tagebuch. Nackt, nur mit den Hauspatschen bekleidet, müssen wir unsere Arbeit tun. Und ständig rutscht man auf dem glatt gebohnerten Boden aus oder stolpert über Wasserkübel und Besen. Sogar während der Sendungen kommt Putzfimmel Ederer ins Studio und wischt einem mit einem Putzlappen durchs Gesicht und bearbeitet mit Fensterputzmitteln unsere Augen. Muss das sein, sollte FM4 nicht anders glänzen? Armer Andreas Ederer, FM4 hat ihn offenbar völlig kaputtgemacht. Vom Punk zum Besenschrank. Furchtbar, wie Menschen hier umgepolt werden.

18.7.

Liebes Tagebuch, ich muss leise schreiben. Im Nebenzimmer sitzt Chefcontroller Blumenau zusammen mit US-Verteidigungsminister Rumsfeld und vier Soldaten, die im Gefängnis von Abu Ghaib gedient haben und wegen besonderer Brutalität ehrenhaft entlassen worden sind. Scheinbar will der brutale Menschenschinder Blumenau sie jetzt bei FM4 stationiert haben. Er verhandelt mit Old McDonald Rumsfeld über die Höhe des Solds und über das Problem, amerikanische Soldaten im neutralen Österreich einzusetzen. Kollege Stermann ist zu Testzwecken ins Chefcontroller-Büro abkommandiert worden. Durch die Glasscheibe kann ich sehen, wie Stermann nackt, auf einem Zeh balancierend, auf einer Bierflasche steht, einen schwarzen Sack auf dem Kopf. Der arme Stermann. Blumenau hingegen klatscht begeistert in die Hände und hat vor Glück ganz rote Öhrchen. Na ja, Stermann, you're not at home, you're at work.

*

Liebes Tagebuch, die vier Soldaten sind mir sympathischer als Rumsfeld und Blumenau. Sie sind zwar brutal, aber geradlinig, außerdem nur Befehlsempfänger. Die menschenverachtenden Ideen kommen aus den kranken Hirnen der beiden alten Männer Blumi und Rummi, wie sie sich gegenseitig liebevoll nennen. Es war ihre Idee, mir mit einer „Peace"-Fahne die Hoden abzubinden und mir mit dem Schnabel einer weißen Friedenstaube ins Auge zu picken. Ich habe versucht, den Betriebsrat einzuschalten, aber die können nichts für mich tun, weil es laut ORF-Dienstrecht erlaubt ist, Mitarbeiter zu disziplinieren. Aber, liebes Tagebuch, das ist in meinen Augen nicht mehr Dienstrecht, sondern Kriegsrecht.

19.7.

Liebes Tagebuch, Chefcontroller Blumenau wird ja intern nur „die diebische Elster" genannt, weil er alles klaut, was nicht niet- und nagelfest ist. In den Anfängen von FM4 hat er sich damit begnügt, jungen Mitarbeitern die Jausenbrote wegzunehmen und alten Kollegen die Koksbriefchen. Das waren noch selige Zeiten. Damals bemühte er sich auch noch um eine gewisse Unauffälligkeit. – Davon ist nichts mehr geblieben. Heute klaut er schamlos öffentlich, vor aller Augen. Er hat während einer Sendung dem sitzenden Hannes Duscher die Lederhose geklaut und dem lesenden Magister Edlinger die Brille. Blumenau scheißt sich nichts mehr – und wenn ich richtig sehe, kommt er gerade jetzt auf mich zu, wahrscheinlich um mir meinen goldenen Kugel…

*

Liebes Tagebuch, für Chefcontroller Blumenau ist die Welt ein Selbstbedienungsladen. In seiner ORF-Herrlichkeit fürchtet er kein Gesetz. Wer ihn völlig zu Recht des Diebstahls anzeigt, dem droht eine hohe Gefängnisstrafe, weil Blumenau als ORF-Bonze das Recht beugen kann. Trotzdem, ich finde mich nur schwer damit ab, ihn mit meinem Auto und in meinem Haus wohnen zu sehen. Die diebische Elster hat mir alles weggenommen, und um mich völlig zu demütigen, hat er mir befohlen, täglich in seinem Büro die Saliera auf Hochglanz zu polieren. Wir leben in einer Diktatur der verbrecherischen Bürokraten, und die stehlen unser Hab, unser Gut und unsere Seelen.

20.7.

Liebes Tagebuch, in Wien gibt es etwa 400.000 Fahrräder, von denen im Jahr etwa 500.000 gestohlen werden, manche mehrmals, teilweise sogar mehrmals am Tag. Mein eigenes Fahrrad wurde mir heute gestohlen – eine Stunde, nachdem ich es gekauft hatte. Also blieb mir gar nichts anderes übrig, als Stermanns Rad zu stehlen, das er ohnehin Mathias Zsutty gestohlen hatte, der es wiederum Martin Pieper geklaut hat, der es gestern Nachmittag brav gekauft hatte. Na ja, ich weiß: Eigentum ist Diebstahl – aber, liebe Freunde von FM4: Diebstahl ist auch Diebstahl!

*

Liebes Tagebuch, die Spirale des Verbrechens dreht sich immer schneller in unserer neoliberalen Welt. Claudia Czesch hat mir erzählt, dass ihr Fahrrad noch im Geschäft direkt nach dem

Kauf gestohlen wurde, Andreas Gstettners Drahtesel wurde im Geschäft sogar VOR dem Kauf gestohlen und mir wurde eben das Rad, das ich gerade erst Senderchefin Eigensperger gestohlen hatte, während der Fahrt unterm Hintern weggestohlen. Ich hab's gemerkt, als ich klingeln wollte, aber die Klingel fehlte, und so bin ich drauf gekommen, dass ich gar kein Fahrrad mehr hatte, auf dem ich saß. Chefcontroller Blumenaus eigener Dienstfahrradraum ist zum Bersten gefüllt mit Rädern. Grob geschätzt stehen dort etwa 7.000 Fahrräder. Dabei kann er gar nicht Rad fahren. Egal, sein Lebensmotto lautet: Stehlen ist seliger als geben.

21.7.

Liebes Tagebuch, die Fußball-EM wird natürlich von vielen FM4-Mitarbeitern gesehen, aus unterschiedlichen Gründen. Ich selber schaue ausschließlich, weil ich Stermanns und mein gesamtes Vermögen verwette, Stermann schaut, weil er keine Freunde hat, Magister Thomas Edlinger sieht sich die Spiele an, weil er irgendeine verschnarchte Kunst-Dissertation schreibt zum Thema „Von der Renaissance über die Pop Art zum Pferdeschwanz im modernen italienischen Männerfußball“. DJ Functionist nimmt Fangesänge auf, die er loopt und in Hiphop-Beats umwandelt. Die Kollegen von der Marketingabteilung schauen aus dienstlichen Gründen zu, denn FM4 hat einen Deal mit der lettischen Mannschaft ausgemacht. Wann immer ein Lette groß im Bild ist, muss er „You're at home, baby – FM4“ sagen. Dafür kriegen die Letten drei Gratisexemplare der Sound Selection. Leider hat noch kein einziger Lette sein Sätzchen gesagt. Auch wenn Michel Attia von der Marketingabteilung ein gebrülltes „Shit“ eines Letten gelten lassen will.

*

Liebes Tagebuch, ich wusste es. Chefcontroller Blumenau sieht sich die Spiele ausschließlich an wegen der Fouls und Nickligkeiten, des unfairen Spiels und der Zuschauerausschreitungen, um daraus etwas für seinen Alltag zu ziehen. Tritte von hinten in die Achillessehne, Kopfstöße, Schläge mit dem Ellbogen gegen die Schläfe, das ist es, was er will. So war es seit Gründung von FM4 mit jeder Fußballveranstaltung. Blumenau schaut EMs und WMs nur aus diesem Grund. Am ekelhaftesten ist eine Szene einer früheren WM, die er sich auf Video immer und immer wieder begeistert anschaut. Damals waren beteiligt der Serbe Mihailovic und der Deutsche Jeremies, beide im Schreiduell, die Stirn aneinandergedrückt. Plötzlich zuckt Mihailoviv mit dem Kopf nach hinten und rotzt dem armen Jeremies in dessen offenen Mund. Wie oft hat er an uns Mitarbeitern schon dieses grobe Foul, diese widerliche Unsportlichkeit begangen! Und bei uns gibt es keinen Schiedsrichter, der ihn vom Platz stellt. Da hilft auch keine Superzeitlupe.

22.7.

Liebes Tagebuch, wir könnten uns medienkritisch mit uns selbst beschäftigen, wir könnten internationale Zeitungen lesen, wir könnten uns darum bemühen, innovative Radioideen zu entwickeln, wir könnten Hörerstromanalysen durchführen; aber das letzte, was wir brauchen, ist ein Wassersport-Training. Genau das tun wir aber. Seit zwei Tagen sind wir an der Alten Donau und arbeiten an unseren Fähigkeiten zu Wasser. Und das nur, weil wir auf einer Redaktionssitzung draufgekommen sind, dass es nur zwei Mitarbeiter gibt, die Erfahrung mit Wasser haben: nämlich Mirjam Unger, weil sie eine Unterwassergeburt hatte, und Heinz Reich, weil er in der Nähe des Wörther Sees gezeugt worden ist. Bei jedem Hochwasser würden wir draufgehen, und das hätte für FM4 schlimme Konsequenzen, wie Senderchefin Eigensperger meinte. Denn nie mehr würde sie Menschen finden, die bereit wären, unter solchen Bedingungen zu arbeiten wie wir. Also sitzen wir in unseren Badehosen und Bikinis da und lernen alle Finessen, die die Nässe uns abverlangt.

*

Liebes Tagebuch, der Tretbootkurs ist viel schwieriger, als ich dachte. Ich schaff' es einfach nicht, so ruhig ins Boot einzusteigen, dass es nicht umfällt. Ich bin schon dreimal ins Wasser gefallen und musste dreimal reanimiert werden, jedes Mal von

Kollegen Ostermayer, der mir seine Alkoholfahne direkt in Mund und Nase geblasen hat, so dass ich jetzt hackedicht bin. Er selbst ist bis jetzt über ein bisschen Wassertreten noch nicht hinausgekommen, während Magister Edlinger schon hervorragend tauchen kann. Er ist seit mindestens vier Stunden unter Wasser, und das ohne Sauerstoffflasche. Hut ab!

Votava, Haipl und Knötzl haben sich beim Versuch, einen Seemannsknoten zu machen, mit dem Seil fast stranguliert und wurden ins Spital gebracht; Mathias Zsutty hat sich verrudert und liegt kopfüber in einem stinkigen Abwasserkanal. Unsere Wasserwoche ist ein Desaster, vor allem frag ich mich, wo all die Kollegen sind, die als vermisst gelten, nachdem sie mit ihrem Segelboot raus auf den offenen Fluß getrieben worden sind. Na ja, wenn sie wirklich ihr Seemannsgrab in der Alten Donau gefunden haben sollten, spielen wir ihnen zu Ehren im Radio einfach den Garish-Hit „Noch auf See“.

23.7.

Liebes Tagebuch, um mir ein bisschen was dazuzuverdienen, spiele ich zur Zeit in Deutschland bei den Karl-May-Festspielen in Bad Segeberg einen betrunkenen Cowboy, was für mich nicht schwer ist, weil ich mir dazu einfach nur einen Cowboyhut aufzusetzen brauche. Vor einigen Wochen war bei FM4 der Veranstalter der Freilichtbühne zu Gast und hat uns allen Jobs angeboten, weil wir billiger zu haben sind als die Osteuropäer, die sonst immer als Cowboys und Indianer gearbeitet haben. Viele von uns haben begeistert zugesagt, wegen dem Geld und der Reputation. Schadet nie, wenn man später mal sagen kann: „2004 hab' ich viel Theater gespielt …“

*

Liebes Tagebuch, ich bin mit meiner Rolle als Häuptlingstochter nicht sehr zufrieden, vor allem, weil ich im letzten Akt von einem Felsen in ein brennendes Ölfass fallen muss. 25 Mal bin ich jetzt schon in die Tiefe gestürzt, aus 15 Metern Höhe, und noch nie hab' ich das Fass getroffen. Immer knall' ich auf den betrunkenen, neben dem Fass sitzenden Grissemann, was zu gewissen Spannungen zwischen uns führt. Obwohl es nicht im

Drehbuch steht, schießt er neuerdings mit Pfeil und Bogen auf mich. Hab' seit vorgestern einen Pfeil im rechten Ohr stecken, was für die Zuschauer sehr irritierend ist, weil ich heute von Anfang an mit Pfeil im Ohr auftrete und so tun muss, als wär' nix, bis ich endlich nach zwei Stunden runter aufs Fass fallen kann. Ich denke mir, dass vor allem die Liebesszenen zwischen mir und Old Shatterhand lächerlich wirken. Ich mit Pfeil im Ohr – das fördert in der Szene nicht gerade die Romantik.

24.7.

Liebes Tagebuch, hier in Bad Segeberg bei den Karl-May-Festspielen trifft man viele FM4-Kollegen, die auch zum Ensemble gehören. Na ja, 20 Euro pro Auftritt abzüglich Unterkunft und Verpflegung, davon können wir bei unserem Hungertuch-Sender nicht mal träumen. Und so ein bisschen Cowboy und Indianer spielen – nun, es ist nicht das Burgtheater, aber es sind die gleichen Bretter, die mir ohnehin nur die Dritte Welt bedeuten. Haipl, Votava und Knötzl hingegen sehen allen Ernstes hier ihre letzte, große Chance. Umso enttäuschter waren sie, als sie vom Regisseur ihre Rollen zugewiesen bekamen. Sie wurden in Bisonkostüme gesteckt und sind jetzt Teil einer Herde, die einmal kurz durchs Freilicht-Theater getrieben wird. Nach einer Minute kommt Chefcontroller Blumenau als widerliches Bleichgesicht und knallt die drei ab. Irgendwie erinnert das an unseren Alltag bei FM4.

*

Liebes Tagebuch, Daddy D. und Burstup schwitzen extrem in ihren Kojotenkostümen, und DJ Functionist hasst es, wenn bei der Schlägerei im Saloon alle immer ihre Flaschen auf seinem Kopf zerschlagen. Ute Hölzl hat es als Siedlerin eigentlich ganz gut, bekommt aber von dem Büffelfleisch, das sie ununterbrochen mampfen muss, einen fürchterlichen Ausschlag. Ostermayer und Edlinger arbeiten in einer Mine als Goldgräber, der Regisseur hält von ihren schauspielerischen Fähigkeiten so wenig, dass sie das ganze Stück über unter Tage bleiben müssen, so dass man nur ihr Hacken und Schaufeln hört. Wortchef Pieper hat gegen Mitte des Stückes eine Art Auftritt.

Chefin Eigensperger kommt als Squaw aus einem Zelt und hält seinen Skalp in der Hand. Mehr sieht man vom armen Martin Pieper nicht. Trotzdem, die Arbeit hier macht insgesamt unvergleichlich mehr Spaß als die öde Radiosuppe, die man sonst in Wien fabrizieren müsste.

25.7.

Liebes Tagebuch, immer wieder bekommen wir Angebote von deutschen Privatsendern, obwohl wir bei FM4 arbeiten. Aber leider, Gott sei's gepfiffen und geklagt, immer nur für Konzepte, direkt aus dem Sondermüllkübel moralisch toter und humorverwester, grenzdebiler Unterhaltungsfuzzis. Befruchtungsshows, Sodomie-Soaps, Xenophobie-Gameshows und homophobe Quizsendungen. Erst gestern bekamen wir ein Sendungskonzept geschickt. Es heißt „Der Schrank" und ist ein Realityformat. Neugeborene werden jahrelang in einen dunklen Schrank gesteckt, wo sie, von Kameras begleitet, zu Kaspar Hausers werden. Wer nach 18 Jahren am merkwürdigsten ist, bekommt 5.000 Euro (bzw. die Eltern, die ihre Babies als Kandidaten zur Verfügung gestellt haben). Wir haben selbstverständlich abgelehnt, weil wir uns nicht 18 Jahre an eine Show binden wollen. Stermann telefonierte eben mit einer holländischen TV-Produktionsfirma. Er hat sich in den Hörer übergeben. Keine Ahnung, um was es geht.

*

Liebes Tagebuch, entschuldige, ich muss kurz einen Schluck Wasser trinken gegen den beißenden Geschmack ... So, schon besser. Swantje van de Wippje, diese blonde, engelhafte Unterhaltungsfrau aus Amsterdam, hat mich gefragt, ob wir Lust hätten, eine Show zu moderieren, die riesig einschlagen wird, weil's jetzt schon im Vorfeld Proteste hagelt von Amnesty International bis zum Europäischen Gerichtshof. Die Show heißt „The Cannibal Game". 20 Kandidaten beginnen, und am Schluß gewinnt der, der alle anderen aufgefressen hat. Dazwischen gibt's lustige Aufgaben zu erfüllen: Bei den Konkurrenten heimlich Organe entnehmen oder bei witzigen Operationen Extremitäten amputieren und falsch wieder annähen, also

Hände und Ohren vertauschen, Zehen an den Arm verpflanzen usw. Ich musste mich übergeben, als sie mir sagte, dass wir pro Show nur 5.000 Euro Gage kriegen würden. Nein, Frau van de Wippje. Nicht mit uns. Unter 5.500 läuft da gar nix. Zum Kotzen, dieses Gagendumping!

26.7.

Liebes Tagebuch, habe jetzt erst erfahren, dass Chefcontroller Blumenau die olympische Fackel ein Stück getragen hat, irgendwo zwischen Saloniki und Athen, und es dabei zum Eklat gekommen ist. Blumenau hatte schon schon nach wenigen Metern keine Lust mehr, warf die Fackel auf den Boden und zertrat die Flamme. „Scheiß auf den olympischen Gedanken", schrie er und zerquetschte zusätzlich mit der bloßen Hand eine weiße Taube. Es kostete die Republik Österreich und den ORF viel Geld und Diplomatie, um Blumenau aus dem Gefängnis irgendwo in den griechischen Bergen freizubekommen. Stermann machte sich jetzt bei Blumenaus Rückkehr in die Redaktion nicht gerade beliebt, als er dem befreiten Blumenau ein „Im Knast dabeisein ist alles" entgegenrief.

*

Liebes Tagebuch, ich habe olympische Ringe unter den Augen, weil ich wegen meiner frechen Bemerkung sechs Strafschichten aufgebrummt bekam. Zusätzlich schmerzt mein Kreuz, weil Blumenau mich brüllend griechisch-römisch bearbeitete und einen Diskus auf mir zerschlug. Als er sich auch noch zu drehen begann, um mir einen Hammer auf den Kopf zu werfen, trat Grissemann mutig dazwischen. Er ist ein Held, konnte die Wurftechnik aber nicht mehr verhindern und wurde selbst getroffen. Mit dem Ergebnis, dass sein Gebiss jetzt am Hinterkopf sitzt. Beim Zähneputzen macht mein Kollege nun lustige Verrenkungen. Blumenau ist jedenfalls äußerst gereizt. Er brüllt jeden an mit den Worten: „Dir mach ich auch noch ein olympisches Feuer unterm Arsch!" Na ja. Be afraid, honey. It's FM4.

28.7.

Liebes Tagebuch, man kann sich seine Hörer nicht aussuchen. Natürlich hätte ich am liebsten Hörer wie die Coen-Brüder, Kieseritzky, Harald Schmidt, Friedrich Küppersbusch, Antonia Fian oder den 3sat-Kulturzeit-Moderator Gerd Scobel, aber die Wirklichkeit sieht natürlich bitter aus. Keiner von denen hört meine Sendungen – da würde eher der deutsche Prolo-Boxer Rene Weller Salon Helga hören, als dass Gregor Gysi seine Ohren für so etwas Banales vergeuden würde. Damit muss ich leben. Die Schuld liegt eindeutig bei Stermann, der mit seiner Ruhrpott-Proletenstimme eben jeden feinen Geist in die Flucht jagt. Stermanns Achtelbildung kann er nicht verstecken, und so müssen wir froh sein, wenn Waterloo und Robinson oder Hans Krankl uns einschalten. Ich als Höchstbegabter leide sehr unter diesem Umstand, muss aber notgedrungen mitmachen, weil ich Geld brauche für die Anschaffung der Süddeutschen-Zeitungs-Bücherreihe „50 große Romane des 20. Jahrhunderts".

*

Liebes Tagebuch, ich bin auf Grissemann sauer, weil er meinem guten Freund Boris Uran gegenüber wieder mit seiner Bildung geprahlt und mit Fremdwörtern um sich geschmissen hat, die keine Sau versteht. „Sympathie und Antipathie" – ich mein', wer soll das kapieren? Boris und ich haben uns fürchterlich gelangweilt, als der alte Angeber Grissemann über irgendeinen Schriftsteller oder Maler gequasselt hat, der irgendwie „Joyce" heißt und offenbar irgendeinen Fußballschmöker über „Uli Hoeness" oder so ähnlich geschrieben hat. Boris und ich haben uns dann völlig fadisiert weggesetzt zu Miriam Hi und dem Tschuggnall Michi, wo wir noch einen ur-supie, voll witzigen Abend hatten, während Grissemann alleine dasaß und irgendein Buch von einem Sloterdijk las. Ist das nicht dieser Springreiter?

Mirjam Unger

1.8.

Die mehr als gelungene Talkshow „Gottschalk in Salzburg“ hat gezeigt, dass es durchaus sinnvoll ist, genrefremde Talkmaster auf seine Gäste loszulassen. Der wie ein Faschingsnarr gekleidete, ständig anzügliche Gottschalk sprach mit Opernstars wie Anna Netrebko. Mir fielen währenddessen noch andere ungewöhnliche Talkshow-Kombinationen ein. Wie wär's mit „Mirjam Unger in Monza“ – die führerscheinlose FM4-Lady spricht mit Ferrarikontrukteuren? oder „Martin Blumenau in Augsburg“ – Blumenau diskutiert mit Jim Knopf und den anderen aus der Puppenkiste? Mein Gott, Boulevardfernsehen, quo vadis!

*

Grissemanns Idee, Talkmaster, die von der Materie ganz und gar nichts verstehen, moderieren zu lassen, hat mich auch inspiriert. Ich biete dem ORF hochoffiziell folgende geile Konzepte an: „Charlotte Roche im Bärental“ – die Viva-Moderatorin trifft Claudia Haider und ihr Kärntner Damenkränzchen; „Fettes Brot in den Tiroler Bergen“ – die Deutsch-Hiphopper talken mit Bergbauern und Schafhirten; und, das vermutlich beste TV-Konzept: „Jarvis Cocker in Bangkok“ – der smarte Pulp-Frontman spricht mit fetten deutschen Sextouristen. Die Sendung kommt live aus einem Puff in Thailand. So, Fernsehmacher, jetzt seid ihr dran!

2.8.

Wir haben jetzt einen kleinen Garten, liebes Tagebuch. Im Hinterhof hat uns Senderchef Lehnert ein 4 mal 4 Meter großes Wiesenstück zur Verfügung gestellt, auf dem wir uns jetzt austoben können, wenn wir grade nicht an Sendungen arbeiten. Obertonmeister Redlich hat sich selbst zum Chefgärtner ernannt und steht mit einer riesigen Heckenschere in der Hand in der Mitte des Gärtchens, finster dreinblickend wie immer. Er hat 29 Kakteen in die Erde gesetzt, die er wie seinen Augapfel hütet. Sven Oswald will unbedingt einen Mammutbaum pflanzen, John Peel wiederum möchte Marihuana anbauen, aber nur weil ihm die hübschen gezackten Blätter so gut gefallen, wie er versichert – und der Skuppin Robert will ein Radieschenbeet, um sich dann zwei Meter unter die Erde zu graben, um die Radieschen zu betrachten. Von unten. Du verstehst, Tagebuch.

*

Grissemann hat heute 9 Regenwürmer, 4 Grashüpfer, 2 Ameisen und einen Maulwurf im FM4-Garten ausgesetzt, um die Wiese mit Leben zu füllen. Der brutale Obertonmeister Redlich hat mit der Heckenschere sofort aus 9 Regenwürmern 18 gemacht und aus diesen 18 dann 36, und so weiter und so weiter. Er ist immer noch am Schneiden. Ich selbst habe meinen schönen Kot zur Erstellung eines prächtigen Misthaufens zur Verfügung gestellt. Und was braucht ein schickes Gärtchen noch? Richtig! Gartenzwerge! Kein Problem. Wir haben einfach Daniel Finger und Praktikant Albert – beide kleiner als 1,50 – alberne Mützen aufgesetzt und sie gebeten, sie mögen sich nicht mehr bewegen. Herrlich, unser Garten!

3.8.

Wie, liebes Tagebuch, vertreibt sich der erbarmungswürdige FM4-Nachtmoderator die nicht enden wollende Zeit zwischen 1 und 6 Uhr früh? Ja, das fragen sich Abertausende Hörer in ihren verzichtbaren Briefen. Das bisschen CD Auflegen und blabla Machen kann's ja nicht sein. Stimmt, und so hab' ich, in deinem Auftrag, Tagebuch, mal Mäuschen gespielt und den lieben Zikmund Robert heimlich bei der Nachtarbeit beobachtet. Zwischen 1 und 2 hat er sich unter anderem mit Trockenshampoo die Haare gewaschen, seine Steuererklärung gemacht, einmal kurz masturbiert und das ZEIT-Kreuzworträtsel gelöst. Zwischen 2 und 3 hat er den Boden geschrubbt, eine famoses Ölgemälde angefertigt und eine in der Mikrowelle heiß gemachte Dose Nutella ausgetrunken. Um 3 Uhr früh hat er zu nähen begonnen …

*

Zikmund näht ganz gern in der Nacht, wie er mir versichert hat, da hat er Ruhe. „Nicht immer nur Disco, auch mal nähen", so sein neues Lebensmotto. Auch ich beobachte den Marathon-Moderierer Zikmund gern bei der nächtlichen Arbeit. Er näht übrigens ausschließlich Cocktailkleider für seine bezaubernde Lebensgefährtin. Um 5 legt er das Nähzeug beiseite, um sich in der letzten Stunde ganz seinem steckenpferd „Turniertanz“ zu widmen. Mit einer aufblasbaren Puppe aus dem Erotik-Shop übt er, zwischen den Moderationen, Tango- und Flamenco-Tanzschritte. Um 6 Uhr früh geht der großartige Herr Zikmund rechtschaffen müde nach Hause. Er hat viel erledigt!

8.8.

Es ist höchste Zeit, liebes Tagebuch, einmal über den Herrn Paul Kraker was in dich reinzuschreiben. Herr Kraker, der heute leider nur noch seltener Gast bei FM4 ist, ist drauf und dran, eine furiose Fernsehkarriere zu machen. Und das vollkommen zu Recht. Als Kulturnews-Moderator in der „Zeit im Bild“ schlägt er den immer etwas blasierten Schwanenhals Rett um Längen, vom dusseligen schmollmundigen Pinup Resetarits ganz zu schweigen, aber dieser Kelch ist ja Gottlob an uns vorüber gegangen. Auch der angestrengt auf „Sir“ machende Martin Traxl ist, verglichen mit dem sensationellen Kraker, immer zweite Wahl. Wenn ich weiterschreibe, gehen die Superlative mit mir durch. Nur soviel noch: Ich fordere: Kraker soll alles moderieren. Von der „Millionenshow“ bis „Aufgegabelt in Österreich“. Alles. Mindestens. Außerdem soll er noch EU-Kommissar, Justizminister und Weihbischof werden. Danke für die Aufmerksamkeit.

*

Ich kenne den feinen Herrn Kraker ja nur flüchtig vom „Servus“ sagen, aber es stimmt schon, der Mann hat offensichtlich keine Schwächen, ist vollkommen integer, freundlich, kompetent – und damit das glatte Gegenteil des herkömmlichen FM4-Redakteurs, der ja grundverschlagen, bösartig und mehr oder weniger dauerbetrunken zum Dienst erscheint. Leider moderiert Herr Kraker ja, wie gesagt, nur mehr sporadisch bei uns. Er sollte wieder öfter hier vorbeischauen, der Herr Kraker wäre ein Vorbild für uns alle! So, genug geschleimt jetzt, so toll ist er auch wieder nicht, der Kraker Paule …

12.8.

Wir hier bei FM4 haben eine neue Lieblingssendung im TV, liebes Tagebuch, Claudia Unterweger hat uns diesen herrlichen Tipp gegeben. Nun muss man wissen, dass das Fräulein Unterweger als hochgradiger Hypochonder sehr an medizinischen Ratgebersendungen interessiert ist. Die trashigste aber ist „Vertrauensarzt Dr. Ehrenberger" jeden Tag um dreiviertel 6 am ulkigen Grotesk-Sender ATVplus. Dieser Dr. Ehrenberger hat tatsächlich die Chuzpe, sich großspurig „Vertrauensarzt" zu nennen, obwohl das einzige, was man dieser Type entgegenbringen will, das schiere Misstrauen ist. Zum Schießen komisch das Ganze: Ehrenberger – steif wie ein Stock und Gesichtsausdruck eines veritablen Serial Killers – sitzt komplett humorfrei hinter seinem Angeberschreibtisch und gibt die banalsten Ratschläge wo gibt. Mal reinschauen, Tagebuch …

*

Die „Vertrauensarzt Ehrenberger"-Hysterie kennt keine Grenzen mehr intern bei FM4. Die Mitarbeiter kommen, um ihrem Idol zu huldigen, jetzt stets mit weißem Arztkittel in die Redaktion. Heinz Reich und Makossa baumelt ein Stethoskop um den Hals. Einen neuen Frisurenkult hat der verkrampfte Dr.med. auch ausgelöst: braver Linksscheitel. Auch seine hippe Sprache wird übernommen: „Na, wenn's wehtut, dann könnte ein Wehwehchen dahinterstecken …" Ehrenberger – devil in disguise – Fernsehgott in Weiß, und doch ein Arzt mit Grenzen!

16. 8. (Tagebuch allein)

Heute schreibe nur ich, liebes Tagebuch, Stermann ist in Griechenland. Böse Zungen behaupten, er bereite sich dort auf die bald stattfindenden Special-Olympics vor. Aber das ist Quatsch, er macht ganz banal Urlaub. Er gehört übrigens zu jenen Geizkrägen, die, sobald im Ausland, ihr Mobiltelefon gänzlich ausschalten, um nur ja keinen Cent zu viel zu zahlen. Ich hasse diese spießige Sparefroh-Mentalität. Ich selbst liebe Roaming-Gebühren, wähle mich voller Vorfreude ins teuerste Netz und telefoniere dann im Urlaub so viel wie der allerletzte

Manager-Trottel. Ich denke mir: wenn man schon so einen silbernen Handknochen ständig in der Hemdtasche mit sich führt, dann muss man ihn auch verwenden. Dass die Reichsten immer die Geizigsten sein müssen! Dass denen das Wühlen im Internet nach den billigsten Flügen nicht abgrundtief peinlich ist; nein, stolz sind sie noch drauf, wenn sie irgendwem den 12-Euro-90-Flug nach Malle vor der Nase weggeklickt haben. Furchtbar. Ich fliege Old-school. Mit Swissair oder British Airways. Letztens nach Vorarlberg um 1.745 Euro. – Nicht billig, ich weiß, aber dafür ohne diese Im-Urlaub-Handy-Ausschalter und ohne die Im-Netz-nach-2-Euro-Flügen-Ausschauhalter an Bord. Ohne Stermann eben. Bis morgen, liebes Tagebuch.

17.8. (Tagebuch allein)

Hatte gestern einen Traum, liebes Tagebuch. Alle Österreicher außer mir werden vom flotten Expedition-Österreich-Team gezwungen, aus Österreich auszuwandern. Und ich schau' ihnen dabei zu – am Sofa sitzend – Beine hochgelagert. Dann hätte dieser eingeschlafene Wanderwahnsinn endlich die gewünschten 100% Marktanteil, weil ich ja der einzige potenzielle Zuseher bin. Ganz vorn marschieren schweißüberströmt der komplett unnötige Clerici und die hochnotpeinliche, schwer schnaufende Weichselbraun. Und dahinter die 8 Millionen anderen. Alle raus aus Österreich. Bis sie die Kamera verliert irgendwo am Horizont, und keiner hat sie jemals wiedergesehen. Keiner weiß, was aus ihnen wurde. Ob der Clerici vielleicht als kroatischer Zuhälter in Pula anheuert und die Weichselbraun sein bestes Pferdchen im Stall wird? Wer weiß es, wer weiß es, liebes Tagebuch. Mir soll alles Recht sein, ich spazier' durch leere Straßen, sitz' in den ruhigsten Cafes und bin am Abend endlich allein im Apollo-Kino!

Der Gasmann, liebes Tagebuch, riss mich um 8 Uhr früh aus diesem göttlichen Traum.

18.8.

Liebes Tagebuch, schon wieder ist Luna Luce heulend aus dem Chefbüro gelaufen. Das heißt wohl, dass auch ihr erneuter Versuch gescheitert ist, bei FM4 eine Briefmarken-Show zu installieren. Luna Luce ist seit ihrem 7. Lebensjahr begeisterte Philatelistin, und sie träumt davon, eine Sendung rund um Postwertzeichen zu moderieren. Gestempelte, ungestempelte, Sonderdrucke und internationale Briefmarken – das ist ihre Welt. Für ihre Pilotsendung hat sie den schönen Arbeitstitel „Das Briefmarkenalbum der Woche" gefunden. Die herzlose Chefin Eigensperger hat ihre Idee abgeschossen mit dem fadenscheinigen Argument, dass Briefmarken uncool sind. Quatsch. Uncool ist es, wenn Briefmarkensammler gezwungen werden, über Popkultur und Stars und Sternchen und Gossip reden zu müssen.

*

Liebes Tagebuch, FM4 ist wahrlich nicht der Ort für Selbstverwirklichung. Duncan Larkin muss als Langschläfer und Nachtmensch die „Morning Show" moderieren, Rainer Springenschmid und Stuart Freeman hassen sich bis aufs Blut, müssen aber zusammenarbeiten. Claudia Unterweger ekelt sich vor Studiogästen, hat aber ständig welche. Mona Moore hat eine fürchterliche Telefonphobie, muss aber das „Doppelzimmer" moderieren. Dass Wortchef Pieper Legastheniker, Agrammatiker und Bücherfeind ist, kann in dieser Reihe auch nicht wirklich überraschen. Manchmal hab' ich das Gefühl, dass ein betrunkener Sadist bei FM4 die Aufgaben verteilt hat. Vielleicht der Teufel selbst, denke ich mir jedes Mal, wenn ich in Grissemanns grobschlächtiges und feindseliges Gesicht blicke.

20.8.

Liebes Tagebuch, die blassesten und ungelenksten Kollegen tragen gelb-grüne, brasilianische Papageientrikots. Wie kommt das? Glauben sie ernsthaft, sich so in südamerikanische Samba-Papagalli verwandeln zu können? Dicke, weißbeinige Bauernsöhne aus Melk oder Tulln oder Waidhofen an der Ybbs bleiben immer dicke, weißbeinige Bauernsöhne aus Melk oder Tulln oder Waidhofen an der Ybbs. Da können sie Brasilientrikots oder Jamaicaleibchen anziehen, Velvet-Underground-T-Shirts oder Franz-Ferdinand-Hemden. Allein durchs Kiffen wird niemand Rastafari und durch blöde Frisuren nicht jeder Andy Warhol. Ich, als einziger Kosmopolit und Intellektueller bei FM4, hab' jetzt an alle männlichen Kollegen schwarze T-Shirts verteilt, auf denen ein Satz steht, der ihrer ländlichen Herkunft und geistigen Beschränktheit Ausdruck gibt. Auf dem T-Shirt steht: „Fang i di dann fick i di!"

*

Liebes Tagebuch, Grissemann kleidet sich wie Serge Gainsbourgh, sieht dabei aber aus wie der Seriendarsteller Serge Falck, wenn man es freundlich ausdrücken will. Ehrlichere Stimmen würden sagen, er sieht aus wie der Ex-Kicker Peter Stöger. Mein Kollege gibt sich den Künstler-Anschein, wirkt dabei aber wie eine Künstlerkarikatur aus den frühen achtziger Jahren. Na ja, immerhin eine Weiterentwicklung. Im letzten Jahr noch hat er sich gekleidet wie Simone de Beauvoir, wirkte dabei aber eher wie Krimhild Trattnig. Und als er die Bertold-Brecht-Phase hatte, wurde er vom ORF-Portier immer gleich in den ORF-Fuhrpark zu den anderen Automechanikern geschickt.

P.S.: Liebes Tagebuch, das T-Shirt, das ich von Grissemann geschenkt bekommen habe mit dem „Fang i di fick i di", wirkt hervorragend in der Damenwelt.

21.8.

Liebes Tagebuch, ich finde die Pornographie-Sommerserie im Sumpf höchst erstaunlich, sind doch die beiden Sumpf-Redakteure Dr. Ostermayer und Magister Edlinger im Alltag sehr zugeknöpft und körperfeindlich. Dr. Ostermayer zwingt ja sogar seine Hauskatzen, Hemden und Hosen zu tragen, und für Mag. Edlinger gilt schon ein hängender Rollkragen als obszönes Dekolletee. Wie kommt es also, dass gerade die beiden Sexmuffel und Erotikverweigerer, diese Moralapostel übelsten Zuschnitts, in ihrer Sendung offen über Pornographie schwadronieren? – Weil sie gezwungen werden, liebes Tagebuch. Weil Senderchefin Eigensperger was „Geiles" im Sommerprogramm haben will und ihr Exekutor, Chefcontroller Blumenau, den beiden angedroht hat, ihnen ihre gesamte Bibliothek moderner russisch-orthodoxer Lyrik zu verbrennen, wenn sie es nicht tun. So sitzen die beiden jetzt mit knallroter Birne und knallroten Öhrchen und Näschen Sonntag für Sonntag hinterm Mikrophon und winden sich beim Schweinkramreden.

*

Liebes Tagebuch, der Druck aus der Chefetage auf uns Mitarbeiter ist enorm. Wer bei FM4 arbeitet, muss Kompromisse eingehen, bis das Rückgrat birst. Jemandem wie Musikchef Makossa blutet täglich das Herz, wenn er immer nur Alternative-Musik ins Programm nehmen muss und nie seine geliebte mittelalterliche Chormusik spielen darf. B.T.O. Spider hasst überhaupt jede Musik, für seine Haikus ist aber kein Platz bei FM4, obwohl er es in dieser schwierigen Kunst zur Meisterschaft gebracht hat. Hermes ist eigentlich ausschließlich an der Nutzung von Wasserkraft interessiert, aber, liebes Tagebuch, find da mal bei FM4 einen Sendeplatz! Keiner bei FM4 macht das, was er wirklich will. Auch Grissemann und ich würden lieber etwas ganz anderes moderieren als öde Unterhaltungssendungen. Eine tägliche Rheuma-Spezialsendung, das wär's, aber für so etwas Wichtiges ist ja in diesem Scheißjugendsender kein Platz.

22.8.

Liebes Tagebuch, nachdem mehrere Tausend FM4-Hörer an „Expedition Österreich“ vor Langeweile gestorben sind, haben Stermann und ich einen Brief an die Fernsehbosse geschrieben, mit der dringenden Bitte, im ORF-Fernsehprogramm auch auf potentielle FM4-Hörer Rücksicht zu nehmen. Wir bekamen einen äußerst unfreundlichen Brief zurück mit der dringenden Bitte, „im FM4-Programm doch wenigstens einmal auch auf die Millionen von ORF1- und ORF2-Zuschauern Rücksicht zu nehmen!“ Mit anderen Worten: Wir müssen ab jetzt die Highlights von „Willkommen Österreich“ und „Vera“ senden. Täglich. In einem 3-Stunden-Special, moderiert von Miriam Hi. Morgen geht's los. Vorher und nachher eingerahmt von einer Radiofassung vom Money Maker. Anhand der Geräusche müssen Hörer raten, wie viel Geld der Kandidat im Windkanal eingesackt hat.

*

Liebes Tagebuch, unser Brief ans Fernsehen ging offensichtlich voll nach hinten los. Wie es aussieht, wird FM4 nur mehr eine akustische Mischung aus ORF1 und ORF2 werden. Boris Uran und Sepp Forcher moderieren abwechselnd die Musik-Spezial-Sendungen, morgens laufen entweder die besten Szenen aus japanischen Zeichentrickfilmen oder alte Wiederholungen von „Schlosshotel Orth". Wir FM4-Mitarbeiter werden alle umgeschult zu Kabelträger-Assistenten-Hospitanten am Küniglberg. Tja, das wär's dann wohl gewesen, liebes Tagebuch. Und lerne: Lege dich nie mit den Mächtigen dieser Welt an!

23.8.

Liebes Tagebuch, für Geld kann man alles kaufen: Würste, einen Dorsch, ein paar Hüte und auch einen neuen Körper. Nachdem im Sommer viele Kollegen auf Festivals unterwegs waren und von Wiesen bis zum Salzburgring durch schwabbelige, unförmige Körper aufgefallen sind, wurden verschiedene Schönheitschirurgen auf unseren kleinen, pfundigen Schlabbersender aufmerksam. Wir mussten uns alle nackt ausziehen, und die plastischen Chirurgen umkreisten mit dicken Eddings unsere Problemzonen. „Körper wie der Nahe Osten – eine einzige Problemzone", brachte es ein Arzt auf den Punkt. Allein für die Markierung von Stermanns zahlreichen Problemstellen verbrauchte der gutaussehende Mediziner fast 60 Eddings. Bei mir, der ich immer schon der Körperbewussteste bei FM4 war, soll lediglich ein wenig von der Bierwampe abgesaugt werden, und zwei, drei kleine Korrekturen werden an den Beinen vorgenommen. Und an den Armen. Und den Augen, den Ohren, der Nase und dem Mund. Und einen ganz neuen Po soll ich bekommen. Alles Kleinigkeiten gegen das, was bei Stermann oder Zsutty gemacht wird.

*

Liebes Tagebuch, in riesige Fässer wurde mein abgesaugtes Fett mit dicken Schläuchen geleitet. 9 Fässer allein für die Unterarme! Eine riesige Brustverkleinerung und das völlige Entfernen aller Schwangerschaftsstreifen haben aus mir einen ganz neuen Menschen gemacht. Fast 40 Liter Fett wurden aus meinem Kinn gepumpt, so dass ich endlich nur noch ein Tripelkinn habe. Kollege Zsutty wurde aus Versehen ganz abgesaugt, wir haben ihn aus dem übelriechenden Fettfass ziehen müssen. Vielmehr das, was von unserem lieben CVD übriggeblieben ist. Er ist jetzt ein richtiges Zniachterl mit seinen 146 Kilo.

24.8.

Liebes Tagebuch, Albert Farkas hat die jungen Kollegen zu einem Sitzstreik aufgehetzt, weil sie im Monat weniger verdienen, als wir Alten während eines Kantinenbesuchs für Getränke ausgeben. Natürlich haben die jungen Kollegen das Recht, zu protestieren. Ich bin selbstverständlich solidarisch mit ihnen. Meine Solidarität zeige ich, in dem ich ganz behutsam durch die sitzende Meute gehe und versuche, auf niemanden zu treten. Manchmal stecke ich einem auch ein 20-Cent-Stück zu. „Aber brav mit den anderen teilen, gell?“ sage ich dann und geb' demjenigen eine freundliche Backpfeife. Es ist mir immer schon wichtig gewesen, den Schwachen zu helfen. Stermann unterstütze ich zum Beispiel schon seit 15 Jahren.

*

Liebes Tagebuch, ich habe Albert Farkas ein paar Tipps gegeben für den Streik. Ich glaube, dass gerade wir Älteren den Jungen da wertvolle Ratschläge geben können, selbst wenn der Streik gegen uns gerichtet ist. Da bin ich großzügig, vor allem, weil ich genau weiß, dass ihre Forderungen nicht erfüllt werden. Ach, herrlich, so ein bisschen Arbeitskampf. Ich habe mir bei Prada ein schöne Revolutionsklamotten für 5.000 Euro gekauft, und dann hab' ich gesagt: „Komm, Albert, schreib auf das Plakat: Arschtritte für Sesselkleber. Stermann, Grissemann und Konsorten – auf alte Kacker werf ich Torten!“ Eigenhändig hab' ich ein Plakat gemalt und den jungen Kolleginnen Mari Lang und Johanna Zechner in die Hand gedrückt. Auf dem Plakat steht: „FM4 – das sind wir. Alte zu Ö1 – sonst setzt es eins!“ So ein Streik macht richtig Spaß, wenn man auf der sicheren Seite steht.

25.8.

Liebes Tagebuch, habe für 2,1 Kilometer über 42 Stunden gebraucht, bin sozusagen einen umgekehrten Marathon gelaufen. So richtig durchtrainiert bin ich zur Zeit nicht. Meine Muskeln haben in etwa die Konsistenz von Püree, meine Gelenke die Geschmeidigkeit von Ritterrüstungen, und meine Bänder sind so ausgeleiert, dass ich damit nicht mal meine Sportschuhe binden könnte. Selbst meine für meinen Beruf nicht ganz unwichtigen Gesichtsmuskeln sind völlig eingerostet – zwei junge, gutaussehende Praktikanten klappen meinen Ober- und Unterkiefer beim Sprechen auf und zu, eine bewegt meine Zunge hin und her. Dieses Nonstop-Olympia-Schauen hat aus mir ein Wrack gemacht. Ich bin zu müde, um einzuschlafen, und schau mir mit Chefcontroller Blumenau zusammen zur Zeit alles noch mal auf Video an. Die ganzen 2 Wochen Olympiade.

*

Liebes Tagebuch, ich würde mich als den Leibniz des Sports bezeichnen. Leibniz war der Letzte, der zu seinen Lebzeiten das gesamte Wissen seiner Zeit im Schädel hatte; ich wiederum hab' jede einzelne bei Olympia vertretene Sportart schon betrieben und könnte 2008 in Peking in jeder Disziplin antreten. Taek-Wan-Do, Dressurreiten, Synchronschwimmen, Tontaubenschießen, Gewichtheben – ohne angeben zu wollen, aber ich kann alles und bin in jeder Disziplin sehr gut. Ich hab' mir ausgerechnet, dass ich, wäre ich ein Land, im Medaillenspiegel zwischen Australien und Japan gewesen wäre. Als Einzelperson. Meine Zeit beim 4 x 100 Meter Sprint liegt unter dem olympischen Rekord, im Beach-Volleyball hat kein gegnerisches Duo eine Chance gegen mich. Peking 2008 – ich bin bereit, wenn das IOC mich endlich als Land akzeptiert!

26.8.

Liebes Tagebuch, wenn ich alleine ein Lokal betrete, fragen mich die Menschen immer: „Wie geht es EUCH?“ Ich halte das nicht mehr aus, nicht als Individuum, sondern immer nur als Teil eines Duos betrachtet zu werden. Nur weil ich mit meinen Wurstinstallationen keine große Öffentlichkeit erreiche, heißt das noch lange nicht, dass ich nicht ein eigenständiger Künstler bin. Ich bin, verdammt noch mal, nicht nur der, der mit Stermann zusammenarbeitet. Ich habe meinen eigenen Kopf. Meine Wurstinstallationen beweisen das. Meine Ausstellung „Wurstgesichter des 21. Jahrhunderts" zum Beispiel war sehr gelungen, auch wenn außer Stermann, meinen Eltern und einem betrunkenen Schülerzeitungsredakteur niemand davon Notiz nahm. Christian Clerici aus Krakauer geformt, Arabella Kiesbauer aus Blutwurst, Britney Spears aus Mortadella und Michael Moore aus Saumagen, ist das vielleicht nichts?

*

Liebes Tagebuch, Grissemanns Bestrebungen, alleine, ohne mich, Erfolg haben zu wollen, werden immer absurder. Er ist einfach kein interessanter bildender Künstler, da kann er so viel Wurst verwenden, wie er will. Einen Teller mit saurer Wurst in eine Vitrine zu stellen und dem Werk dann den Titel zu geben: „Saures Wurstgesicht in Essig ertrunken", damit lockt er niemanden hinterm Ofen hervor. Oder die lebensgroße Nachbildung von André Rieux aus Presswurst – die Nachfrage auf dem Kunstmarkt hält sich bei solchen Arbeiten, vorsichtig formuliert, in engen Grenzen. Richard Clayderman mit Frankfurtern als Fingern an einem Klavier sitzend mit dem Werktitel „Wurstfinger spielen Moll" … Nein, er muss endlich akzeptieren, dass er nur mit mir zusammen reüssieren kann. Er braucht mich wie ein Stück Brot die Wurst.

27.8.

Liebes Tagebuch, wie heißt der Spruch? „Lieber Gott, beschütze mich vor meinen Freunden, um meine Feinde kümmere ich mich selbst!" Stermann, das Schwein, dieser grunzende, zu Fleisch gewordene Scheißhaufen, macht im Sender hinter meinem Rücken Stimmung gegen mich, wie mir der liebenswerte Kollege Andreas Gstettner erzählt hat, als ich vor ihm über Stermann hergezogen bin. Ich bin aus allen Wolken gefallen. Ist das zu fassen? Wie kann ein Mensch so unkollegial sein? So illoyal? Eine fast 60-jährige Freundschaft so torpedieren? Schon gestern, als ich mich zusammen mit Joe Ramick und Martina Bauer über Stermann lustig gemacht habe, über sein Aussehen, seine Kleidung und sein minderes Talent, hat Ramick so etwas angedeutet, dass Stermann mich auch nicht NUR in den höchsten Tönen lobt. „Ja, wieso denn nicht?" hab' ich geantwortet. Jetzt ist der dämliche Rheinländer jedenfalls für mich gestorben. Endgültig. Hat er doch in der Kantine offenbar vor allen Kollegen erzählt, dass ich mir nicht selbst die Schuhe binden kann. Dieses Dreckschwein. Wie steh ich denn jetzt da, liebes Tagebuch?

*

Liebes Tagebuch, gut. Er wollte Krieg – den kann er haben. Ich bind' ihm nie mehr die Schuhbänder. Stolpert er eben jetzt bei jedem zweiten Schritt und fällt der Länge nach hin. Kann er haben. Ich habe ihn fast 70 Jahre lang gedeckt, ihm heimlich die Schuhe gebunden, wenn sie aufgegangen waren. Ihm geduldig immer und immer wieder gezeigt, wie es geht. Aber er hat da irgend einen Defekt. Er schafft es einfach nicht. Er kann sich ja auch bis heute nicht selbst die Fingernägel schneiden. Er kann sich nicht selbst die Nase putzen. Wenn er so weiter macht, werde ich auch das noch öffentlich machen. Mal sehen, was NEWS mir zahlt für eine Geschichte über Grissemanns zahlreiche Unzulänglichkeiten. Er ist Tag-Nacht-Verwechsler, kann nicht ohne Hilfe fernschauen und kennt nicht den Unterschied zwischen Fischen und Vögeln. So siehts aus. Und der Mann will eine Ikone der österreichischen Jugend sein? Ich muss ihm beim Zähneputzen die Bürste halten und ihm den Kopf dabei hin und her drehen. Ich muss ihm die Haare waschen, während er sich weinend mit beiden Händen einen Waschlappen vor die Augen presst, aus Angst, dass ihm Wasser in die Augen kommt. Nein, Tagebuch. Ich spiel da nicht mehr mit. Alles soll ans Licht. Alles.

28.8.

Liebes Tagebuch, Stermann hat hohes Fieber, weil sich die Wunde an seinem dicken Zeh entzündet hat. Er hat wohl Tollwut; die Ärzte haben ihm verboten, in lebende Tiere zu beißen, um eine Epidemie zu verhindern. Das tut mir Leid für ihn, weiß ich doch, wie gerne er in noch lebende Schweine, Rinder und Kühe beißt. Das ist jetzt fürs Erste vorbei für ihn, vielleicht für immer. Es kann gut sein, dass er eingeschläfert werden muss. Und das alles nur wegen der illegalen Fallen, die Chefcontroller Blumenau rings um seinen Schweinestall ausgelegt hat. Seit 10 Tagen hat er diesen Schweinestall mitten in der Redaktion. 6 Säue und 2 Ferkelchen. Süße Dinger. Er hat das getan, um uns den Schweinestall vor Augen zu führen, den wir nach Dienstschluß hinterlassen, wie er uns erklärte. Stermann schlich tagelang mit heraushängender Zunge und gierigem Blick um den Stall, bis es ihn schließlich übermannte und er in eins der Schweine hineinbeißen wollte. Er lief auf die dickste Sau los – und die Fußangel schnappte zu. Es machte ein fürchterliches Geräusch, als sich die Eisenkrallen in sein Fleisch bohrten. Mein Gott, der Deutsche tut mir wirklich leid.

*

Liebes Tagebuch, ich habe über 50 Fieber, wahrscheinlich, weil die Falle verrostet war. Blumenau hat nur gebrauchte Fallen ausgelegt, an denen noch das Blut von Hirschen, Wildschweinen und Wilderern der letzten 100 Jahre klebte. Na ja. Tollwut ist nicht so angenehm. In meinem Körper explodieren Gefäße und Organe, und das Schlimmste: Ich phantasiere ununterbrochen. Immer das Gleiche. In diesem Traum bin ich ein heterosexueller Atheist und werde von meinen Eltern in St. Pölten im Priesterseminar angemeldet. Dieser Traum bringt mich langsam aber sicher um den Verstand.

29.8.

Liebes Tagebuch, es ist für uns bei FM4 sehr lustig, in der Stadt Plakate von Gentechnikgegnern zu sehen, die vor drohenden Konsequenzen warnen, von wegen: „Gentechnik kann ihre Nahrung verändern: Mlich statt Milch!" Die Senderverantwortlichen Eigensperger und Blumenau haben schon vor 5 Jahren FM4 als Versuchs- und Experimentieroase an die Pharmaindustrie verkauft, vielmehr uns Mitarbeiter. Magister Edlinger – und ich habe Beweisfotos davon! – wurde schon 1999 ein drittes Ohr zwischen die Haare transplantiert. Würde der

Herr Sumpfredakteur sich eine Glatze schneiden lassen, wäre der Friseur sicher ein bisschen verdutzt. Meine Mundhygienikerin hat sich jedenfalls immer noch nicht daran gewöhnt, dass ich 32 Backenzähne habe.

*

Liebes Tagebuch, bin ich noch ich selbst oder schon längst ganz etwas Anderes? Diese Frage beschäftigt mich immer wieder, seit ich beschlagen worden bin und kurz danach auf Kiemenatmung umgestellt wurde. Die Kollegen nennen mich alle nur noch „das deutsche Seepferdchen". Ich kann problemlos tagelang unter Wasser bleiben und dort nach Herzenslust traben und galoppieren, aber: eigentlich habe ich diese Herzenslust gar nicht. Ich bin einfach nur ein Opfer skrupelloser Genforscher. Mein Gott, ich bin Radiomoderator. Wozu brauche ich Hufe? Der arme Grissemann tut sich auch nicht gerade leicht mit seinen 32 Backenzähnen. Weil's ja auch die Backenzähne eines Pferdes sind. Riesendinger.

30.8.

Liebes Tagebuch, seit diesem ungeheuerlichen Gerichtsurteil in England spitzen sich auch die Zustände bei FM4 erneut immer mehr zu. Zwei Brüder saßen dort 18 Jahre lang unschuldig im Gefängnis, sind endlich freigekommen und haben eine Entschädigung zugesprochen bekommen. Ein britisches Gericht hat den beiden jetzt diese Entschädigung um ein Drittel gekürzt mit der Begründung, dass sie ja 18 Jahre lang keine Miete zahlen und auch nicht für ihre Verpflegung aufkommen mussten. Chefcontroller Blumenau hat sich gleich nach dem Urteil mit dem ORF-Lohnbüro zusammengesetzt und ausrechnen lassen, wie viel Geld wir gespart haben, weil wir bei FM4 arbeiten. Strom, Wasser, Heizung, Stühle, Tische, Computer usw. Er präsentierte mir eine Rechnung für Toilettenbenutzung innerhalb der letzten neuneinhalb Jahre – in der unfassbaren Höhe von 28.000 Euro für Klosettspülung, Armaturen, Klopapier und Seife. Außerdem kündigte er an, dass demnächst weitere Rechnungen folgen werden.

*

Liebes Tagebuch, 1.700,– Euro für Frischluft soll ich zahlen, weil man in der Redaktion die Fenster öffnen kann. 2.800,– Euro für die Aussicht, pro Mitarbeiter 14.000,– Euro für Sitzgelegenheiten – und sage und schreibe 178.000,– Euro fürs Musikhören. Lägen die CDs nicht im Musikarchiv, so die Begründung, hätten wir sie uns theoretisch ja alle kaufen müssen. Plus Aufzug-, Garderoben- und Aschenbecherbenutzung soll ich bis Ende August insgesamt 269.800,– Euro zahlen. Wenn nicht, muss ich ein Organ meiner Wahl zur Verfügung stellen, das FM4 dann auf dem freien, illegalen Organmarkt verscherbeln darf. Weißt du was, liebes Tagebuch? Sollen sie mir doch einfach mein Herz rausreißen! Gebrochen worden ist es bei FM4 eh schon.

Mathias Zsutty

1.9.

Die fortschreitende Roganisierung in diesem Land hat nun auch die Sekte FM4 erfasst, liebes Tagebuch. Ich verrate ein absolutes Top-Geheimnis: Silberfisch Markus Rogan wird ab Oktober FM4-Redakteur. Der smarte Rogan hat ja in allen Interviews angedeutet, mit 22 seine Karriere beenden zu wollen, um sich Verantwortungsvollerem zu widmen: Außenminister oder so was. Alles Bluff. Rogan wird seinen Schreibtisch bzw. sein Aquarium am 1. Oktober beziehen. Sein genaues Aufgabengebiet: Die Stimmung im Team erhöhen, einmal durch locker-frech-vorwitzige Superbrüller-Sprüche à la „unser Bundespräsident heißt Haifisch" und zum anderen durch gockelgeiles Posing im Schwimmhöschen. Das Stanford-Bürschchen wird die Frauen hier in den Wahnsinn treiben, liebes Tagebuch.

Die weniger gut geschnittenen männlichen Redaktionskörper – allen voran der dicke Stermann – planen eine Anti-Rogan-Demo vorm Funkhaus. Sie werden Kult-T-Shirts mit der Aufschrift: „Bier formte diesen wunderschönen Körper" tragen. Rogan – go home!

*

Diesem größenwahnsinnigen Elite-Schwimm-Schnösel wird das Lachen ganz schön vergehen hier bei FM4, liebes Tagebuch. Andreas Schindler hat die ganze Redaktion bereits mit Airon-Peirsol-Plakaten zugeklebt, um den Rogan zu ärgern, und Chefcontroller Blumenau arbeitet an einer großartigen Polemik mit dem Titel: „Entartete Bewegung – welcher Fisch schwimmt schon am Rücken?" Als Einstandsgeschenk bekommt Markus Rogan von Wortchef Pieper 100 Nasensprays geschenkt, weil er ja ein bisschen chronischen Schnupfen hat, der liebe Markus ...!

Und wenn er dann noch immer glaubt, mit köstlichen Sprüchen vor allem bei der weiblichen Belegschaft punkten zu können, dann sagen wir ihm: „Reden ist Silber, Markus, aber Schweigen ist GOLD! Und davon hast du – in allen Ehren – in Athen nicht allzu viel bekommen ..."

2.9.

Nachdem letztens ein freundliches „Willkommen Österreich"-Team unsre putzige Show „Salon Helga" besucht hat, hat der große Bruder Fernsehen offensichtlich Blut geleckt. Die Redaktion von „Frisch gekocht ist halb gewonnen" will allen Ernstes Chefcontroller Blumenau einladen, das hat Presselady Jenny Blochberger heute in der Krisensitzung mitgeteilt. Blumenau ist stolz wie Oskar. Blumenau ist ja so eine art aggressiver Jamie Oliver, er kocht sozusagen ständig vor Wut und trägt seit Jahr und Tag während der Arbeit hier bei FM4 eine in Blut getränkte Schürze. Blumenau möchte in der Show von Koch-Moderator Peter Tichatschek im Fernsehen an einem Hungertuch nagen, um so auf die finanzielle Situation bei FM4 aufmerksam zu machen. Na, das kann ja was werden …

*

Blumenau ist grade von der Aufzeichnung zurückgekommen. Er bezweifelt, dass sein Auftritt je auf Sendung gehen wird. In bewährter „Bonustrack"-Manier habe er dem grundharmlosen TV-Softie gezeigt, was es heißt, mit Blumenau Gespräche zu führen. Sätze wie: „Tichatschek, du hohle Nuss, ein dummes Wort noch und du bist draußen" oder „was für eine vertrottelte Salz-und-Saucen-Sendung moderierst du hier eigentlich?" passen halt nicht wirklich in die nette, großmuttertaugliche Kochshow. Als Blumenau den verdutzten Tichatschek dann tasächlich mit einer Bratpfanne aus dem Studio prügelte, haben die Kameraleute aufgehört mitzuschneiden. Tja, wieder eine vertane Chance, FM4 bekannter zu machen …

3.9.

Einer alten Tradition zufolge müssen die – nach einer internen Wahl – unwichtigsten FM4-Mitarbeiter die neuen Plakate in die Stadt kleben. Eine harte, schweißtreibende Nachtarbeit. Edlinger und Stermann, die die Plakate diesmal affichiert haben, sind gerade zurück in die Redaktion gekommen. Mit Klebstoff in den Haaren und jeweils einem gebrochenen Unterschenkel. Sie sind von einer Litfasssäule in Floridsdorf gefallen. Wir können den beiden leider keinen Krankenhausaufenthalt zahlen, weil wir das ganze Geld in die neue Plakatproduktion gesteckt haben. Edlinger und Stermann wurden jetzt erstmal vor den Kaffeeautomaten gelegt. Mit CD-Hüllen werden ihnen die Beine geschient.

*

Aua, Tagebuch! Ich habe Schmerzen beim Schreiben. Auch mein rechter Ellenbogen ist geprellt. Der verdammte Magister Edlinger ist in seiner unfassbaren Tollpatschigkeit von der Leiter gefallen, die an der Litfasssäule lehnte, und er hat mich – in einer Stan und Ollie nicht unähnlichen Situation – mit runter gerissen. Wir wanden uns am Trottoir ... und dann blieb ein Auto stehen, dessen Lenker Mitglied der sogenannten Ö3-Gemeinde war, wie ein Sticker an der Windschutzscheibe verriet. Als der pockennarbige vermeintliche Helfer sah, welches Plakat wir Idioten da grade aufkleben wollten, hatten wir auch schon seine harte Faust im Gesicht. Nun, Tagebuch, die Reifen quietschten, und der Verbrecher ward nie mehr gesehen. Denken Sie bitte an mein Leiden, wenn Sie eines FM4-Plakates ansichtig werden. Danke.

4.9.

Oliver Baier hat kürzlich auf FM4 – als Claudia-Unterweger-Vertretung – eine Stunde moderiert. Sehr zum Vergnügen der Hörer, wie die Einträge ins Gästebuch verrieten. Wir sollten öfter Gäste moderieren lassen, das schafft Abwechslung. Herbert Prikopa statt Gerald Votava in Projekt X, Robert Kratky statt Edlinger im Sumpf, mein Vater statt mir selbst im Salon Helga – und Gerda Rogers, diese entsetzliche Astro-Tante, als neue Luna Luce! Warum nicht? Mölzer statt Nachtstrom im House of Pain, Nenning statt Pulsinger in La Boum, und aus Chez Hermes machen wir kurzerhand ein Chez Hermann; da kann sich dann der Maier Hermann ins Nachtstudio setzen. Das kickt doch! Endlich neuer, frischer Wind!!

*

Grissemann hat tatsächlich eine Liste erstellt, mit möglichen neuen Gastmoderatoren. Die Liste liegt jetzt bei Senderchefin Eigensperger. Grissemann macht sich damit keine Freunde bei

FM4. Schließlich sind die meisten hier froh, endlich einen Stammplatz bei FM4 zu haben. Ihnen graust bei dem Gedanken, von irgendwelchen schmierigen österreichischen Halbprominenten ersetzt zu werden. Komische Atmosphäre hier bei FM4, liebes Tagebuch: In den Gängen lauern verzichtbare Gestalten herum, die früher noch FM4 gemieden hätten, wie der Teufel das Weihwasser: Alfons Haider, Alexander Goebel, der Schlagersänger Heintje, der Koch vom Marchfelderhof, Birgit Sarata, der Lugner sowieso, Manuel Noriega oder Ortega, und und und … die wollen FM4 übernehmen!!

Tu was, Tagebuch!!!!

5.9.

Ein österreiches Hochglanzmagazin hat geschrieben, FM4 wäre ein sektenähnlich geführtes Medienunternehmen. Das ist doch wohl die Höhe, Tagebuch! Wir haben sofort unsern Feuerlauf über glühende Kohlen unterbrechen müssen, als wir das erfahren haben, und unser Guru Blumenau hat uns zur Besprechung ins Krisensitzungszimmer befohlen. Fast alle waren da; nur die Neuen von der Workstation nicht. Laut Anweisung von Sektenchefin Eigensperger darf man die erste Gehirnwäsche nicht einfach so unterbrechen. Blumenau meinte, um nicht noch sektenverdächtiger zu werden, sollten wir die geplanten, neuen Arbeitsuniformen – weiße Leintücher und gelbe Kapuzen – erst nächstes Jahr tragen.

Ein von uns allen gemurmeltes „Jawoll, Meister" beschloß die Sitzung.

*

Also ganz so ungerechtfertigt ist der Sekten-Vorwurf gar nicht, liebes Tagebuch, wenn man daran denkt, wie schwer es ist, von FM4 wieder wegzukommen. Alles Geld wird uns abgenommen, und Meister Blumenau hat uns alle sexuell hörig gemacht. Zwei von uns hat er ziehen lassen, Robert Rotifer nach London und den Smash nach New York, aber nur mit der Auflage, dass beide regelmäßig im Netz auf der FM4-Seite Bericht erstatten. Sich sozusagen wie entlassene Schwerverbrecher einmal wöchentlich bei der Polizei melden. Vieles ist nicht normal hier: Seit zwei Monaten dürfen wir keinen Kaffee oder Tee mehr trinken, sondern ausschließlich Blumenaus Blut. Um Gottes Willen, wo bin ich hier reingeraten ...

6.9.

Du kennst diesen alten, abgegriffenen Witz vom Beamtenmikado, Tagebuch, oder?

Wer sich zuerst bewegt, hat verloren. Auf niemanden passt dieser blöde Spruch so gut, wie auf das Fräulein Landsgesell, ihres Zeichens vierte Sekretärin von FM4. Vor allem die neuen Mitarbeiter kriegen einen ganz schönen Schreck, wenn sie das Fräulein Landsgesell zum ersten Mal sehen. Man denkt, im Wachsfigurenkabinett zu sein. Unheimlich. Verändert das Fräulein Landsgesell doch einmal ihren starren Blick, dann geht der immer auf ihre Armbanduhr, und um 16 Uhr schreit sie ohrenbetäubend laut: „Feierabend". In nullkommanix ist sie dann aus der Redaktion draußen. Seit 5 Jahren ist das faule Fräulein Landsgesell jetzt bei uns, und irgendwie haben wir sie alle liebgewonnen, obwohl sie noch nie auch nur eine klitzekleine Tätigkeit erledigt hat. Wortchef Pieper hat letztens in der Krisensitzung gemeint, wir könnten statt ihr auch einen ausgestopften Pudel an den Schreibtisch setzen. Das war gemein ...

*

Mir hat das reizende Fräulein Landsgesell letztens zugestöhnt, sie glaube, sie leide am Burn-Out-Syndrom. Da habe ich lachen müssen. Ihr fällt regelmäßig der Bleistift aus der leblosen Hand; wenn sie vor Müdigkeit vom Sessel rutscht, muss der extra dafür abgestellte Redakteur Farkas sie wieder raufziehen, und nachdem sie auch zu faul zum Essen ist, muss Frau Schönwiese sie pünktlich um 12 füttern. Fräulein Landsgesell isst übrigens ausschließlich erlesenste Saucen, damit sie beim Kauen und Schlucken nicht so viel arbeiten muss, wie sie sagt. Wenn die lieben Hörer draußen teilweise auf einen Mitschnitt ein halbes Jahrzehnt warten müssen, dann ist wer dran Schuld, liebes Tagebuch? Richtig: das unfassbar faule Fräulein Landsgesell!!

7.9.

Mir ist was Peinliches passiert, Tagebuch. Einige von uns, darunter auch ich, sind ja obdachlos und schlafen im Turnsaal des Wiener Funkhauses. Da ist mir doch gestern glatt im Schlaf die Hand weggerutscht, und diese meine Hand landete gewissermassen Pater-Paternoid auf dem Oberschenkel des jungen Robert Zikmund. Der Zikmund hat gleich Alarm geschlagen von wegen sexuelle Belästigung und so. Ich musste mich mit rotgeschämtem Kopf zu Senderchefin Eigensperger begeben, die mich anwies, in nächster Zeit nicht in der Öffentlichkeit aufzutreten. Dabei wollte ich doch unbedingt zur Firmung von Tony Wegas' Nichte ...

*

Unglaublich, liebes Tagebuch, nach geheimen Recherchen innerhalb der Redaktion ist meinem Kollegen Grissemann in den letzten 10 Jahren gleich 14 Mal die Hand im Schlaf weggerutscht, und die ständig rutschende Hand landete immer auf den Oberschenkeln diverser neben ihm schlafender Jung-Mitarbeiter. Auf einen, nämlich auf Lukas Tagwerker, hat sich der in der Öffentlichkeit immer fröhliche, liebenswerte Grissemann im Schlaf sogar gänzlich draufgelegt. Also, entweder der Grissemann träumt sehr heftig, oder er ist ... er ist ... Nein, das darf man gar nicht denken, liebes Tagebuch.

8.9.

Liebes Tagebuch, nach dem Erfolg des Udo-Proksch-Musicals im Rabenhof-Theater sind viele „Kreative" bei FM4 neidisch auf die Gruppe „Monochrom", die das Musical um den Lucona-Schiffeversenker geschrieben hat. „UDO 77" heißt das Musical, und noch am Abend der Premiere haben Clemens Haipl und Martin Puntigam begonnen, „UDO 88" zu schreiben, ein Musical über Udo Lindenberg. Lindenberg, in dessen Rolle sich Haipl sieht, beim Logopäden in der DDR, der Logopäde reißt Lindenberg den Hut vom Kopf und stellt fest, dass Lindenberg in Wahrheit Peter Scholl-Latour ist. Gerald Votava wiederum traf sich nach der geglückten Monochrom-Premiere sofort mit Willi Resetarits, um erste Entwürfe für „UDO 66" aufs angeekelte Papier zu kritzeln. „UDO 66" – ein heiteres Singspiel über Udo Jürgens, spielt an dessen 66. Geburtstag. Jürgens, in dessen Rolle sich natürlich Votava selbst sieht, feiert mit einem 150-köpfigen Gospelchor aus lauter unehelichen Kindern seinen Geburtstag, singt „Mit 66 Jahren ist noch lange nicht Schluß" und kippt tot aufs Klavier. Seine Frau zieht sofort zu einem rechtsradikalen Hanseaten. Stermann ist völlig verzweifelt, weil er keinen Prominenten kennt, der UDO heißt.

*

Liebes Tagebuch. Scheiße, Scheiße, Scheiße. Ich möchte auch ein Musical schreiben, das „UDO" heißt. „UDO 55" oder „UDO 99" wären noch frei – aber über wen? Über Udo Kier, vielleicht, diesen Schauspieler? Oder Udo Erkenbrecher, einen deutschen Fußballtrainer, der nur unterklassige Vereine betreut? Das wird doch nichts, da ist zu wenig Brisanz drin und zu wenig gesellschaftspolitische Sprengkraft. Mist. Pfeif ich eben auf UDO und nennt mein Musical „UWE 33". Ein Retro-Musical rund ums Leben von U.W.E. Fischer, dem Kinosuperstar der Nachkriegszeit. „UWE 33" spielt 1933, und Fischer muss für seine erste Rolle bei Goebbels vorsprechen. Genial. Singende und tanzende Nazis. Ich sehe Liebesduette unterm Hakenkreuz. Chorus Line beim Reichsparteitag. Da werden mich alle feiern. „UDO 77" – nichts als ein müder Vorgeschmack auf „UWE 33"!

9.9.

Liebes Tagebuch, ich halte die Strategie für falsch, Stadt für Stadt und Dorf für Dorf zu reinen FM4-Gemeinden zu machen, aber die neue Unternehmenslinie sieht genau das vor. Wir werden mit Timmelkam in Oberösterreich beginnen. Die Chefin hat sich eine Uniform angezogen und beim Morgenappell gesagt: „In einem Monat will ich Timmelkam eingenommen haben. Und dann kommt Vöcklabruck dran! Wir überrollen das Land, bis alle FM4 hören!" Chefcontroller Blumenau, der sich eine Husarenuniform aus dem 19. Jahrhundert im ORF-Fundus ausgeborgt hat, schrie: „Auf nach Timmelkam, mir juckt die Säbelspitze!“ Also sind wir mit dem in Tarnfarbe gestrichenen FM4-Mobil aufgebrochen. Alle wehrunfähigen Kollegen – also nur Fritz Ostermayer und Stuart Freeman – mussten in Wien bleiben. Liebes Tagebuch, mir behagt das Ganze nicht. Ich bin Pazifist und will nicht Teil eines bizarren Radiokriegs sein.

*

Liebes Tagebuch, Chefcontroller Blumenau hat sich mit Brigadier Karner zu einer Lagebesprechung zurückgezogen, während wir alle als Büsche und Heuballen getarnt im Unterholz liegen. Vor uns liegt Timmelkam. Aus einem einzelnen Haus dringt Musik aus einem Radio. Eindeutig keine FM4-Musik, es sei denn, man wollte Brunner&Brunner als Alternative-Musik bezeichnen. Der Plan sieht vor, dass wir das Haus stürmen, das Überraschungsmoment ausnutzen, und einer von uns blitzschnell den Sender auf die FM4-Frequenz verstellt. Liebes Tagebuch, ich will nicht fremde Leute dazu zwingen, FM4 zu hören. Kann man Hörerzahlen nicht auch auf friedliche Weise verbessern? Muss man immer Gewalt anwenden? Obwohl – wenn ich ehrlich bin, dieser Brunner&Brunner-Müll nervt mich auch unendlich. Also gut. Auf in den Kampf. Für Gott und FM4.

10.9.

Liebes Tagebuch, das ist ja mal interessant. Wir haben den sozialen Background aller FM4-Mitarbeiter untersucht und sind zu dem überraschenden Ergebnis gekommen, dass 75% aller Kollegen aus Fleischhauer-Familien kommen. FM4 – der Metzger-Sender. Der typische FM4-Mitarbeiter hat demnach mit 6 Jahren das erste Mal selbst geschlachtet, ist in ländlichen Verhältnissen aufgewachsen, ohne Strom, dafür mit zerrüttetem Elternhaus, in dem Vater, Mutter und Geschwister regelmäßig mit dem Hackebeil aufeinander losgegangen sind. FM4-ler sind strenggläubig, sektenähnlich erzogen worden und waren im dörflichen Leben skurrile Außenseiter. Wenn man das alles bedenkt, ist vieles bei unserem kleinen Schlachter-Sender erklärbar.

*

Liebes Tagebuch, seit der soziologischen Untersuchung habe ich noch mehr das Gefühl, im Betrieb eine Art Alien zu sein. Ich bin der Einzige, dessen erster Sexualpartner nur zwei Beine hatte und der sich nicht schon im Vorschulalter mit schweren Eisenketten selbst kasteit hat. Ich bin der Einzige, aus dem noch nie der Teufel ausgetrieben worden ist, und der Einzige, der noch nie warmes Kälberblut getrunken hat. Alle anderen sind auf einsamen Bergbauernhöfen aufgewachsen, ich im Ruhrpott, wo ich meine Kindheit unter Tage verbracht habe. Sie lebten in 2.000 Meter Höhe, ich in 2.000 Meter Tiefe. Ich habe mich von Bier und Kohlenstaub ernährt, eine Erfahrung, die meine Kollegen nicht nachempfinden können. Vielleicht ist das Grund, warum ich zu keinem Fest und keiner Sitzung eingeladen werde.

11.9.

Liebes Tagebuch, seit ich heimlich die geheimen Tagebücher von zwei Mitarbeitern von News gelesen habe, gehe ich wieder richtig gern zur Arbeit ins Funkhaus. Gut, auch bei unserem kleinen Freaksender FM4 gibt's Ungerechtigkeiten, Unfairness und Brutalität, aber was ich bei Worm gelesen habe, toppt alles. Er ist ja in Wahrheit Günter Walraff, und er wird bald sein Aufdeckungsbuch herausbringen mit dem schönen Titel: „Der Mann, der bei News Alfred Worm war.“ Toll, wie Walraff sich verkleiden kann. Na ja, eigentlich fänd ich's ja spannender, wenn Walraff zu FM4 käme und aufdeckte, was das Zeug hält, aber wahrscheinlich ist unser kleiner High-Quality-Sender ihm nicht interessant genug.

*

Liebes Tagebuch, wie geschickt von mir, zur Zeit gleich zweimal aufzutreten: als Worm und als Stermann. In sechs Wochen kommt bei 2001 mein Aufdeckungsschocker heraus; nach Hans Esser und Ali jetzt: „Günter Walraff, der Mann, der bei FM4 Dirk Stermann war.“ Eklige Innenansichten eines österreichischen Radiosenders. Blumenau und Senderchefin Eigensperger und all die anderen Ausbeuter bei FM4 können sich jetzt schon mal warm anziehen – und Christoph Grissemann, den ich jahrelang angelogen habe, der ja wirklich felsenfest glaubt, ich sei Dirk Stermann, der kann sich auch auf was gefasst machen. Ihm widme ich ein eigenes Kapitel. Überschrift: „Suff, Sex, Sucht und Zynismus.“

15.9.

Liebes Tagebuch, nachdem in den letzten 12 Monaten 34 Kolleginnen schwanger geworden sind und dazu noch 42 männliche Kollegen Vater wurden, gab es endlich vom Gesundheitsamt ein Seminar über Sexualität und Verhütung am Arbeitsplatz. Die Dame vom Aufklärungsamt begann das Seminar mit einer Diskussion. „Welche Arten von Verhütung kennst du?“ war ihre Eingangsfrage, und das Ergebnis war erschreckend. Die meisten Kolleginnen und Kollegen glauben, eine Schwangerschaft sei ausgeschlossen, wenn man beim Sexualakt an jemand anderen denkt oder das T-Shirt anlässt oder sich ein Kondom aufs Nachtkästchen legt. Die Aufklärungsbeauftragte schaute fassungslos in die Runde auf unsere dicken Bäuche. Unsere Bier- und Babywampen.

*

Liebes Tagebuch! „Aus welchem Material werden Kondome hergestellt?“ lautete eine Frage auf dem Aufklärungsfragebogen. Nun, laut FM4 wahrscheinlich aus Holz. 43% haben nämlich Holz angegeben. 27% Wolle, 12% tippten auf Draht, 6% waren für Leder, einige für Papier, Stroh und Pappe. Nur ich, als sexuell Erfahrenster, hatte mit Kautschuk Recht. Ich erhob mich und erläuterte meinen staunenden Kollegen den Spruch „Kondome schützen“. Das heißt, man soll sie nicht benützen, sonst gehen die armen Dinger ja kaputt. Am besten schützt man Kondome, wenn man sie in der Verpackung lässt. Die Magistratsfrau verließ nach meinem Vortrag den Raum. Scheißegal, wenn Kollegen Fragen haben zum großen Feld der Sexualität, sollen sie sich einfach wieder so wie immer an mich wenden. Was Sex betrifft, macht mir keiner was vor.

16.9.

Liebes Tagebuch, hm, na ja, hm, stimmt schon irgendwie, gesund ist das wohl nicht. Die hübsche Ernährungswissenschaftlerin hat wohl Recht, wenn sie bemängelt, dass wir bei FM4 uns einseitig und unausgewogen ernähren. Viele von uns haben bei ihrem Vortrag zum ersten Mal im Leben Salat gesehen, andere, härtere Fälle, zum ersten Mal im Leben feste Nahrung. Ich selber gehöre zur zweiten Gruppe. Da ich mich ja seit Jahren ausschließlich von Hochprozentigem ernähre und pro Tag etwa 7 Schachteln Gauloises ohne Filter rauche, sind meine Zähne so schlecht, dass sogar Püree zu hart für mich ist. Obst habe ich schon als Baby abgelehnt. Ja, ich hab' Skorbut, aber was soll's? Ich pfeif mir eins und fühl mich pudelwohl.

*

Liebes Tagebuch, meine Beilage heißt Fleisch. Hm, zu einem lecker Rindsbraten drei, vier lecker Scheiben Schweinsbraten, und das Ganze garniert mit einem kleinen Gulasch, was gibt's Besseres? Dieses hübsche Bengelchen vom Ernährungswissenschaftlichen Institut weiß eben nicht, was gut ist. Sie will, dass ich Grünzeug fresse. Ich bin doch keine Kuh. Außerdem esse ich pro Jahr so viele Kühe, dass ich ja eh genug von diesen Nährstoffen mitkrieg', die die Kühe zu Lebzeiten gefressen haben. Aber gut, von mir aus, achte ich halt mehr auf meine Ernährung und ernähre mich ab jetzt ein Jahr lang ausschließlich von Tieren, die sich ausschließlich von Pflanzen ernähren. Eben war es übrigens lustig, liebes Tagebuch. Grissemann sollte vor den Augen der Ernährungsfaschistin eine Banane essen. Er konnte sie natürlich nicht beißen, fluchte laut, schüttete sich ein Viertel Fernet hinter die Binde und rülpste der Dame dann satt und zufrieden ins Gesicht. Mahlzeit, Frau Doktor.

24.9.

Liebes Tagebuch, in der Redaktion liegt ein dünnes Buch im Selbstverlag aus: „Geschichten aus 1001 Nacht“ von Robin Lee. Alle rätselten, wer dieser Robin Lee ist. Wir tippten erst auf einen zum Islam konvertierten Engländer oder einen US-Asiaten, der einen Asiashop in New York führt, der auch nachts geöffnet hat. Es stellte sich aber raus, dass Robin Lee eine FM4-Mitarbeiterin ist. Sie spricht nachts die Nachrichten und hat noch nie einen Kollegen gesehen. Wahnsinn, da arbeitet sie seit 9 Jahren bei FM4 und hat noch nie mit einem einzigen Kollegen gesprochen! Die hat's gut. Alleine nachts arbeiten muss paradiesisch sein, weil mit vielen tagsüber zu arbeiten die Hölle ist. Keiner stiehlt dir deine Jause, keiner brüllt dich an, keiner boxt dir in den Magen, keiner haut dir auf die Nase, keiner wirft dir gezielt Datkassetten ins Aug, keiner reißt dich an den Haaren, keiner übt psychische Gewalt aus, keiner droht dir Prügel an und keiner setzt die Drohung in die Tat um. Ich möchte auch nachts arbeiten. Robin Lee muss ein völlig falsches Bild von der Arbeit bei FM4 haben.

*

Liebes Tagebuch, natürlich ist das Buch „Geschichten aus 1001 Nacht" eher dünn. So viel passiert ja nicht, wenn man nachts allein im Funkhaus ist. Um die Wahrheit zu sagen, hat das Buch nicht mal eine halbe Seite, und auf der steht auch nur mit Edding geschrieben ein einziges Wort: „Nothing." Dennoch beneiden wir sie alle. Robin Lee hat das Glückslos gezogen. Sie fängt um Mitternacht an und hört vor der Morning Show auf, somit ist sie auf die Butterseite des FM4-Lebens gefallen. Die einzigen Kollegen, die sie in ihrem Berufsleben sieht, sind betrunken schnarchende DJs von La Boum de Luxe oder betrunken schnarchende Kollegen vom Sumpf oder die betrunken schnarchenden Kollegen Hermes, Votava, Haipl, Knötzl oder die im Martinirausch schnarchende Luna Luce. So kann man die ganze Bagage ja ertragen; schlimm ist's, wenn sie nüchtern und wach sind. Robin Lee ist für uns alle wie eine Märchengestalt, die Königin der Nacht. Robin Lee – ich trink auf sie.

26.9.

Liebes Tagebuch, Stermann, der Trottel, ist an der polnischen Grenze festgenommen worden, weil er versucht hat, Zigaretten NACH Stettin zu schmuggeln. Herrgottszeiten, der Mann ist wahrscheinlich der dümmste Schmuggler Europas. Weil er so schwach ist im Kopfrechnen, versteht er nicht, dass

Schmuggel nur im umgekehrten Sinn Gewinn bringt. Marlboro Light kosten in Wien 3,40 Euro und in Stettin 1,40 Euro. Ich glaube, er ist wahrscheinlich wegen Blödheit festgenommen worden. Vor zwei Jahren hat er einen seltenen Papagei nach Brasilien geschmuggelt, den er hier am Schwarzmarkt für 2.000 Euro gekauft hat. In Brasilien, wo die Dinger ja tonnenweise rumflattern, hat man ihm 4 Cent für den seltenen Vogel geboten. Stermann ist der schlechteste Geschäftsmann, den man sich vorstellen kann, deshalb arbeitet er ja auch bei FM4. Bei jedem anderen Sender könnte er das 10-fache verdienen.

*

Liebes Tagebuch, ich überlege noch, wie ich am besten den Wodka und den Kaviar verstecken kann, so dass die Zöllner meine heiße Ware nicht finden. Ich fahre mit dem Zug nach Moskau und möchte im großen Stil Wodka, Kaviar und diese Babuschka-Holzpuppen verklickern. Das wird ein Bombengeschäft: Wenn die Sachen bei uns schon so teuer im Einkauf sind, was werden dann erst diese neuen Russen dafür bezahlen? Ach, die Schmuggelei ist eine herrliche Sache. Ich bin mal gespannt, wieviele Menschen sich auf mein Inserat im „Falter“ hin bei mir melden werden: „Seriöser deutscher Geschäftsmann schmuggelt Illegale zurück in ihre Heimat.“

29.9.

Liebes Tagebuch, es gibt hervorragende Kaffeeautomaten, großartiges Aroma, hm – Automaten, vor denen man niederknien möchte. Und es gibt den FM4-Kaffeeautomaten. Aus dem kommt eine braune, stinkende Brühe. Ja, unser Automat war billig, ein Schnäppchen. Wir haben ihn auf ein Inserat hin gekauft: „Bastlerhit, Kaffeeautomat BJ 1963, Made in Wladiwostok, gegen Abholung.“ Stermann und ich sind damals mit einer längst gefeuerten Kollegin von der Kantinenredaktion zu diesem heruntergekommenen chinesischen Schnellimbiss gefahren, um den Automaten abzuholen. Völlig verstaubt stand er hinter Kisten mit verschimmelten Sojabohnen. Ratten schossen aus dem Automaten raus, und eine verweste Fledermaus lag in einem abgeknabberten Kaffeebecher in der Becherausgabe. Aus der Öffnung „Geldrückgabe“ glotzten uns die Augen eines Frettchens entgegen. Kurz, während Stermann und ich uns übergaben, wurde die Kantinenkollegin schnell handelseinig mit den kichernden Chinesen, und seitdem haben wir den Automaten des Grauens in unserem Sender des Grauens stehen.

*

Liebes Tagebuch, es ist immer wieder lustig, wenn Studiogäste bei FM4 sind, die gerne einen Kaffee hätten, und wenn wir ihnen dann einen Kaffee de Luxe aus dem Automaten kredenzen. Deren ungläubige, angsterfüllte Blicke! Unser Kaffee ist grau und hat die Konsistenz von Honig, manchmal kommt aber auch eine Art gelbliches Wasser aus den verdreckten Schläuchen und rostigen Metallrohren, man weiß es nie. Einmal, als ich auf Cappuccino drückte, kam so etwas wie Rindsbrühe mit Currygeschmack raus. „Trinkschokolade“ ist auch immer ein großer Spaß, da kommen immer Regenwürmer mit. Offenbar hat es sich eine ganze Regenwurmkolonie im Kakaofach gemütlich gemacht. Wir Mitarbeiter trinken ja schon seit Jahren nichts mehr aus dem Automaten, aber wenn Gäste unbedingt einen Kaffee wollen, na ja – wir sind höflich genug, ihnen einen zu servieren. Und die Gäste ihrerseits sind auch höflich genug, die Schlammpfütze todesmutig zu trinken. Nur Amerikaner trinken die heiße Ekelbrühe immer in einem Zug aus und fragen nach einem zweiten Becher.

Robert Zikmund

Claudia Unterweger

1.10.

Dir ist schon klar, Tagebuch, dass die allermeisten hier bei FM4 selbstredend keine Journalisten oder ausgebildetete Radio-Redakteure sind, sondern Musiker. Jeder Zweite hier hat eine Band in der Garage stehen. Aber nachdem leider kein Justin Timberlake, ja nicht mal ein Daniel Küblböck dabei ist und die Tantiemen-Abrechnung satte 34 Cent jährlich abwirft, müssen sich die Rock-Säue beim ORF ihre Miete verdienen. Hannes Duscher, Andreas Gstettner, Fred Schreiber, Fritz Ostermayer, Christian Fuchs und so weiter und so fort. Alles Musiker. Sänger, Bassisten, Gitarristen, Posaunisten, Harfenisten, Maultrommler! Ist das nicht unglaublich, Tagebuch? Als Journalisten getarnte, wahrscheinlich drogensüchtige Künstler …

*

Grissemann hat irgendwie Recht. Wo kommen wir denn da hin, wenn ständig Berufsverwechslung stattfindet, liebes Tagebuch? Mein Fleischhauer soll ausgebildeter Fleischhauer sein und nicht verhinderter Lyriker oder Wand-Sprayer! Ich verlange ja auch von meinem Friseur, dass er gelernt hat, wie er mir die Haare schneidet, und nicht, wie man headbangt oder stagedivet! Wir verlangen hiermit öffentlich, dass all die verkrachten Musiker bei FM4 schleunigst die Journalistenschule in Salzburg nachholen, damit endlich Schluss ist mit diesem Etikettenschwindel! Stift, Papier und Satzbaukenntnis statt Sex, Drugs and Rock'n'Roll!!!

2.10.

Vor kurzem saßen Mari Lang, Clemens Haipl, der liebe Makossa und meinereiner nach Feierabend vorm Schwarz-Weiß-TV-Gerät in der Redaktion zusammen, um ein wenig Absinth wegzumachen und zehn, zwölf Joints zu rauchen, und was sehen wir da auf ARTE? Eine herrliche Dokumentation über gehörlose Maoris. Wow, dachten wir, das ist eine echte Randgruppe. Gehörlose Maoris. Doppelt marginalisiert, quasi. Gehörlos und Maori. Wir außenseiterfreundliche und minderheitenliebende Gemeinschaft waren begeistert! Der Haipl stellte dann die interessante Frage, ob es wohl auch FM4 hörende gehörlose Maoris gibt, das wäre ja dann wohl die kleinste Minderheit der Welt. „Geht ja gar nicht", warf ich schlau ein: „Gehörlose haben gewisse Probleme, Radio zu hören." Aber die Überlegungen waren köstlich. Was ist die kleinste Minderheit der Welt? Faustballspielende, falterabonnierende, asthmatische, sexsüchtige, gehörlose Maoris vielleicht, noch dazu alleinerziehend ...? Na ja, wir lachten viel diesen Abend.

*

Ich habe von diesen dummen Maori-Späßen meiner Kollegen gehört und bin als politisch korrekter, übergewichtiger, George Clooney ähnlich sehender, MSV Duisburg verherrlichender Deutscher in Wien erstens selbst eine unglaubliche Minderheit und zweitens gegen diese geschmacklosen Randgruppen-Witze. Lang, Haipl, Makossa und Grissemann haben ihren Rausch übrigens in der Redaktion ausgeschlafen. Habe diese törichte Bande am nächsten Morgen eigenhändig aus dem TV-Aufenthaltsraum gefegt.

3.10.

Als ich letztens Feuer brauchte, um mir ein Zigarettchen anzuzünden, Tagebuch, da hat mir Chefcontroller Blumenau doch tatsächlich mit einem dieser lachsfarbenen Standardfeuerzeuge ausgeholfen. Komisch, dachte ich mir noch, der Blumenau raucht doch gar nicht? Und prompt kam des Chefcontrollers Erklärung: „Das ist mein Puppenfeuerzeug." Der Chefcontroller hat also immer ein Feuerzeug mit, um Damen, die ihm gefallen, Feuer zu geben. Ein Flirt-unterstützendes Instrument sozusagen. Nun bin ich alles, nur nicht Blumenaus Puppe, habe mich wieder aus dem Staub – und mir so meine Gedanken gemacht, was Blumenau wohl sonst noch so alles in seiner großen Tasche spazieren führt, um Frauen zu ködern ...

*

Vielleicht hat Blumenau ja „Puppen-Magazine", wie Harper's Bazaar, Marie-Claire oder Brigitte in der Tasche, die er rauszieht und anbietet, wenn er irgendwo eine Dame sieht, die sich langweilt oder auf den Bus wartet. Gute Ideen wären auch noch

„Puppen-Salzstreuer“ für Frauen beim Frühstück mit Ei oder „Puppen-Klopapier“ für Damen, die hinterm Busch ihr Geschäft verrichten. Wie wär's mit „Puppen-Popcorn“ im Kino oder „Puppen-Puppen“, für Mädchen, die gern mit – ja – Puppen spielen, aber keine dabei haben grade. Ich sag's dir, Tagebuch, unser Puppen-Blumenau ist immer wieder für Überraschungen gut!

5.10.

Der ja auch aus dem Hause FM4 stammende, wundersame Disc-Jockey DSL legt in letzter Zeit wieder vermehrt in Wien auf, sehr zur Freude aller, liebes Tagebuch. DSL ist der David Copperfield unter den DJs. Ein Magier an den Turntables. Da, wo herkömmliche DJs stundenlang ackern, bis zwei sich aufraffen zu tanzen, kriegt sie DSL innerhalb von zwei Sekunden alle auf die Tanzfläche. Selbst Beinamputierte, hat es den Anschein, können sich dem genialischen Scratchen des DSL nicht entziehen und werfen sich mutig auf den Dancefloor. Der baumlange DSL scheint aber auch körperlich wie geschaffen für seinen Beruf. Seine plattentellergroßen Handflächen und 45cm langen Finger wirbeln die LPs hinterm Pult herum wie ein chinesischer Tellerakrobat sein Porzellangeschirr.

*

Die Beiläufigkeit, mit der das Ganze passiert, ist ja in Wahrheit das Unfassbare an der Tanzmusik-Arbeit vom lieben DSL. Andere DJs stehen mit schwitznassem Kopf und hektisch-angstvollem Blick hinter ihrem Pult, während man es DSL durchaus zutraut, während des Auflegens ganz nebenbei auch noch seine Steuererklärung zu machen, Knöpfe ans Hemd zu nähen oder Plattencovers zu zeichnen, was er übrigens tatsächlich auch hervorragend kann. Die Pop-Gazette Spex hat DSL vor einiger Zeit zum sechstbesten DJ der Welt gekürt. So eine Unverschämtheit. Die fünf Besseren wollen wir sehen, du Käseblatt!!

6.10.

Das kaputte Kleeblatt Ostermayer, Fuchs, Zikmund und Pfister war vor Kurzem auf Lesereise. Die Neigungsgruppe „Sex, Gewalt und gute Laune" riß die Zuschauer in drei bayrischen Kleinstädten von den Sesseln, heißt es. Ich denke, der Erfolg dieses trink- und drogenfesten Viererpakets liegt weniger an der Literatur, die vorgelesen wird, sondern ausschließlich am boy-band-mäßigen Eindruck, den die Herren hinterlassen. Fuchs, Zikmund und Pfister sehen ja wie aus dem Don-Gil-Katalog geschnitten aus, während der liebe Ostermayer was herrlich Charlie-Watts-Ähnliches hat und somit auch ältere Semester anspricht. Für jeden was dabei sozusagen. Die geilen arschgeweihten Hüfthosenbiester jubeln Zikmund, Fuchs und Pfister zu, und die Plus-55-Generation kriegt feuchte Augen vor Glück, wenn der Liberace aus dem Burgenland lesend die Sau rausläßt.

*

Man muss es neidlos anerkennen, die vier sind die schönsten Herren von FM4! Da kann der Stuckrad-Barre aber so was von einpacken, liebes Tagebuch. Einzig der selbstzerstörerische Hang der vier sollte zu denken geben. Dass parallel zu den Leseterminen auch immer gleich prophylaktisch vier Krankenhausbetten dazugebucht werden, spricht eine eindeutige Sprache. Zikmund, Ostermayer und Pfister gluckern den Wodka ja wie Vöslauer runter. Dass sie trotzdem nicht ins Lallen verfallen, ist eher ein bedenkliches Zeichen, wenn du mich fragst, Tagebuch. Der smarte Herr Fuchs wiederum meidet Alkohol wie der Teufel das Weihwasser. Mit welchen Substanzen er sich bewegt, darf hier unmöglich niedergeschrieben werden, liebes Tagebuch … dieses monströs düster-dandyhafte Lesequartett sollte man sich jedenfalls nicht entgehen lassen …

7.10.

Nachdem FM4 ja überall dabei sein muss, haben Wortchef Pieper und der liebe Allzweckredakteur Zsutty zwei Zugtickets in der Holzklasse nach Frankfurt gelöst, um bei der berühmten Buchmesse dort das eine oder andere Wörtchen mitzureden.

Alles, was FM4-Mitarbeiter jemals zu Papier gebracht haben, ist dort zum Verkaufe angeboten: Stermanns Kinderbuch, die Sumpfbücher von Ostermayer und Edlinger, die in den späten

90-ern von Herrn Pfister ins Plattdeutsche übersetzte Bibel, der lautpoetische Band „Bummtschak“ des Autorenkollektivs „La Bumm“, der psychologische Ratgeber „Liebe deinen Hörer wie dich selbst“ von Martin Maria Blumenau und Joe Ramicks Bestseller „Never change a losing team“ – eine letztes Jahr erschienene Abrechnung mit der trostlosen FM4-Personalpolitik.

*

Auch weniger bekannte Frühwerke diverser FM4-Menschen sind auf der Frankfurter Buchmesse zu erstehen, liebes Tagebuch. Ein expressives Lyrikbändchen von Eva Umbauer mit dem schönen Titel „My heartbeat goes boom boom“, ein Manager-Handbuch von Monika Eigensperger: „Auf meinem Schiff bin ich der Kapitän“ (erschienen im Dummjahn-Verlag), ein Schelmenroman von Fred Schreiber „Buch ohne Namen und Text“, außerdem ein schonungsloser Bericht eines Workstation-Mitarbeiters „Im Kerker“ und ein prächtiger Bildband, herausgegeben von Stuart Freeman und Duncan Larkin. Die beiden haben jahrelang das Frühstücksgeschirr fotografiert, das ihnen aus den gichtigen Händen glitt und in Scherben auf dem Studioboden landete. Der farbige Fotoband heißt konsequenterweise „Morning has broken“. – Frankfurt, wir kommen!

8.10.

Die Internet-Beauftragte Ute Hölzl, eine kluge und besonnene Frau, hat letztens zur Krisensitzung ihre atemberaubende Spinnensammlung mitgebracht. Die Spinnenphobiker Lang und Unger haben spitze Schreie ausgestoßen, als die Hölzl mit einem großen Terrarium, in dem sich an die 50 Spinnen tummeln, in die Redaktion kam. „Spinnen sind ja schon viel länger im Netz als Menschen“, dozierte Frau Hölzl und machte mit diesem Satz klar, woher ihre Begeisterung für die Weberknechte rührte. Viele von uns haben interessanterweise eine gewisse Insekten-Obsession, wie sich herausstellte: Blumenau beispielsweise sammelt Zecken, die er sich nach ausgiebigen Waldläufen selbst aus dem geschundenen Körper ziehe, wie er meinte, und Andreas Gestettner wiederum rühre der Anblick von Silberfischchen so sehr, dass die Kleinen sogar bei ihm im Bett schlafen dürfen …

*

Julia Barnes outete sich beim morgendlichen FM4-Insektenstammtisch als bedingungslose Motten-Fetischistin. Sie stricke den kleinen Kleidermotten sogar dann und wann Rollkragenpullover. Im Nachsatz bat sie darum, nicht von uns ins Irrenhaus eingewiesen zu werden. Keine Angst, Julia, du bist beileibe nicht die Schlimmste. Rainer Springenschmid sollte schon viel eher therapeutischen Händen übergeben werden, gestand er uns doch, dass er seit nunmehr 5 Jahren versuche, Bettwanzen mit Heuschrecken zu kreuzen. Ob dann eine Bettschrecke oder eine Heuwanze rauskomme, sei ihm gänzlich egal, Hauptsache gesund, meinte Springenschmid mit einem seltsamen Leuchten in den Augen. Ich schlich mich angeekelt aus dem Sitzungszimmer und erschlug beim Hinausgehen mit der bloßen Hand eine Stubenfliege, die auf der Stirn von Grissemann saß …

9.10.

Als ich kürzlich in der Intellektuellen-Talkshow „Bei Stöckl" neben der strengen Hotel-Sacher-Chefin Gürtler und gegenüber der sanften Barbara Stöckl sitzen durfte, da, liebes Tagebuch, war ich tatsächlich überfordert wie selten. Wußte ich doch nicht, wem ich zuerst unterm Tisch aufs Knie greifen sollte. Beide Ladies sind ja hoch attraktiv. Und wenn ich zuerst der Gürtlerin aufs spitze Knie greife, dann ist die liebe Stöckl vielleicht eifersüchtig. Ich entschied ganz diplomatisch, liebes Tagebuch, und griff sowohl der einen wie der anderen gleichzeitig mit beiden Pfoten auf die hübschen Knie. Musste mich dabei allerdings sehr strecken, so dass meine Sitzhaltung grotesk anmutete. Mein Kinn lag direkt auf der Tischplatte, weil ich ja mit dem gesamten Oberkörper unterm Tisch war, um meine Liebesgriffe anzubringen. Na ja – der Diskussion konnte ich kaum folgen, aber meinem Image als ORF-Casanova bin ich voll gerecht geworden.

*

Grissemann lügt, dass sich die Balken biegen, Tagebuch. Ich habe eine versteckte Unterm-Tisch-Kamera im Stöckl-Studio installiert, weil ich um Grissemanns wandernde Hände wusste. Das Videomaterial zeigt eindeutig, dass Grissemanns linke Pfote am Knie seines Vaters zu liegen kam, während die rechte Hand zwischen den Beinen des ebenfalls anwesenden Literaturkritikers Karasek landete.

Karasek lächelte wohlig und schien nichts dagegen zu haben, während Grissemanns Vater – ganz Gentleman – so tat, als wäre nichts gewesen. Das ist die Wahrheit! Werde das geheime Video unter www.grissemanns-wandernde-hände-bei-stöckl.at ins Netz stellen, so dass sich jeder selbst davon überzeugen kann!

10.10.

Nahezu alle FM4-Damen sind Mütter, liebes Tagebuch. Hier wird geworfen, was das Zeug hält, ständig stolpert man über die schreienden Bälger, die aus der FM4-Redaktion längst eine Alternativkrabbelstube gemacht haben. Mir rutscht zwar dann und wann die Hand aus, aber grundsätzlich habe ich nichts gegen Kinder. Ich halte es schlicht und einfach nur für unverantwortlich, sie in die Welt zu setzen. Wer übernimmt denn später einmal die Aufgabe, diesen Kindern zu erklären, dass ihre Eltern FM4-Redakteure sind? Und wie werden sie das verarbeiten? Das unerträgliche Gehänsel am Schulhof? Diese Kinder werden von anderen Ö3- oder Radio-Arabella-Kindern aufs Übelste verspottet werden! Schon sehe ich geschmacklose Autoaufkleber aufgebrachter Radio-Energy-Eltern: „Ich bremse nicht für FM4-Kinder." Ja, die lieben kleinen FM4-Lümmel werden es nicht leicht haben …

*

Ein Spezialistenteam aus Dortmund, Psychologen, Psychiater, Neurologen, aber auch Geistheiler und Schamanen, betreut die FM4-Kinder seit gestern und versucht, ihnen ihre Minderwertigkeitskomplexe auszutreiben. Sensibel wird neues Selbstbewusstsein aufgebaut. „Ja, meine Mutter ist FM4-Moderatorin, aber ich schäme mich nicht und liebe sie trotzdem. Sie kann halt nichts anderes." Solche Sätze werden den Kleinen eingebläut.

Über Ute Bock wird Geld gesammelt, das den Kindern zu Gute kommt. Wer Lust hat, kann ab dem 16. Lebensjahr eine neue Identität annehmen und ganz woanders ein neues Leben beginnen. Der Staat Österreich unterstützt diese gebrandmarkten Kinder. Dafür sagen wir danke. Im Namen von FM4. Danke.

11.10.

Liebes Tagebuch, nahezu alles hat der befreundete Musiksender GOTV richtig gemacht. Kein dusseliges Moderatorengeschwätz, astreine Videoauswahl, den FM4-Charts ist eine eigene Sendung gewidmet. Alles fein. GOTV-Chef Madersbacher ist größter Respekt auszusprechen, und dass sich der kleine Sender auch steigender Zuschauerzahlen erfreuen kann – Gratulation. Unaufdringliche Werbung, okaye Layout-Ästhetik und mit „Be part of it" auch kein schlechter Senderspruch! Nahezu alles, wie gesagt, hat das liebe GOTV richtig gemacht ... Aber wer, bitteschön, ist für diesen unfassbar enervierenden, unerträglichen Zwischenjingle verantwortlich, der etwa so geht: „The vj........."! Das ist nicht auszuhalten, GOTV! Es gibt keinen größeren Umschaltimpuls, GOTV. Welcher geisteskranke Irre gehört dafür bis ans Ende seines Lebens geohrfeigt!!!??? Schmeiß den Jingle raus, oder go home GOTV!

*

Eine Unterschriftenliste gegen den entsetzlichen GOTV-Zwischenjingle ist in Vorbereitung. Natürlich könntest du, liebes Tagebuch, einwenden, es gibt größere Probleme, Arbeitslosigkeit, Tierschutz, Terrorbekämpfung und so weiter; ja ja, aber mindestens auf Platz 4 der Entsetzlichkeiten dieser Welt steht der GOTV-Zwischenjingle, den Grissemann so gut nachmachen kann ... und wenn nötig, organisieren wir Montags- bis Sonntagsdemos gegen diese akustische Schweinerei. Hunderttausende werden auf die Straße gehen und dich nach Strich und Faden fertigmachen, GOTV, wenn du nicht endlich diesen Jingle rausschmeißt!! Wir meinen's ernst, tu was, GO TV!!!!!

12.10.

Jetzt beginnt also die Viennale, liebes Tagebuch. Mir ist das ganz Recht, wenn die ganzen Bobos mit ihren Falter-Rucksäcken den halben Tag im Kinodunkel sitzen; hab' ich die Stadt wenigstens für mich allein. Mich wird man vergeblich im Lichtspieltheater suchen; alles viel zu eng, viel zu stressig und, ich gebe zu, mir zu cineastisch. Mir gefallen Adriano-Celentano-Filme, und bevor ich mir einen taiwanesischen Politproblemstreifen anseh', geh' ich lieber ins vollklimatisierte Wettcafe, trink 7, 8 Weizenbier und lass mein ganzes Geld beim Hunderennen liegen. Jeder dieser Köter ist mir näher als Lauren Bacall ... Nein, nein, die Viennale wird, wie in den Jahrzehnten zuvor, mal wieder ohne den Ignoranten Grissemann auskommen müssen ...

*

Anders als Grissemann genieße ich das Gesichtsbad während des Eröffnungsfilms der Viennale. Für mich schöne alte Tradition. Shake hands mit dem baumlangen Kulturstadtrat, im Foyer ein Gläschen Prosecco mit Christiane Hörbiger und Adriana Zartl, und – ha! – steht da nicht der Thomas Trenkler vom Standard?? Servus, servus ...

Dann gibt's noch schnell drei Autogramme auf die Handrücken zweier übergewichtiger Publizistikstudentinnen, und dann ab in den Kinosaal. Herrlich! Zwei Stunden allergrößtes Kinovergnügen!! Ich versteh' den Grissemann-Proll überhaupt nicht, dieses kulturlose Arschloch soll mit seiner Stänkerei nach Hause gehen.

13.10.

Du glaubst es nicht, Tagebuch, wie unsportlich die Kollegenschaft hier ist! Die Redaktionskörper gehen langsam, aber sicher komplett aus dem Leim. Der liebe Zsutty beispielsweise hat gar keine richtigen Konturen mehr im teigigen Gesicht. Kann man auch Gesichtsfett absaugen? Ich selbst nehm' mich gar nicht aus, Tagebuch! Ich bin nackt weißgott kein schöner Anblick, aber im Gegensatz zum spitzbäuchigen Magister Edlinger, den zudem ein Hexenschuss plagt, immer noch ein Sexsymbol. Durch den Hexenschuss bewegt sich Edlinger mit rausgestrecktem Hinterteil und vorgebeugtem Oberkörper wie ein alter, kranker Narr durch die Redaktion. Freche Workstation-Mitarbeiter haben dem Edlinger, ohne dass er's gemerkt hat, ein Tablett auf den Hintern gestellt, mit Schnäpschen drauf.

Wir trinken und lachen viel zur Zeit ...

*

Edlingers Hexenschuss ist bei weitem nicht das einzige Redaktionsgebrechen zur Zeit. Wortchef Piepers Lippenherpes breitet sich seit September besorgniserregend übers ganze Gesicht und auch die Brille aus, Fred Schreiber fällt beim Reden immer die Zunge aus dem Mund heraus. Sieht sehr unschön aus. Und Clemens Haipl wurde bei einer geplanten Lebertransplantation versehentlich eine Niere eingepflanzt. Jetzt hat er drei Nieren, aber keine Leber. Mal sehen, wie der Körper darauf reagiert. Ich persönlich könnte auch ein wenig Sport vertragen, liebes Tagebuch. Meine Hand ist mittlerweile zu dick, um ins Postfach reinzugreifen. Und mein Tripelkinn hängt bis zum Boden runter. Es wird nicht leichter, Tagebuch ...

14.10.

Es muss mal gesagt werden, liebes Tagebuch: Ich rieche sehr, sehr gut. Was ja auch kein Wunder ist, bin ich doch der einzige FM4-Herr, der für Kosmetikprodukte mehr als 1.800 Euro im Monat in der Drogerie seines Vertrauens lässt. Die Gesichtslotion von Joop! verleiht meinem Teint etwas Strahlendes, und von meinem berückenden Jil-Sander-Duft schwärmen sämtliche Puppen hier bei FM4. Nicht zu vergessen das Pfirsich-Haarshampoo von l'Oreal, das meinem stolzen Haupt einen Hauch von frischem Obstgarten verleiht. Die anderen, grundverstunkenen FM4-Mitarbeiter umweht bestenfalls ein primitives Davidoff-Aftershave und der verschmockte Geruch billiger Oma-Kernseife. Tja, thats me. Christoph Maria Grissemann – Ehrenkunde der Parfumerie Douglas – come in and find out. Kommen Sie rein und finden Sie wieder raus!

*

Grissemann riecht, als hätte er 40 Jahre im Body Shop neben Esoterik-Duftkerzen gelegen. Grauenhaft, Tagebuch. Und auch ein – ja – bisschen sehr schwul. Sein aknezerfressenes Gesicht passt auch gar nicht zu diesen eleganten Hochpreis-Düften. Ich meine, wo er Recht hat, hat er Recht: dieser herkömmliche FM4-Männergeruch aus Schnaps, Schweiß und Haschisch ist auf Dauer kaum zu ertragen, aber muss man im Gegenzug dann so riechen wie Rudolf Moshammer? Mir wär' das viel zu affig. Ich muss mich jeden Morgen mit Knoblauchpaste einschmieren, um meine Krätze in Schach zu halten, sagt der Hautarzt, und trotzdem hat sich noch keine Frau beschwert. Ich rieche, wie ein Mann riechen muss. Schluss mit der lächerlichen Parfumdebatte!

15.10.

Liebes Tagebuch, die Feiern zu „80 Jahre Radio“ sind in vollem Gang, und es wundert mich, dass etliche Kollegen unseres vermeintlichen „Jugendsenders“ in diese Feiern involviert sind. Stermann und ich haben mit den fast 200-jährigen Kollegen vom „Guglhupf“ diskutiert, Hermes hat moderiert, Fips Ostermayr hat mit seinem Gehstock auf den Boden geklopft, wenn ihm ein Witz von Lore Krainer oder Werner Sobotka gefallen hat, Kollege Schöllerbacher saß neben Ilse Puck und Stuart Freeman mit den anderen ORF-Pensionisten am Ehemaligen-Stammtisch. Hat das noch etwas mit einem Jugendsender zu tun? Ist das normal, wenn die dienstältesten Sendungen des ORF allesamt auf FM4 laufen? Wenn der Altersschnitt bei Ö1 und Radio Stephansdom weit unter unserem liegt? Sind wir nicht inzwischen die, die die Großeltern unserer Hörer bereits gewarnt haben, abends nicht zu viel zu trinken? FM-Geriatrie. Alt wie nie.

*

Liebes Tagebuch, immer wenn ein Kollege Geburtstag hat, kommt der Bürgermeister mit einem Fotografen. Von den 10 ältesten Menschen Österreichs arbeiten 4 bei FM4. Und wer von uns biologisch jünger ist, ist dafür geistig vergreist. Siehe Martin Blumenau, der knapp unter 70, aber von Altersbosheit zerfressen ist. Das ist wahrscheinlich auch der Grund, warum so viele hier immer schwarz gekleidet sind. Es lohnt sich einfach nicht, sich für die vielen zu erwartenden Beerdigungen ständig umzuziehen. Unsere skurrile Alters-WG hier hat mit dem Alltag unserer Hörer nichts zu tun; die Tabletten, die wir hier einwerfen, sollen uns nicht aufputschen, sondern haben ausschließlich lebenserhaltende Funktion. Musikchef Makossa sieht inzwischen aus wie der Vater von Franz Liszt, Gerald Votava wie der Opa der Waltons und Christian Fuchs wie der Großvater von Ozzy Osbourne. Irgendwann wird das alles auffliegen, und die Hörer werden sich beschämt von uns abwenden, wenn sie mitbekommen, wie hier altersschwach auf Mikrophone gesabbert wird und Windeln vollgeschissen werden und Gehhilfen über den Teppich schleifen.

16.10.

Liebes Tagebuch, ich habe erst jetzt erfahren, dass Senderchefin Monika Eigensperger maßgeblich daran beteiligt war, dass Kaiser Karl selig gesprochen worden ist. Deshalb also ihre vielen Reisen nach Rom! Wir dachten, sie besucht dort coole Clubs, in Wahrheit war sie mit Kardinal Ratzinger und der Frau vom Papst shoppen und lecker essen, um sie sanft zu bearbeiten, den alten Habsburger doch mal ein bisschen selig zu sprechen. Aber warum? Wahrscheinlich, weil sie sich dem Schicksal des letzten österreichischen Kaisers verbunden fühlt. Er musste aus Österreich raus und auf Madeira ins Exil, sie musste ihren Topjob beim Treffpunkt Ö3 aufgeben, um ins FM4-Exil zu gehen. Karl lebte auf Madeira in vergleichsweiser Armut, das ist bei FM4 genauso; weil's in seinem Exilschloß kalt und feucht war, bekam er Husten – sie hat auch Husten, weil sie kalte, feuchte Mentholzigaretten raucht. Der arme Karl hat auf Madeira kein Wort verstanden, sie versteht bei den vielen Engländern, Amerikanern und Franzosen bei FM4 auch kein Wort. Ja, unsere Chefin hat vieles gemeinsam mit dem alten Weltkriegskaiser, nicht nur, weil sie ein Penthouse im Schloß Schönbrunn bewohnt.

*

Liebes Tagebuch, unsere Chefin ist auf dem Foto zu sehen, das bei der Audienz der österreichischen Karl-Delegation beim Papst entstand. Ihr zotteliges Haar hängt dem armen Papst vorm Gesicht, als hätte der es nicht ohnehin schon schwer genug. Der österreichische Nationalratspräsident Khol lächelt verkrampft, wahrscheinlich weil's ihm peinlich ist, dass Eigensperger dem Papst eine FM4-Zahnbürste und eine FM4-Schirmkappe als Dankeschön für die Seligsprechung überreicht. Das Foto hängt jetzt trotzdem in Plakatgröße in ihrem Büro, gleich neben einem Riesenposter, auf dem Kaiser Karl und Kaiserin Zita zu sehen sind.

Na ja, wenn's sie selig macht.

Auch für monarchistische Fundamentalkatholiken muss Platz sein, vielleicht kann sie ja später im Himmel für uns FM4-Mitarbeiter ein gutes Wort einlegen, die wir ja sogar mehrheitlich aus der atheistischen Bewegung ausgetreten sind.

17.10.

Liebes Tagebuch, ich habe einen herzzerreißenden Brief gelesen von einem Geldeintreiber der ukrainischen Mafia an Senderchefin Eigensperger. Dimitri ist einer der härtesten Jungs Wiens, er arbeitet für die Unterwelt und hat unorthodoxe Methoden entwickelt, wie er Leute, die anderen Leuten Geld schulden, dazu überredet, ihm dieses Geld zu geben, und zwar auf der Stelle. Seine Argumente kann man laden und abfeuern. Nun, liebes Tagebuch, für Dimitri lief alles gut, bis er selbst sich Geld ausgeborgt hat von Chefcontroller Blumenau. 50 Cent für einen U-Bahn-Fahrschein. Dimitri wusste nicht, von wem er sich da Geld ausgeborgt hatte, und Blumenaus Spruch von wegen „auf den 50 Cent steht Wiedersehen drauf" nahm Dimitri nicht besonders ernst. Ein Riesenfehler. Nach nicht einmal 24 Stunden stand Blumenau vor Dimitris Tür und holte sich auf unorthodoxe Weise seine Münze zurück. Ich weiß nicht, was da passiert ist, aber in dem Brief an unsere Chefin hat Dimitri gejammert, dass eine solche Brutalität selbst in der ukrainischen Mafia unbekannt sei. Seit ich den Brief gelesen habe, fürchte ich um Stermanns Gesundheit. Immerhin hat er sich vor zwei Stunden 10 Cent für den Kaffeeautomaten von Blumenau ausgeliehen und immer noch nicht zurückgegeben.

*

Liebes Tagebuch, ich will meine Schulden ja zurückzahlen, ich hab' in der ganzen Redaktion herumgefragt, ob mir irgend jemand 10 Cent borgen kann, damit ich Blumenau auszahlen kann. Aber niemand hat so viel Bargeld dabei. David Pfister hat mir 2 Cent angeboten, aber auf Ratenzahlung wird Blumenau niemals eingehen. Er hat mir schon 5 Minuten, nachdem ich mir das Geld ausgeborgt hatte, ein Stück meines rechten Ohrs abgebissen und die Hälfte meines linken Nasenflügels. Sowie Ober- und Unterlippe. So ein Mist. Den Kaffee, den ich mir mit seinem Geld gezogen habe, kann ich ohne Lippen nicht mehr trinken, er rinnt mir einfach aus dem Mund wieder raus, weil ich ihn nicht mehr schließen kann. Grissemann könnte mir helfen. Immerhin hat er fast 5.000 Euro in den Gürtel eingenäht. Aber er sagt, er braucht das Geld für Notfälle. Dass ich vielleicht bald vollkommen weggebissen sein werde, ist offenbar kein Notfall. Ja ja, in der Not lernst du Freunde von Feinden zu unterscheiden.

18.10.

Liebes Tagebuch, Stermann hat sich ein HSV-Trikot angezogen, das nennt man wohl Galgenhumor. Eigentlich sollten wir uns alle so ein Trikot anziehen, denn der HSV bestimmt zur Zeit unser Redaktionsleben: der Herpes-Simplex-Virus oder, um es unfeiner zu sagen: Mundfäule. Wie gut, dass es noch kein Geruchsradio gibt, liebes Tagebuch. Der Radiodoktor hat die FM4 unter Quarantäne gestellt und behandelt uns nur telefonisch, aus Angst vor Ansteckung. Mundfäule ist bei Erwachsenen eher selten, eigentlich trifft es Kleinkinder unter drei und überträgt sich beim Schmusen oder gemeinsamen Benützen von Besteck, Geschirr oder Spielzeug. Ich vermute also, dass die Infantilität einiger Kollegen schuld ist an unserer Epidemie. Clemens Haipls Beißringe hab' ich immer schon mit Argusaugen angeschaut, Martin Piepers Plastikknochen und Rudi Ortners Stofftiere, Burstups Holzeisenbahn und Gerlinde

Langs Drahtpuppe, das war mir immer schon suspekt. Dazu die aufblasbaren Latexpuppen von Magister Edlinger und Stuart Freeman. Und es scheint sich zu rächen, dass die lieben Kolleginnen und Kollegen zusammen gespielt und Spielzeug miteinander getauscht haben – da lachten die Herpes-Simplex-Viren und vermehrten sich wie Maria Theresia und die Karnickel. Dass deren Schmusen mit fremdem Spielzeug bei mir zu hohem Fieber und der Verweigerung von Nahrungsaufnahme führt, werd' ich meinen Kollegen niemals verzeihen.

*

Liebes Tagebuch, ich habe auf der Mundschleimhaut, dem Zahnfleisch, dem Gaumen, den Lippen und rund um den Mund unzählige Bläschen und Aphten, mein Zahnfleisch ist geschwollen und die betroffenen Stellen tun höllisch weh. Ich Trottel hätte nie in Haipls Beißring beißen dürfen und nie mit Gerlinde Langs Drahtpuppe schmusen dürfen. Alle jammern still vor sich hin, die ärmsten Schweine sind die, die moderieren müssen, unter Schmerzen und mit blutendem Mund. Ob die Hörer das eigentlich merken? Und kann sich Mundfäule nicht vielleicht auch über Schallwellen übertragen? Was für eine Vorstellung, wenn man FM4-Hörer in der U-Bahn an blutenden Mündern erkennen könnte. Na ja, liebes Tagebuch, laut dem Radiodoktor gibt es immerhin eine gute Nachricht. Hat man die Mundfäule überstanden, ist man für den Rest seines Lebens immun. So lange müssen wir halt kalten Topfen essen, um die Schleimhäute zu kühlen und ein bisschen was in den Magen zu bekommen. Be afraid, honey. It's FM4.

19.10.

Liebes Tagebuch, Nachrichten aus der grünen Hölle. Thymian-Terror versus Holunderhype. Seit Chefin Eigensperger ein Buch über die Heilkraft von Gewürzen und Kräutern gelesen hat, gleicht die Redaktion einem Urwald. Überall wuchert grüner Irrsinn, man stolpert über Basilikum und Rosmarin, verfängt sich in Zitronengras und Minze. Ich stinke wie ein gepanschtes Ökoparfum, überall krabbeln Käfer herum – was ist nur aus unserem hippen urbanen Jugendsender geworden? Ein

Disneyland für Pflanzenfreunde. Erlaube mir, liebes Tagebuch, den abgeschmackten Wortspielkalauer: Ich selber fühle mich gepflanzt. Mein Schreibtisch ist übersät mit stinkenden Blüten, es riecht nach Humus und feuchter Erde. Wenn ich solche Dinge riechen will, leg' ich meinen Kopf unter Stermanns Achsel, dafür brauch ich nicht Eigenspergers Indoor-Hexenkräutergarten.

*

Liebes Tagebuch, Grissemann ist sauer, weil er sich um das langweilige Bohnenkraut kümmern muss. Die Chefin hat jedem Mitarbeiter Kräuter zugewiesen, die man hegen und pflegen muss. Mit einem kecken Sonnenhut aus Stroh darf ich mich jetzt um das dekorative Heilkraut Mädesüß sorgen. Mädesüß, wie das schon klingt. Ich bin sehr stolz, als FM4-Frauenschwarm das Mädesüß zugewiesen bekommen zu haben. Ich war dabei, wie das dämliche, unsensible Bohnenkraut an Grissemann vergeben wurde. Ein Schlag ins Gesicht. Wenn schon Würzkräuter, dann vielleicht ein so lyrisch klingendes wie Liebstöckl, hätte auch gepasst, weil er doch neulich so lieb zu Barbara Stöckl war – Liebstöckl. Na ja, Grissemann hätte ja auch Königskerze erwischen können, was aus Rücksicht auf seine Erektionsschwierigkeiten auch nicht so gut gepasst hätte. Ich gieß jetzt mal das Mädesüß und schau auch noch nach Edlingers Frauenmantel. Herrlich, ich liebe diese geilen Kräuter … Schade, dass die grünen Dinger meine Anmachversuche nicht erwidern.

22.10.

Liebes Tagebuch, bin ich ein hilfsbereiter Mensch? Ja, ich bin ein hilfsbereiter Mensch, aber auch meine Gutmütigkeit kennt Grenzen. Diese Grenzen sind sehr weit gesteckt, aber es gibt sie. Ich habe nichts gesagt, als ich jahrelang gratis für FM4 das „Morgengrauen“ moderiert habe. Ich habe nichts gesagt, als ich gratis für Sendungen von Kollegen meine Stimme geliehen habe; ich habe nichts gesagt, als ich bei unzähligen FM4-Festen gratis aufgetreten bin; ich habe nichts gesagt, als ich bei Messen unentgeltlich wochenlang an FM4-Ständen stand; ich habe nichts gesagt, als ich für Jungfilmer gratis synchronisiert habe; für den Sumpf, hab' ich mir mal ausgerechnet, hab' ich in den letzten Jahren fast 120.000 Seiten aus Büchern vorgelesen, natürlich ohne je auch nur ein Honorar bekommen zu haben. Hab' ich irgendwas gesagt? Ich habe nichts gesagt. – Aber jetzt reichts. Ich soll wie die FM4-Freundin, diese Pappfigur, wochenweise an Hörer vermietet werden. Wieder ohne Bezahlung. Nein. Irgendwann muss auch ich Grenzen setzen. Alles lass' ich nicht mir machen, meine momentane Wut auf FM4 ist nicht von Pappe.

*

Liebes Tagebuch, ich mag meinen Beruf nicht mehr. Ich finde den Umgang mit mir zynisch und menschenverachtend.

Seit zwei Tagen steh ich jetzt schon im Jugendzimmer des 14-jährigen Manuels, neben dem Schreibtisch unter dem Maroon-5-Poster. Noch fünf Tage, wie soll ich das bloß aushalten? FM4-Freund – ein Scheiß-Job. Manuel benutzt mich als Kleiderständer, er wirft seine Jacke und seine Schultasche über mich, wenn er nach Hause kommt, und nasse Handtücher, wenn er aus der Dusche kommt. Von den stinkenden Socken will ich gar nicht reden und dem Waschlappen, den er nachts unter der Decke braucht. Ich fühle mich gedemütigt und hege einen gewissen Groll gegen die Marketingabteilung, die für diese hirnrissige Aktion verantwortlich ist. Der FM4-Freund ist ein FM4-Feind und heißt Dirk Stermann.

26.10.

Liebes Tagebuch, ich war mit Stermann in „Supersize me" und hab' während des Films unglaubliche Lust auf einen Hamburger bekommen. Gottseidank hatte mein Kollege aus dem deutschen Kohlenrevier eine Riesentüte mit 12 Big-Mäc-Menüs dabei. Hm, lecker. Schmeckt super zu der Riesentrommel Popcorn. Und während wir laut kauten und uns die Ketchup-Mayonnaise-Sauce aus dem Mund in den Bart tropfte, saß neben uns irgend so eine typische FM4-Hörerin mit Müslibröseln im Mundwinkel und meckerte herum, weil ihr ein Stück Zwiebel aus meinem Mund aufs coole Franz-Ferdinand-T-Shirt gefallen ist. Ein Benehmen. Tja, man kann sich seine Hörer eben nicht aussuchen. Stermann hat ihr aufs Nasenflügelpiercing gerülpst und die Sache hatte sich!

*

Liebes Tagebuch, bewahre mich vor fundamentalistischen FM4-Hörern. Ich hab' mir bei Cosmos die neue James-Last-CD gekauft, als mich so ein 15-Jähriger mit einem Spex in der Hand vor der Kasse zur Rede stellte. Was ich mir da für einen Scheiß kaufe und so. Hab' ich ihm eins links und rechts mit meiner zusammengerollten Bravo gegeben. Ich lass'mir doch nicht vorschreiben, welche Musik ich höre. Und ich lass' mir auch nicht vorschreiben, welche Bücher ich lese, von keinem Radiosender und keinem Radiohörer. Ich lese nun mal gern die Pilcher, und nur weil diese verkopften FM4-Hörer kein Herz haben, verzichte ich sicher nicht auf diese romantische Literatur, da können sie mir noch so oft mit ihrem Schundvorwurf kommen! Langsam krieg' ich richtig Angst vor unseren ambitionierten Hörern. Hoffentlich sieht uns keiner beim FM4-Ausflug zu „Barbarella“. Wir freuen uns bei FM4 schon wie die Schneekönige darauf.